文学理论与英美文学教学研究

黄心群 著

北京工业大学出版社

图书在版编目（CIP）数据

文学理论与英美文学教学研究 / 黄心群著 . —北京：
北京工业大学出版社，2018.12（2021.5 重印）
ISBN 978-7-5639-6695-0

Ⅰ．①文… Ⅱ．①黄… Ⅲ．①英国文学—教学研究
②文学研究—美国—教学研究 Ⅳ．① I561.06 ② I712.06

中国版本图书馆 CIP 数据核字（2019）第 024470 号

文学理论与英美文学教学研究

著　　者：黄心群
责任编辑：张　贤
封面设计：点墨轩阁
出版发行：北京工业大学出版社
　　　　　（北京市朝阳区平乐园 100 号　邮编：100124）
　　　　　010-67391722（传真）　bgdcbs@sina.com
经销单位：全国各地新华书店
承印单位：三河市明华印务有限公司
开　　本：787 毫米 ×1092 毫米　1/16
印　　张：11.75
字　　数：235 千字
版　　次：2018 年 12 月第 1 版
印　　次：2021 年 5 月第 2 次印刷
标准书号：ISBN 978-7-5639-6695-0
定　　价：50.00 元

前　言

　　在英美文学理论兴起之前，很多学者仅重视社会环境对文学作品创作所产生的影响，忽略了对文学作品本身的审读。而英美文学理论重点强调作品本身所具有的审美性，应用在现代英美教学实践中主要体现在精选文学作品、适当进行细读、重视分析语境、加深对作品的理解、提升分析能力等方面，对于教学质量的提升与学生学习兴趣、热情的增强都发挥了重要的作用。

　　本书系统阐述了文学本体理论、言语行为文学理论、交流与价值文学理论以及生态文学批评理论四种英美文学理论，对其主要内容做了详尽的说明；接着，对文学圈教学法在英美文学教学中的应用状况、文学类型及教学研究以及英美文学教学在本科教学中的应用状况分别做了阐述与分析。

　　本书共七章约 20 万字，由上饶幼儿师范高等专科学校黄心群撰写。在撰写本书的过程中，作者借鉴了一些专家、学者的研究成果和著述内容，在此表示衷心的感谢。由于作者水平有限，书中难免会有不足，恳请广大读者批评指正！

黄心群

2018 年 9 月

目　录

第一章 文学本体理论研究

韦勒克从 20 世纪新的文学发展和新的批评形态着眼，特别总结了从形式主义到英美新批评的理论实践，重新对文学作品的存在方式加以审视，从而确立了新的文本观。其中，文学的"本体性"和文学的"内在研究"是他的文学理论体系的核心内容。在提倡对作品本身进行认真、缜密的探讨和批评时，韦勒克又非常重视以历史的眼光对作品加以审视和考察。他探讨各种复杂的文学现象时，总是追根溯源，力求把握其历史流变，从而形成融理论、批评和历史为一体的独特的文学研究方法。韦勒克的文学观对于在文学研究中模仿自然科学的研究方法、视作品为文献的历史主义倾向，无异于釜底抽薪，令人耳目一新。他为世人提供了一个独具特色的文学研究理论体系，对英美文化的理论和教学实践有着深远的影响。

第一节 文学本体论的内涵

自形式派产生以来，文学理论界开始注重对文学作品的研究，即所谓的认识"文本"。因为文学作品的本身就具有"本体"的含义，无须旁求他物来获得自己的本体地位，所以形式派的实质是竭尽全力地追求作品这种独立自足物的自我价值。韦勒克的《文学理论》中也采用"本体论"的说法，可是又不同于以往的形式派对文学本体的看法。文学本体论包括了文学存在论和文学本质论这两个层面。正如有的学者指出的：艺术本体论就是对艺术存在的确认，对艺术存在性质和规律的揭示。文学本体论也是如此。

一、文学作品的存在方式论

韦勒克坦率地承认"作品存在方式"是一个极为困难的认识论问题，因为这关系到对真正的诗的判定标准。他认为，在诗与诗之间，诗与小说、戏剧等其他文学类型之间，总是存在某种相似的、共同的因素或成分。鉴于诗的内容庞杂，无法统一，读者的经验又因人而异，所以，在韦勒克看来，这些"共同因素"只能从作品的形式、结构方面去寻找。于是，他将作品界定为一个"符号和意义的多层结构"。这样，文学作品一方面本体上是先于人的主观经验而客观存在的，是现象学意义上的"决定性结构"，另一方面，作品需要被阅读，离不开读者经验的"具体化"，而具体化后的审美事实并不是作品本身，因此，文学作品就被分为本体的"结构"和经验的存在两个部分。

（一）文学作品的本体是一种"符号和意义的多层结构"

韦勒克对文学作品存在方式的认识是通过与其他几种意识对象的对比和区分来实现的。首先，文学作品不是像人工制品那样的物质书写形式。大量存在的口头文学就是一个很有力的反证；将文学作品等同于人工制品实质是将文学作品得以存在的物质载体混同于存在方式；文学作品也不是一种"声音的存在"，因为，不朗读出来或者不进行默读，文学作品依旧存在。文学作品虽然是关于语言的艺术，但不能将声音载体等同于存在方式。韦勒克也不同意将作品等同于"作者的经验"或"读者的体验"。因为前者只是作品存在的充分条件，缺少作者的经验，作品是无法形成的，而后者仅仅是文学作品存在的必要条件，文本转化为文学作品是离不开读者的阅读的。在韦勒克看来，这都是将作品看作一种心理体验物的观点，对作品的理解只能依靠不同个体的心理体验，是无法具体把握的，缺少客观评价的标准。

以上关于文学作品存在方式的误读，其共同的特征是陷入了相对主义的误区，缺乏对作品评价的客观标准。正是在对传统的文学作品存在方式进行批驳的基础上，通过对文学作品存在方式的分析，韦勒克得出了一个结论：文学作品本身与它的意向性内容无关，文学作品就是那个现象学意义上的超验"本体"，即"符号和意义的多层结构"。

韦勒克通过类比论证指出，索绪尔语言学中语言系统和个人言语行为的关系正相当于诗的本体性与诗之间的关系。就像个体的言语行为无法穷尽整个语言系统一样，单独的一部作品也只是所有作品组合中的一小部分。读者之所以能够意识到自己是在阅读而不是从事别的活动，就在于认知现实加给我们的某些"标准"。这里的"标准"不同于伦理的、政治的外在标准、尺度，它是一种内涵的标准，是产生于文学作品之中的，是由对独具个性的文学作品相比较后抽象、概括出来的标准。韦勒克就把这些标准称为诗的"决定性结构"。文学作品的本体就在于这一具有统一性的确定的基本结构。诚然，每一部作品都是有其个性化的符合审美标准的部分组成的结构，然而，它作为某种类型的文学作品，固然包含着符合这种类型要求的基本结构。同理，每种类型的文学作品的结构也有特殊性，但作为整体的文学作品，又必然地具有使其成为文学作品的能包括所有文学作品的结构的结构。因此，韦勒克认为，对文学作品的基本结构的把握，可以遵循这样一种程序：从一件艺术品过渡到古希腊悲剧，再到一般悲剧，然后到一般文学，最后到所有艺术品都具有的包括一切的某种结构。基于此，我们就可以清晰地发现文学作品作为一种封闭自足的客体的内在本质。虽然韦勒克赞同英加登将文学作品看作"意向性的客体"，但具体到作品本身，它就是现象学意义上的超验"本体"，即"符号和意义的多层结构"，与意向性内容无关。对任何一部作品我们不可能全面认识它，我们所能认识的永远是它的"结构"，否则就不只有一部《神曲》，而会有多部《神曲》了。将作品的本体定为"结构"后，文学的研究对象也就明确了。

现象学认为对"意向性客体"本身的研究不应局限在意向性心理事实中进行，人们必须用现象学的还原法，抽象出"意向性客体"本身。在这方面，韦勒克毫不讳言借鉴英加登对文学作品所做的多层面的分析，将这个"符号结构"划分为三个层面：声音层面、意义单元和世界层面。相对于英加登的五个层面的观点，韦勒克取消了"观点"和"形而上"两个思想、哲理的层面，将其囊括在他的"世界层面"之中。

在韦勒克看来，文学作品是以含有不同标准的若干层面的体系而存在的。对于唯名论者来说，这样的"不同标准"的体系是不存在的，他们认为只有"个别"才是真实的，而"一般"是不实在的；在行为主义者看来，人是无法以生理活动来证实这样的概念的，因而又是"神秘的"。韦勒克有力地驳斥了这些看法，认定文学结构是一种动态结构，他这样写道："我们几乎无可否认，存在一种结构的本质，这种结构的本质经历许多世纪仍旧不变。但这种结构却是动态的：它在历史的进程中通过读者、批评家以及与它同时代的艺术家的头脑时发生变化。"所以，艺术作品具有永恒性和历史性的双重性质。由于作品总是存在于具体有限的时空中，不同的时代对作品的判定标准有很大的差异，所以，这些标准就不可能是僵化的，而是富于流动性的和历史性的。只要作品不被毁灭，这种结构的本质就是永恒的。我们可以重建作品"生命"的实现过程和具体化的历史，但却无法替代和超越这一"结构"的本质。在此，"动态"并不是意味着主观主义和相对主义，因为不是所有人对标准的理解都是正确的，人们只能是在探索大量的相对中逐渐接近绝对。因而，对这种动态结构的把握是完全可能的。同时，韦勒克进一步指出，价值正是从历史评价过程中产生出来的，对标准的确认和对结构的评价，是以能否产生最好的美学效果为根据的。

在韦勒克专心致志地进行理论阐述的同时，他始终都在回避这样一个问题，即他所谓的这样一个"由一些标准组成的结构"从何而来。这也正是韦勒克无法回答的。实际上，文学作品作为一定时代的产物，无法脱离当时的社会语境，无法离开作家的审美理想和读者的审美要求，因此将这些因素排除在外而孤立地研究文本是无法得出完满的结论的。

相对于形式主义与新批评，韦勒克所谓的"本体"有自己的独到之处：形式主义理解的文学实际上是作品的形式；新批评的"本体"，指的是作品整体；而韦勒克认为从作品内部分割出来的"本质结构"才是文学的"本体"，并且将这个"本质结构"与价值巧妙地联系在一起，形成一个蕴藏着价值的"结构"。

（二）文学作品是一个经验的客体

同哲学本体相比，韦勒克的文学作品本体又具有一定的"特别性"，是一种独特的知识客体。它不是像雕塑一样的纯实体性物质，也不是像三角形那样的理想客体，更不是像痛苦或快乐那样的心理状态，它是一个经验的客体，只能在接受者的心理体验中存在。"因此，真正的诗必然是由一些标准组成的一种结构，它只能在其许多读者的实际经验中部分地获得实现。每一个单独的经验（阅读、背诵等）仅仅是一种尝试，一种或多或少是成功和完整的尝试，为了抓住文学作品这套标准的尝试。"这说明任何读者都可以通过自己的个人经验接近这个客体，从而沟通作品的"本体"和具体作品之间的联系。作品只能通过接受主体的具体经验才能得以实现。作品的基本结构不可能在每一次"具体化"中都圆满地实现，而只能是部分地实现。我们对作品的接受永远都是对作品基本结构的一种尝试，不可能完整地认识这个客体的性质。

韦勒克对文学作品存在方式的认识与现象学文论"意向性客体"的认识是一致的。他从现象学角度，定义作品为"一个经验的客体"。韦勒克在《文学理论》中明确指出："艺术品可以成为一个经验的客体；我们认为，只有通过个人经验才能接近它，但又不等同于个人经验。"一方面，作品是主观的、不确定的，作者写出的部分与未写出的部分之间充满了裂缝或空隙，必须通过读者的"具体化"加以呈现，经过人的意识的意向性投射活动才能展现自身的独特性。文学作品具体存在于每个读者的经验或体验当中，从这个角度来说，它是一个"经验存在"，但是读者的每一次"具体化"的结果是千差万别的，决不代表作品本身，这就说明另一方面，作品是客观的、确定的。借鉴结构主义语言学的概念来表述就是，有一个不依赖于主观经验而存在的"结构"，而这正是文学作品的本体存在。

韦勒克根据现象学哲学和文论对文学作品存在方式所做的分析，使我们对文学作品的存在方式有了更深入的认识。一方面，他不否认文学作品的现实存在必须包含读者的意向性内容，读者可以接近、体验作品的结构，这保证了作品的本体可以被人们所认识。另一方面，他认为这些东西并不是文学作品本身，因为作品本身具有一种客观不移的确定性质，即一种基本结构。"结构"是韦勒克文论的理论基础，也是他整个文论体系的核心概念。

（三）文学作品存在方式论的理论价值

韦勒克的文学作品存在方式论解决了作品作为一个独立自足的客体，如何成为可能的问题。他从文学作品本身出发建构了一种特殊的本体论，于是使作品成为一个内涵的世界，作品的意义成为词语的不同意义对立调和的结果，以此来隔绝作品与作者、读者和社会现实之间的密切联系，极大地突出了文本的中心地位。他关于文学作品存在方式的论述有一定的合理性，使得对作品的结构层次做出分析成为可能。作品存在方式论在韦勒克的整个文论体系中具有重要地位，是整个文论的理论核心，决定了其整体结构和基本特征，使20世纪的文学理论界对文学作品有了更加深入的、清晰的认识。在此基础上，衍生出文学作品的文本论和文学研究方法，划清了文学的"外部研究"与"内部研究"的界限，明确了文学研究的对象是其内部研究的起点。这便于我们从每一次经验中总结作品的客观性，有据可寻地对其本体"结构"进行描述。这种充满理性色彩的分析方式扩展到了文学的内部研究、层次分析等方面，并贯穿在韦勒克的文学理论之中。

由于韦勒克的作品存在方式论并没有完全排斥经验的存在，所以，从他的理论中隐约可见主观性色彩。秉持辩证的观念，他既坚持作品的确定性又承认作品的历史变动性，作品的存在离不开具体化，而具体化又充满了经验特征。从这个角度，我们可以说韦勒克的作品存在方式论是主观性与客观性的结合、经验性与一般性的统一。

二、文学的本质

对文学本质的探讨最早可以追溯到古希腊时期的文艺理论。美国当代文艺批评家艾布拉姆斯在他著名的《镜与灯》中提出了艺术四要素说，即作品、艺术家、欣赏者和世界。艺术活动就是由这四要素构成的流动体。由此，衍生出了四种文学本质论：以机械反映论为基础的，认为作品是对客观世界的真实再现的"再现说"；强调作品与作者之间的关系，关注作家的主体心灵和世界，认为艺术是作家主体心灵的外化的"表现说"；强调作品与欣赏者的关系，认为文学的本质在于它对读者、对社会所产生的实际作用的"实用说"，以及关注作品本身的客观说。客观说将作品看作一个封闭的自足体，文学的本质也只能从作品内部的形式构造中去寻找。

既然韦勒克认为文学的本体是"符号与意义的多层结构"，那么文学的本质就不应该在哲学领域中寻找，而在于这种符号结构与其他的用语言组成的符号结构的区别。它应该而且必然是自在和自为的。由此出发，韦勒克的文学本质论认为文学作品的"符号结构"具有审美性和虚构性。

（一）审美性

韦勒克文论中的文学本质论是建立在他对文学作品存在方式界定的基础之上的，通过对构成这一"符号结构"的语言与其他语言的比较，韦勒克得出了文学本质的一方面特征——审美性。在对文学作品的符号结构进行语言学的审美探索之前，韦勒克首先批驳了两种错误的文学范畴观。一是将印刷品等同于文学，其错误在于单纯从文字表达形式上着眼，混淆了文学与文明；二是将文学局限在"出色"的文字表达形式中，导致了文学范畴的狭隘。文学作品的本体是审美的符号结构，文学研究的首要对象就是这一符号结构的审美特征。通过对文学语言同科学语言及日常语言的对比，韦勒克深入揭示了文学文本的符号结构所具有的审美性特征。首先，他将文学语言同科学语言进行了比较。二者最大的不同就在符号的"能指"与"所指"的关系上，即异质同体性。科学语言是一种普遍通用的、具体的、规矩的语言，其表达方式是指称或说明，能指尽量地指向所指，目的在于通过语言的实际意义揭示出语言以外的一个实在的世界；而文学语言完全不同，它承载着厚重的文化内涵，除了指称、说明还有表现情意的一面，强调文字符号本身的意义，强调词语的声音象征和情感表达。文学的审美性正是源于文学语言符号的这一特殊性——能指的美感。其次，文学的审美性也表现在与日常语言的比较上。在韦勒克看来，文学语言与日常语言的差别主要集中在量上。日常语言是一种自动化的语言，它采取的是最大的节约原则和概括原则，主要突出其实用性一面。而文学语言是一种困难的、艰深的语言，更加关注自身，对语源的发掘和利用更加系统。韦勒克十分重视文学作品的审美性，他在《现代文学批评史》中指出："它（指文学）的审美特质，它那通常称之为美的东西，以及它对单独个人和整个社会的影响，都值得我们去重视。没有文学，世界将枯燥无味得难以想象。"可见，韦勒克对文学审美性的关注与强调。

（二）虚构性

韦勒克在他的《文学理论》中指出："文学的本质最清楚地显现于文学所涉猎的范畴中。文学艺术的中心显然是在抒情诗、史诗和戏剧等传统的文学类型上。它们处理的都是一个虚构的世界、想象的世界。"虚构性来自文学的"语言结构"性质，它使文学艺术与现实生活区别开来。韦勒克指出，虚构性是用以区分艺术与生活的新术语，它只不过是一种"让人信以为真"的手段。他以小说为例来阐述文学的虚构性。

小说中的陈述并非是真实的，即使像巴尔扎克的似乎是记录社会真事的小说，也不具有社会文献、科学记录的真实可考性；小说中的人物、事件无论多么鲜明、生动，也都是作家根据某些艺术规律虚构的，没有历史性，只是活在作品当中的一个"此在"的人，其目的不过是表达作家的艺术技巧和对生活的认识；小说中的时空也并非是现实生活中的时空，而是通过语言的语音和意义层面投射出的一个"世界"，是虚构出来的现实。

虚构性被当作文学的核心性质。韦勒克认为，小说的虚构性不是评价文学优劣的标准，而是用来说明文学本质的概念，是划分文学与非文学的标准。从文学的虚构性出发，韦勒克反对文学研究中的"意图谬见"和"传记学"等方法。在他看来，文学是一个虚构的语言构成物，作家只能表现他对生活的看法，但不可能真实地反映整个社会生活，所以，在文学研究领域，应将文学与现实生活以及整个社会区别开来，将作品与作家生平、意图等区别开来。韦勒克站在文学语言结构的虚构性立场，为当时的文学批评敲响了警钟，将文学批评的重点转移到对具体的语言结构的审美分析上来。他虽然认为文学作品是根据文学传统、惯例以及艺术成规进行虚构的产物，但并不否定作者的经验在其中得到了组织和变形的表现，无意识中肯定了作者对文学作品形成的艺术价值，体现了人道主义精神。

我们不否认虚构性是文学艺术的突出特征，但是，任何虚构的文本都无法脱离经验世界，虚构与现实是互融互通的，文学作品中虚构的世界应该是现实世界某些方面审美反映的产物。在韦勒克看来，小说中的人物都不过是根据某些"艺术成规"虚构而成的,然而,这些"成规"又是从何而来呢?对此,韦勒克采取了回避的态度,他只是从语义分析的角度把问题引向文学作品本身,于是从根本上回避了文学的生活本源问题。

第二节　文学作品的内部与外部研究

韦勒克将文学的本体看作一个建立在语言基础上的"符号和意义的多层结构"。他将对这一独特的、决定性的"结构"的研究归结为"内部研究",并将其上升到整个文论体系的核心地位而加以关注。那么,与"结构"并无直接关系的,如关于文学与作者、社会、心理等方面的研究,统统被纳入经验存在的领域,作为"外部研究"而被排斥在真正的文学研究大门之外。在《文学理论》中,韦勒克用了大量的文字详细阐述了"内部研究",在文学作品的内在构成问题上,他从不同的层次与意义角度对作品进行了平面的与立体的切分,在借鉴英加登现象学文论的基础上提出了文学作品内部研究纵向的"三个层面"说。

一、文本的外部研究

"外部研究"立足于经验来研究文学,努力挖掘文学作品与其他因素的关系,是对作品具体存在的原因、效果和环境的研究。在形式派到来之前,外部研究在文学界一直独居尊位,文学社会学派、文化史派、心理学派等都带着自己特有的不同程度的优点和局限,申述对文学的理解。而在韦勒克那里,文学这种"外部研究"的方法,具体指研究文学的背景、环境、外因等所采用的方法,这是一种因果式的研究,只是从作品产生的原因去评价和诠释作品。他指出:"研究起因显然绝不可能解决对文学艺术作品这一对象的描述、分析和评价等问题。"韦勒克认为起因与作为其结果的作品之间不是一一对应的关系,因此,外部研究忽略了文学作品这一符号结构的特征,避开了作品的内在结构,无法解决对作品审美价值评判的问题。韦勒克否定对文学作品进行追本溯源研究的可能性,他认为作品如何产生是一回事,得到了什么结果又是另一回事。作者的意图和客观结果之间往往是有差别的,这样,韦勒克排除了文学的外部研究方法,把内部研究同结合了文学与现实的多种联系而进行的外部研究对立了起来，并把文学研究的真正对象确定为文学的"内部因素"。

韦勒克首先考察了传记式的文学研究方法。这是从作家的生平、个性等方面来印证作品的传统方法。在韦勒克看来，作家的传记与作品的关系，不是一种简单的因果关系，文学作品作为一个虚构的世界，无法对作者的生平和创作做出有效的推论，而传记材料也无法影响和改变人们对作品的评价。在文学研究中，于千头万绪的复杂意念中茫然揣摩作者的真实意图，依靠捕风捉影以期追根溯源，其结果仍是一种主观臆想。可见，传记研究法只局限于作者的生活经验领域，无法还原到作品"结构"本体的认识上来。但是，韦勒克并不是贬低传记的作用，他仅仅是反对那种简单地看待个人经历与小说结构的关系，反对简单地把文学评判建立在传记的基础上的做法。在某种程度上，他承认这种研究法是有助于解决文学创作和文学史中的一系列问题的，其本身的价值是不容忽视的，只是进入到文学批评领域，这种研究法就黯然失色了。

在文学与心理学部分，一方面韦勒克提出可以对文学作品中所表现的心理学类型和法则进行研究，另一方面可以研究创作过程中作家心理活动的种种现象，即作家心理学。在诸多的心理问题中，韦勒克探讨的是读者的心理。他不否定心理学对作品和作家的作用，但是心理学本身只不过是艺术创作活动中的一种准备，研究心理学无法完满地实现对作品的鉴赏。而只有当艺术家有效地使用了心理学手段，并且增强了作品的审美效果时，文学心理学研究才能成为可能。

在谈到文学与社会的关系时，韦勒克指出文学是一种社会的实践，具有一定的社会效用。他是主张社会学研究的，承认社会的各种因素，如经济的、政治的因素对文学的产生和发展具有制约性，他更强调文学应该相对独立于社会环境和政治形势，因为文学的社会学研究与作品的审美结构相割裂。韦勒克将文学的社会学研究分为三个方面：作家社会学、作品本身的社会内容和文学对社会的影响。但是无论如何这些研究都是在经验领域中进行的，没有触及文学的"结构"本体。虽然，把文学简单地看成是反映生活的一面镜子的做法，对文学研究来说价值不大，但是，如果文学能够得到恰当的理解，还是能够反映出作品的社会态度的。韦勒克摒弃了那种认为一种社会力量是其他所有社会力量的"动力"的观点。此外，他还特别提到了马克思主义文艺学中的艺术与社会经济关系问题，认为文学与具体的经济、政治和社会状况之间的关系是间接的。

韦勒克认为思想哲理或哲理诗在文学中的地位是无足轻重的，因为诗毕竟不是哲学的替代品，它有属于自己的评判标准，即作品本身的完整程度和艺术水平的高低。思想毕竟只是作品整体构成中的一个要素，单独对其进行研究是算不上对文学本体结构研究的。只有当思想走入文学的审美结构之中，成为象征或神话时，才是有价值的。在韦勒克看来，正确的做法应该是去探讨思想观念在实际过程中是如何进入文学的，而不是去探讨人类宇宙史的问题。

文学与其他艺术的比较也是一种有影响的外部研究范式。韦勒克重点批驳了三种认识。第一，将文学与美术等同起来。据此，他指出，文学中的绘画效果与绘画中的实际场景不可同日而语。第二，把文学中的声音效果与音乐等同起来。文学虽然具备音乐的美感，但从严格的意义上讲，诗中的音乐性与音乐中的旋律是根本不同的。第三，将文学的发展与其他艺术的发展进行平行比较。韦勒克认为将艺术史的风格概念移植于文学发展中的做法过于简单化，不能解释现实中复杂的文学过程。为了有效地考察文学和其他艺术的关系，他主张要在分析它们各自的层面结构的基础上，比较各种艺术之间的结构关系。

值得注意的是，韦勒克并没有完全否定社会学、心理学等角度的外部研究，他认为社会生活、哲学思想、心理学规律等与文学的审美对象之间，存在着一个绝不可忽视的差距，他将这一差距称为"本体论的差距"。文学研究必须消除这种差距，使社会生活、哲学思想、心理学规律等与文学的本体性紧密相连，才能确保处于整个人类精神、文化活动之中的文学的"本体性地位"。

"外部研究"的实质是判断一部作品是否"有用"，突出文本的"他律性"。因为有用与否，是依据作品与社会的关系来确定的，取决于它是否深刻地表现了社会科学其他范畴的研究对象。

二、文本的内部研究

韦勒克认为文学作品的"外部研究"，不可能解决对文学艺术作品这一对象的描述、分析和评价等问题。就文学作品而言，本体性表现在作品的"构成因素"之中。他在《文学理论》中表示："文学研究合情合理的出发点是解释和分析作品本身。无论怎么说，毕竟只有作品能够判断我们对作家的生平、社会环境及其文学创作的全过程产生的兴趣是否正确。"文学研究的最佳途径并不是对作者、心理、社会等做探微索隐式的研究，而应该是对"符号结构"进行语言学式的审美分析。韦勒克向批评界发出了警告：外部研究会导致文学研究的瘫痪和覆灭，只有内部研究才能使文学自立于世界文化之林，批评家感兴趣的应该是也必须是文学本身而不是人类一般的文化史和文明史。

对于如何深入艺术作品的问题，韦勒克接受了英加登那种以胡塞尔的现象学为基础的巧妙方法。他对作品结构概念的剥离使作品的层次分析成为可能。从平面的角度，他突破了传统的内容、形式二分法，以"材料"和"结构"来揭示文学作品的审美特征；纵向上，他引入英加登的层次分析法，将作品划分为三个层次，从而构筑了文学作品的层次论。

"内部研究"通过作品文本的自我指涉放逐了作者，也放逐了外部的物质和现实世界，文本的意义因此既不能求证于作者的心理世界，亦不能求证于外部的物质和现实世界，于是意义被认为是在语言之内产生的，是语言运用的产物。

（一）平面的划分

一直以来，文学作品的内部构成始终是文学理论界关注、探讨和争论的焦点。传统的理论一般认为构成文学作品的两大主要因素是内容和形式，这是从源远流长的哲学观念引入文学研究领域中的，并作为文学作品基本结构的区分千百年来根深蒂固地存在着。可见，这种划分的标准是哲学上的而不是文学上的。以黑格尔为代表的内容、形式二分法将文学艺术品看成是一个由内容与形式两部分组成的统一体，内容决定形式；而以形式主义为源头的形式派消解了内容的价值，主张形式决定内容。随着人们对文学理论研究的不断深化，内容与形式二分法逐渐失去了往日的权威地位，其缺陷日益明朗化，关于这对关系的进一步阐释更是人各言殊。如形式主义提出了"材料与手法"说，"新批评之父"兰色姆秉持"肌理与构架"说等，这些不同的说法都在力图弥补内容与形式二分法的缺陷。虽然它们能够自圆其说，但都无法超越这一传统的分割方法，没有真正解决内容与形式的相互关系，具体到批评实践、面对与作品的内部结构有关的问题时也是无能为力的。

韦勒克强烈反对这样的分法，"人们通常对内容和形式的区分是站不住脚的"。他认为，在任何一部作品中，内容与形式都是密不可分的，"这种二分法把一件艺术品分割成两半：粗糙的内容和附加于其上的、纯粹的外在形式"。忽略了作品的整体性、复杂性和统一性，忽视了作品的审美价值，并且分割的界限也是模糊不清的，是没有实际意义的。他在《二十世纪文学批评中的形式和结构的概念》一文中指出："诗，必须作为一个被理解的整体来理解。形式和内容之间可能存在矛盾，因为它们失去了对方都不可能存在，而抽象对双方来讲都是致命的伤害。因为内容暗示着形式的某些因素，作为形式的语言，就其单字、词汇而言，也与美学效果无关，只有他们按照一定的方式组织成有声音有意义（暗含着内容）的语句，才是有美学效果的形式。"韦勒克的这种看法很有道理，因为，文学作品的内容与形式的界限是无法明确划分的。在对以上这些划分方法进行深入研究的基础上，韦勒克提出了一对新的术语——"材料、结构"，以此沟通传统的"内容"与"形式"，前两者分别都包括后两者。而且，"材料""结构"比形式主义的"手法"更具有文学的审美目的，并且他们从整体上观照作品的艺术形式。他指出："如果把所有一切与美学没有什么关系的因素称为材料，而把一切需要美学效果的因素称为结构可能会好些。材料包括了原先认为是内容的部分，也包括了原先认为是形式的一些部分。结构这一概念也同样包括了原先的内容和形式中依审美目的组织起来的部分。"他进一步强调美学效果只能来自文学作品的审美结构，正是这种结构把文学作品的素材审美地组织到一起，而审美结构也就是形式。在此，审美效果是"材料"与"结构"划分的标准，二者的差别就在于是否有助于作品美学效果的形成。这样，艺术品就被看成是一个为某种特别的审美目的服务的完整的符号体系或者符号结构。韦勒克提出的这一说法，有力地克服了内容与形式二分法对作品整体的审美属性忽视的弊端，避免了对作品粗糙的、机械的分割模式，还文学艺术品一个有机完整的面目，高度强调文学作品的审美特性，与文学的审美本质形成了自治。

对文学作品的这种平面的划分是由作品存在方式论决定的。因为 20 世纪前的传统的文学本体论主要是模仿论和表现论，分析作品时首要回答的问题是作品模仿或表现了什么，如何表现的，所以，内容与形式共同构成了文学作品；而韦勒克的文学本体论实际是将作品本身看成一个结构，对作品的层次分析当然也只能在文本内部进行，不会直接同文本之外的因素发生关系，自然也就否定了内容、形式的二分法。"材料、结构"说的提出凸显了作品的本体"结构"，有利于对作品进行深入的、立体的、现象学意义上的层次分析。

当然，这种分法也有不足之处，它只是排斥了"内容与形式"二分法的区分标准，并没有解决对内容、形式进行分割的实际矛盾，每一部分都充满了内容和形式的可能。只是用"审美效果"缝合了"内容"与"形式"。根据"内部研究"和"外部研究"区分的标准，"结构"之外的"材料"就应归于经验存在，是"外部研究"范畴，而"材料"同样包含内容与形式。基于此，这对概念就不能完全涵盖内容和形式的统一问题。可见，"材料"与"结构"的划分界限仍然是模糊不清和无法具体把握的。

（二）立体的划分

韦勒克清醒地认识到，探讨文学作品的构成因素必须避免两种极端的倾向，一种是对作品进行肢解和破碎的"原子"分割法，另一种是导致无法对作品分解的笨拙不堪的"有机论"倾向。既然文学作品是一个"多层意义的符号结构"，那么，对作品的具体分析和评价就不能局限于传统的分析方法。所以，对作品进行平面的解剖并不是韦勒克研究的重点，他关注的是文学艺术品的立体层次。这个完整的"符号体系"是如何建立起来的呢？现象学家英加登将文学作品视为一个由不同的、异质的层面构成的体系，韦勒克据此发展了他的分层结构说。他从纵向的角度对作品进行了立体的切分，将作品的构成因素描述为三个关系密切而又相对独立的主要层面。第一个是声音层面，谐音、节奏和格律；第二个是意义单元的组合层面，意象、隐喻等，它揭示作品形式上的语言结构、风格和规则，并对之做系统的探讨；第三个是事物层面，也即小说的象征、神话构成的世界层面。前两个层面是作品的底层，主要由语言成分构成，第三层是从底层上产生出的"世界层"。作为文学批评家，首先要研究这些构成因素，研究这一具有"多重意义和关系的符号结构"。"世界"层面的介入有力地突破了单纯的语言学分析。在《比较文学的危机》中，韦勒克这样总结到："语言成分可说是构成了两个底层：即声音层和意义单位层，从这两个层次上产生出了一个由情景、人物和事件构成的世界，这个世界并不等同于任何单独的语言因素，尤其是不等同于外在修饰形式的任何成分。"韦勒克从内容与形式不可分的观点出发，对文学作品做了具体的层面分析，突破了旧有的批评模式，具有较大的合理性。

第三节　韦克勒文学理论的价值重估

超越韦勒克，建设一种更完善的文学理论体系，不仅需要传统理论背景的支撑，更离不开中外文论的交融、互通。就韦勒克的《文学理论》在美国国内的影响，学者阿尼克斯特评论道："给发展了 30 年之久的美国文学学科的某种方向做了总结。"从学界第一次叩响韦勒克文学理论的大门，半个多世纪以来，无数的文学研究者来到韦勒克这里寻找文学的思想。作为一位博学资深的文学理论家，韦勒克为 20 世纪文学理论界提供了许多创造性的思想材料，也为我国的文学理论研究带来了不容忽视的影响。在我国，古典诗学和马克思主义文论一直是我们文学研究的大的理论背景，韦勒克这种充满异域气质的文学理论的到来，在某种程度上激活了我们本土的理论思维，使本土理论在吸收、借鉴的同时，发挥出了创造力，这充分显示出我们超越韦勒克的可能性。当然，任何一种理论、一种方法都并非尽善尽美的，走入21世纪的今天，我们以当下文化背景为参照，重新审视韦勒克的文学观，并力求对其做出客观、公允的评价，这无疑是必要的。

一、韦勒克文学理论在中国的影响

在我国沿用已久的文学理论格局中，文学长期以来受社会历史学的批评模式的禁锢，体现在文学批评上，就是以某种凝固的政治标准和道德观念来批评作品。社会功利标准完全代替了审美标准，文学批评丧失了独立存在的价值。研究者大多集中主要精力于分析作品的内容，探讨文学是否真实地再现社会生活的本质和客观规律上，并由此推导出作品的认识价值和教育意义。文学研究倾向于"外部"探讨，而"结构""内部"话语相对缺失，对文学的审美特性认识不足。

20世纪80年代以来，许多学者开始从文学作品艺术形式的角度探讨和研究文学本体论问题，将注意力转向文学自身，探索艺术自身的发展规律。这一方面固然与我国文艺理论政策的调整密切相关，为文学的本体论研究提供了现实可能性，而另一方面，也离不开国内对西方"文学本体论"的吸收和借鉴，为我国的文学研究开拓了新的视野，注入了新的活力。

可以说，《文学理论》在很大程度上改变了传统的理论形态，扭转了文学批评的思维模式。我们传统文艺学的基本命题是"文学是社会生活的反映"，它同哲学等一样作为一种社会意识形态，是反映现实、传达真理、宣传政治的工具，读者也是在文学教化论指导下被动地接受。伴随着新时期思想解放运动，我国文艺界相继经历了文学与政治、文学与创作方法、文学与人性和人道主义的关系以及文学主体性等诸多讨论。文学研究者逐步意识到了政治决定论和阶级斗争工具论的狭隘和偏颇，将目光集中到对文学的审美价值和规律的探讨上，在20世纪80年代提出了背对现实，回到文学自身的观点。于是，新时期文学研究被描述为"外部规律"研究向"内部规律"研究转移的过程，将评论的对象逐渐集中到文学的内部研究上来，对作品进行审美的、艺术的分析，将批评的触角逐步延伸到语音、语法、修辞、格律、小说文体学、叙事模式、作品的风格和结构张力等领域。

然而，这种对形式的膜拜不可避免地给我国新时期文学创作实践带来了某些消极影响。20 世纪 80 年代中后期的文坛上，一些文学创作者为了追求表现形式的新奇，过分讲究叙述视角、语调、结构的复杂组合，以手法的探索为名掩盖生活经验、思想情感的匮乏，执着于感官的冲击力，而相对漠视文学的认识价值和教育意义。这一点也是应该引起我们警觉的。

中国和西方，尽管有类似的历史进程，但毕竟又有巨大的文化差异。长久以来，我国是以古典诗学和马克思主义文论为文学理论背景的，这一点与西方文论有很大的差异，而语言的差别也不可避免地给中西文化的交流带来困难。因此，当异质文化中的理论进入到我们的视野中时，必然要接受我们的文化心理模式和价值取向的选择、吸收、扬弃、改造、重构，以消除跨文化交流所产生的隔阂和陌生。《文学理论》的译介改变了新时期我国理论批评话语的结构，但也引起了批评界相当不同的反应和激烈的论争，这充分显示出了我们在借鉴和运用韦勒克文学理论的过程中发挥出的积极性和创造性，从而促进了我国文学研究的理论建构。

韦勒克的文学理论为我们久闭的心灵打开了一扇自由的大门，使我们认识到文学具有独立自主的姿态和作用，能以自身独特的形式发表对所处世界的言说，具有完整的自治性的概念、理解、意义和价值系统，无须依赖政治、经济等其他言说系统的支撑。从而为当代文学研究赢得了相对的学术自治的话语权力，使文学获得了广阔的发展空间。

如今，韦勒克的《文学理论》在中国已不再是关注的焦点了，但它作为20 世纪文学研究的重要理论支流，在经过了世纪性的沉淀后，应该被当作不可忽视的成分而继续存在，它时时刻刻都在提醒人们：文学研究不应该忘怀"文学"。

二、韦勒克文学理论的价值与局限

从西方诗学的发展历史来看，从古希腊到 18 世纪，诗学的核心问题是探讨作品与世界的关系。文学作品被视为外在客体的反映物。19 世纪以后，随着浪漫主义思潮的兴起和实证主义方法的流行，批评方向出现了根本性的转变，也就是艾布拉姆斯所说的从"镜"到"灯"的转变。诗学研究的重点也就从作品与世界的关系转向作品与作者的关系。以实证主义为基础的文化史派和社会学派，强调作家生平与社会背景的研究；浪漫主义强调文学是个人主观情感的表现，但都忽视了文学作品的相对独立性，忽视了形式与结构的意义与价值。站在这一角度上，韦勒克为了克服"传统"文学批评与理论的局限性与片面性，把作品当作本体来探讨，对文学进行审美特性的内部求索。这种向文学本体的回归既符合学术史的发展规律，也是文学自身特征认识深化的结果。至此，文学研究获得了前所未有的生机，衍生出一套行之有效的文本分析技巧与分析工具，这对于发现艺术品的艺术特征，提高文学研究的可信性和说服力产生了巨大的作用。

韦勒克文学理论的价值在于确立了形式对审美批评的意义。可以说，从韦勒克对文学作品"存在方式"的探索，我们可以察觉出，受形式主义倡导的"文学性"影响，韦勒克一直在努力于从文学形式中确定文学结构的具体形态，即形式—结构形态，并构建了一个"符号和意义"的多层体系。韦勒克将文学的本体确立为一种"结构"，并对其进行科学的探索，这在当时确实是一个了不起的发现。"在法国结构主义诞生之前，建立一个对文学结构进行文学研究的体系，是《文学理论》一书不可磨灭的另一历史功绩，而且至今仍有弥足珍贵的价值。"

韦勒克对"内部研究"与"外部研究"的划分对 20 世纪文学理论与批评也有着重大的影响，他对"内部研究"的推崇实质上是对以往过于注重作品外在关系的一种纠偏。这种划分所贡献的绝不仅仅是评论作品的方法，而是标示着研究视点的转移，代表着研究对象的变化，将对作品的鉴赏理性化，并为理性地把握作品寻找到了一条较好的科学表述的途径。韦勒克主张文学研究者要尽可能地贴近作品，向前站，对作品本体进行细致入微的剖析。这种划分突破了传统的二分法，有助于批评家将注意力集中在作品的"存在方式"上，集中在对作品的具体环节和具体层面做具体分析上，集中在作品的本体性上。它比任何批评方法都更加切近作品本身，是建立新的文学理论体系的起点。

韦勒克文论的可贵之处还在于它对形式主义、新批评等唯美文论的反叛与修正上。韦勒克重视文学的"内部研究"，但又反复强调不能只在作品本体论的层面上进行"内部研究"，对此，他坚持"整体性"的思想立场；他视艺术品为一个多样统一的整体，一个有着含义和价值，并且需要用意义和价值去充实的结构。可见，在对文本进行结构分析时，韦勒克并没有忽视意义与价值因素，他试图用"整体论"的概念来反对内容和形式的二分法，去解决由此产生的内容与形式对立的矛盾，这相对于之前的形式派美学仅把形式归于艺术本体，而排斥内容因素，前进了一大步。他声称自己的"内部研究"不是形式主义、唯美主义的研究。他同样注意到了艺术品的思想内容，将作品看成是充满意义、价值的多样统一体，高度重视作品的审美性，在作品的韵律、语言、文体等方面为文学研究做出了杰出的贡献。韦勒克对作品的分析坚持了统一性，突破了 20 世纪西方文论的唯语言式的研究。但与此同时，这也构成了一个悖论：他的本体论思想一再地促使他肯定"内部研究"而否定"外部研究"，而他的"内部研究"却包括了意义、价值等本属于经验领域的因素，这就使得他不能完全摆脱那种令他不屑的研究方法，更难以彻底地将"外在研究"排斥在文学研究之外。

诚然，韦勒克的文学观在自己规定的范围里，自有其一定的合理性，但从文学观念的整体性上观察它们，这种以偏概全的偏颇就十分明显。尤其是当韦勒克文论产生的社会语境发生了变化，其学术研究的纠偏功能基本完成以后，这种纯粹的内在研究就显得故步自封了。

韦勒克虽然尊重作品的本体价值，但他过分强调了内部研究中的形式研究方面，"审美价值"的标准成了唯一的批评标准，"向前站"的文学观念，使得文学批评流连于一些细节之中，失之于"只见树木不见森林"，忽视了对社会文化系统的宏观考察，这不可避免地要切断文学与作者、社会、文化等方面的联系，使文学成为不透明的、封闭自足的、空洞的本体，找不到"生活"或"现实"这样的字眼，导致了与社会生活有着复杂联系的生机盎然的精神产品变成孤立的、死气沉沉的物件。这使文学研究滑入了形式主义轨道。如此，文学研究也难以实现对文学的真正"透视"，难以承担批评所应承担的重任。从这个意义上说，形式主义的立场是导致韦勒克文学理论局限性的重要原因。

在文学系统与其他的关系上，韦勒克认为只要研究文学作品就行了，研究作品又只注重结构，在文学结构内部，关注声音、意象等，这样一层层的简化之后，文学的丰富内涵就只剩下语音、语义层了。这种形式主义倾向的批评思想无可避免地导致了对融于作品本身的意义、事件、社会等内容因素的忽视，导致了对形式方面研究的过分关注，导致它只能描述形式是"怎样"的，而不能回答为什么会是"这样"的。

由于韦勒克从文学研究的形式主义立场出发，在对待文学与现实以及文学的本源等问题上，自然和我们的理解有很大的不同。特别是在涉及马克思主义文艺学的范畴时，作者的评价甚低，而且往往做出常识性的错误解释，对文学研究历史性的重大成就一面，采取了令人失望的形而上的否定态度。马克思主义文论提出文学批评的标准应该是"历史的"和"美学的"相结合的标准，即应该有"较大的思想深度和意识的历史内容"，又应该有"莎士比亚剧作情节的生动性和丰富性"。文学的审美特点固然有它自己长久形成的相对独立的规律，但它不是孤立的，离开了文学艺术与社会、与生活等其他系统的关系，忽视了文学的历史性求索，是会走向绝路的。

此外，笔者认为"外部研究"和"内部研究"的区分也有矫枉过正之嫌。这种划分实际上隐含着独特的价值取向，它暗示着文学艺术的本质只能存在于"内部"，而"外部"只关乎文学现象，无法触及本质。这种划分赋予文学作品以终极意义，把文学作品本体绝对化，亦即看作超社会、超历史的独一无二的本体。如果过于强调文本自身的独立自足就很容易失去文学自身的使命和意义，使其成为时尚的点缀，从而使文学研究自绝于更为广阔更为丰富的社会文化生态圈，失去了它本来可以争得的关注者，失去了面对社会和生活言说的资格。这种划分将作品的意义定格为词语的不同意义对立调和的结果，与作者的情感及读者的反应无关，这实际上是将文学缩小为某种不健全的本体性，使得文学批评进入一种封闭的经院式的自话自说状态，脱离了广阔的社会背景。加拿大学者弗莱在《文学的原型》中，提出了"向心的"（内在的）与"离心的"（外在的）两种研究方法，并声称两种方法是相辅相成的。所谓"外在的"与"内在的"的对立实质是文学研究中对文学性质的不同方面的强调和侧重，即一个是强调文学的社会本质的研究，另一个是着重审美本质的求索。不管怎么说文学虽是纯粹的独立的，但它总要指向社会、历史、政治、伦理，并将其思想化为自己的血肉而成为一个有机体。并且只有当作品与读者发生联系，满足了读者的需求，进入了读者的意识，作品才有生命。而内部的研究却剔除了作品的血肉，排斥了对作品的"经验存在"的研究，使作品只剩下一副骨架。这样做好像使文学纯洁了、独立了、回到自身了，但我们最终发现这与文学实践不相符。与"传统"文学批评相比，韦勒克只是从一个极端走向另一个极端，而没有走向真理。

文学不是孤岛，它与社会各个领域都存在着微妙的联系。现代社会的信息化与系统化，使得文学的涉及面越来越广，文学与文化、哲学、伦理等学科的紧密联系更使文学研究不能仅仅停留于作品自身。考察作品的形式特征、语言发展等要从当时的社会文化氛围来入手。任何一部文学作品都是由它的作家在一定的环境下创造的，因此，研究文学作品就必然要涉及有关作家的个性、心理、创作过程等文化因素。"内部"与"外部"的区分给我们在具体运用中带来一种危险，因为，这种理论上的方法是对具体文学作品的抽象，作品最活生生的文化内涵被抽掉，而我们在应用这种抽象的方法时，同时也就忽略了应该使得活生生的文化内涵还原。理论上可以切断作品与社会的联系，对文学的内在结构进行理论研究，而在批评中，面对一部具体的作品，如果要回避它丰富的文化内涵，而进行抽象的理论研究，很难说有什么实际意义。

　　文学研究由单一性向多维性转变更是必然之势。文学活动是一种复杂的精神现象，单维的切入只能获得短暂的美感，在社会学层面难以解答的问题有可能在心理学层面豁然开朗，所以，对文学作品应该而且也必须多角度、多层面地审视，只有采取多元综合的态度，从各种不同的角度对文学做全方位的、动态与静态相结合的考察和透视，才能真正描绘出文学的独立形态来。

第二章　言语行为文学理论研究

　　希利斯·米勒是美国当代富有影响力的文学批评家和理论家。米勒的文学研究在经历了新批评与现象学阶段、解构主义阶段后，逐渐走向了言语行为文学理论阶段。米勒创造性地提出文学言语行为的三方面：第一，文学作品是作者的言语行为。作者的创作是做事情，是以这种或那种方式将事物放入语言中，因此文学作品作为一个整体便相当于是作者的言语行为。第二，文学作品中叙述者和人物可能发出言语行为，如诺言、宣言、借口、否决、谎言、决定等。这些言语行为是叙述者或人物生活行为的重要时刻，是他们以言行事的一种方式，这些言语行为的独特之处在于它们发生在文学作品这个虚拟的世界中。第三，教师的教学行为，批评或非正式的评论，也可能通过将阅读放入词语中得以体现。

第一节　文学是有效的施为言语

　　在哲学界和语言学界引起巨大反响的言语行为理论是否能与文学研究相结合这一论题引起了学者的广泛关注。这一关注的起因便是言语行为理论的提出者英国日常语言哲学牛津学派的哲学家奥斯汀认为文学是无效的施为言语，应排除在研究之外。面对这一论题，米勒的著作《文学中的言语行为》及其多篇文章无疑给出了明确的答案。文学真的如奥斯汀所言是无效的施为言语吗？鉴于"施为"一词的复杂性，米勒认为在回答这个问题之前首先有必要对施为言语进行全面的了解。

一、作为言语行为的施为

米勒认为奥斯汀的理论非常智慧而有趣，他的《如何以言行事》是英美分析哲学与日常言语学派非常重要的哲学著作。奥斯汀在《如何以言行事》的系列讲座以及在英国广播公司的讲稿《施为言语》中详细阐释了其所创造的施为言语一词。奥斯汀在其语言研究中发现例如"我愿意"（娶此女子为我合法的妻子）"我命名此船为伊丽莎白皇后号""我将我的表赠予我的兄弟""我拿六便士打赌明天将会下雨"等此类句子并不是在陈述某事，因此提议将"说某事即是做某事，或通过说某事来做某事"的这类言语命名为施为言语。奥斯汀进一步表明他认为清晰的施为言语应该是由恰当的人在恰当的场合发出的能带来预料中的效果的言语，而这种施为言语的句式最好是"第一人称单数加动词现在时直陈式主动语态"。

不过奥斯汀也发现很多情景也并非一定要用这种句式，例如在一定的情景中只说"公牛！"也可以起到"我警告你，有一头凶猛的公牛将攻击你！"这样的效果。鉴于施为言语无法用真实和虚假来判断，奥斯汀提议用有效与无效来判断。

奥斯汀在随后的研究中发现很难将陈述言语与施为言语明确区分开。奥斯汀列举了四个无法区分陈述言语与施为言语的原因：第一，有些施为言语尽管其具有施为特征，但也暗含需要真假判断，例如"我提醒你需要修理这个椅子"便暗含说话者认为这个椅子有问题；第二，有些陈述言语不仅是陈述，至少也含有准施为言语特征；第三，施为言语的有效性不是要么有效要么无效这样泾渭分明，例如"我认为法国是六边形"则是对法国地形的模糊概述；第四，陈述句也可以用"我＋施为动词（现在时主动语态）"这个施为言语的典型句式。鉴于陈述言语与施为言语没有实质的差别，我们说话的同时也是在做某事，奥斯汀开始专注阐述完整的言语行为，并从中抽象出"说话行为"，即"说什么的行为"；"施事行为"，即"在说话中做什么的行为"和"取效行为"，即"借说话取得效果的行为"。奥斯汀随后进一步将施事行为归为五类，即评判行为类；施权行为类；承诺行为类；表态行为类；伦理行为类。

米勒认为德里达的理论不同于奥斯汀的理论也不同于巴特勒的理论，但德里达的理论却是建立在对奥斯汀，尤其是塞尔理论批判的基础上，并影响了巴特勒的理论。米勒认为德里达的施为言语行为理论也是德里达全部理论的重要内容，因为德里达对秘密、文学、热情、伪证、决定、主权、政治、责任、公正、死亡等论述都没有离开施为言语。德里达的言语行为理论体现在其一系列的论文、演讲、访谈和著作中，不过比较系统的是他反驳奥斯汀的《签名事件》和反驳塞尔的《有限责任公司》这两部专著。米勒认为"重复性"和"完全的他者"是德里达言语行为理论的核心概念，所以米勒着重介绍德里达的"重复性"和"完全的他者"。

德里达认为施为言语中的任何词语都可以被反复使用，而且事实上也的确是在不同的场合被多次使用，因此德里达提出"重复性"这一重要概念。米勒认为重复性是施为言语的一个基本特征并且可以带来至少三种重要影响。米勒认为重复性的第一种影响是瓦解了奥斯汀所说的有效施为言语与无效施为言语的差异。奥斯汀认为有效的施为言语必须是在正确的场合中发出，而德里达认为重复性表明施为言语的语境根本无法饱和，尽管奥斯汀认为具有饱和语境是有效施为言语的一个特征。第二种影响表明我们无法排除奥斯汀所说的例如诗歌、舞台剧和独白等寄生的、白化的施为言语，因为根本不存在非常严肃的、只会被说一次的言语行为。第三种影响即解构了奥斯汀所规定的有效言语行为的发出者必须是有自我意识的自我，并且有真诚的意图。

正是作为对他者呼唤回应的施为言语创造了自我、语境、新的规则和法律。德里达的施为言语在过去与现在之间创造了一个绝对的破裂。米勒赞同德里达关于完全的他者的理论，并表明自己也将以相应的施为言语回答他者发出的呼唤。

米勒指出德里达在《马克思主义的幽灵》中除使用过一次施为性外，还多次使用施为言语一词。德里达在此书中说："起始的施为性与理论家分析的施为言语不同，它不符合已有的传统，可它破裂的力量产生了机构或法规，以及法律本身。"

二、作为行为的施为

米勒认为以巴特勒为代表人物的行为研究新颖并具有广泛影响，而且已成为一种学科或跨学科课题，甚至成为原先的表演研究的另一个替换的名字。米勒认为巴特勒的理论来源主要借鉴了表演研究，德里达的言语行为理论，后现代理论，尤其是女性主义和早期酷儿理论，以及利奥塔的《后现代状况：关于知识的报告》和福柯的《规训与惩罚》与《性史》。

米勒认为从时间上看，表演研究学科的创建早于德里达、福柯与巴特勒的理论。20 世纪 60 年代，理查·谢克纳、维克多·特纳、布鲁克斯·麦克纳马拉、米歇尔·柯比和其他学者共同创建了表演研究这一学科。根据维基百科的定义："表演研究既将表演作为研究的客体，也将表演作为被体验、实践和从事之物。体育比赛、节日庆典和示威抗议等都包括在表演中。某一项目可能有特殊的演员、服装、场景和观众。在表演中还包括自我的表演：性别、社会角色、年龄、性格等。将所有这些作为表演来考察有利于洞察我们在现实生活中如何表演我们自身。"从这个定义中可以看出表演研究关注的表演不是狭义上的音乐、舞蹈等表演，而是也将人生活中的种种行为看成一种表演。因此对日常生活中各种角色的表演的关注是与后来的行为研究有联系的。

米勒认为利奥塔的著作完全可能对巴特勒的理论产生影响。通过对利奥塔著作的阅读，米勒发现在利奥塔 1979 的著作《后现代状况：关于知识的报告》中，施为性已成为书中的关键词和核心概念之一，而这从此书的两章的标题"研究及其通过施为所达成的合法化"和"教育及其通过施为所达成的合法化"便可以看出来。利奥塔认为在后现代时期，科学、技术、教育和其他社会科学并不取决于已存在的法律。它们通过利奥塔所说的研究，教育或例如"语言游戏"等来创建它们自己的根据。利奥塔认为"权力造成的合法化"是后现代状况的核心特征。

维基百科反映的人们对巴特勒理论来源的理解与米勒的观点基本一致。他们都认为巴特勒著名的"性别施为理论"受德里达对奥斯汀施为言语理论的补充和对卡夫卡的小说《在法的门前》的解读的影响，以及受福柯的《规训与惩罚》与《性史》的影响。根据巴特勒的施为性理论，性别并不是内在的。社会规范强迫我们重复某种行为，不断地重复使我们产生了核心性别的幻想并使我们将身体的外在形式与内心相区别。反复从事某一性别的行为使个体产生了稳定的性别。简言之，即规训强迫我们的言行遵照社会对性别的设定。

三、言语行为理论与巴特勒行为理论的相同与差异

米勒致力于避免言语行为理论与以巴特勒为代表的行为理论的混淆，因此米勒在其报告与文章中介绍过这两种理论后，都试图概括这两种不同理论的相似点与差异处。从米勒的文章中可以了解到米勒认为这两种理论的差异性要远大于其相似性。这种差异性体现在如何看待自我与社会结构，如何评价文学中的言语行为等方面。而这两种理论的相似性，仅是家族相似。

米勒认为这两种理论对自我有截然不同的观点。通过对奥斯汀理论的概述可以知晓奥斯汀认为有意识的自我，即能够清醒地按照自己的意愿来表达

自己，并可以一直为自己的言语负责的稳定而持久的自我，是确保言语行为有效的必要条件。这种自我的持久性使我可以说"我承诺"，并一直为我的承诺所负责直到我实现这个诺言，无论这个诺言什么时候才能实现。米勒通过对以巴特勒理论为代表的行为理论的研究发现，行为理论认为"人类根本就不存在内在的自我或主体。每个人之所以成为现在的自己是由于被社会结构所迫而重复某一角色的结果"。米勒认为这种理论既是非常吸引人的也是让人消极的理论。弗洛伊德的"家庭浪漫"理论揭示了儿童在小时候常会幻想自己是王子或公主，而这种幻想在成年也以不同的方式有所体现。根据行为理论，如果你总是扮演异性恋，你就会变成异性恋；如果你总扮演同性恋，你就会变成同性恋。我不是一个英语教授，但如果迫于社会形势而长期扮演英语教授，那么在我内心深处，我可能已经变得像一个英语教授。米勒认为这个理论让人感到失望是因为这个理论暗示我们本质上什么都不是，而这个理论让人兴奋是因为，当我们意识到是家庭、社会、意识形态和政治力量通过强迫我们反复承担某种角色而成为我们现在的自己，我们也可以通过这种方式来改变社会，我们可以把握自己的身份特征，可以扮演不同的角色、不同的性别，也可以今天扮演一个人和一种性别，明天扮演另一个人和另一个性别。由此可以看出行为理论强调不存在内在自我观点与奥斯汀的自我是稳定的、有意识的观点截然相反。

奥斯汀在《如何以言行事》中明确表明："舞台上所说的施为言语，诗歌中所述的施为言语，独白中所说的施为言语，这些都以独特的方式成为空洞的或无效的施为言语，这也适用于任何言语在特殊场合中的突变。上述情形中的语言以一种特殊的方式——智慧的方式被非严肃地使用，但却是寄生于其正常使用方式之上。此种方式被归为语言的白化原则。"鉴于奥斯汀的这个观点，米勒认为奥斯汀根本不会关注如《哈姆雷特》和著名芭蕾舞剧《黑天鹅》等各种形式的戏剧、舞剧、诗朗诵等舞台表演。不过由于巴特勒等人的行为理论包括对各种表演的研究，所以在某种程度上可以说巴特勒等人的施为性理论与奥斯汀的施为言语理论截然相反。

米勒认为奥斯汀的理论是不系统、不连贯的。奥斯汀的理论，从施为言语与陈述言语两分法，到说话行为、施事行为、取效行为的三分法，再到后来的五分法，最终也没有走出其陷入的困境。而且奥斯汀一方面反复强调文学言语行为和笑话一样是寄生的、是白化的、是无效的施为言语，应该排除在研究之外；另一方面，米勒发现奥斯汀的论述却充斥着笑话和诗歌的形式，以及我们所说的叙事和讲述故事，例如奥斯汀所举的例子都可以看成缩微故事或类似物，而且奥斯汀还引用《奥赛罗》《暴风雨》《爱丽丝镜中奇遇记》等文学作品。米勒认为奥斯汀的这种不系统与不连贯倒是类似于巴特勒理论的自发性和自由性。巴特勒阐述理论的自发性和自由性使其理论也不够系统，例如巴特勒既说"我本质上不是任何人或任何东西"，也说"因此，我可以，可能，变成我想变成的任何东西"。

从关于德里达的《马克思主义的幽灵》的简述可以看出，德里达的研究已经涉及了政治施为言语。对巴特勒而言，被社会强迫或引诱而扮演某一性别的角色是很糟糕的；而对于德里达而言，将政治施为言语看成对完全他者的回应是美妙的，这也构成了德里达的理论与巴特勒理论的一个差异。

在深入研究《如何以言行事》的基础上，米勒认为奥斯汀可能不情愿，不过也还是赋予了表演行为某些施为有效性，这便与以巴特勒为代表的行为理论研究具有相似性。米勒说奥斯汀不情愿地承认表演行为具有有效性的根据是奥斯汀反复列举的婚礼的例子。一个正式的婚礼是对婚礼仪式的重复，因为此前必定已举行过无数次婚礼。在奥斯汀看来，这种重复并没有使婚礼失去其有效性和以言行事的方式。其实正是这种反复性使婚礼仪式成为传统并具有相应的效果。

米勒强调区分这两种不同类型的理论的同时也承认不同类型的施为性都有某种维特根斯坦所提出的家族相似性。鉴于当今以巴特勒为代表的后现代行为研究的盛行，能够发现澄清这两种理论的相似与差异是非常有必要的。米勒很好地介绍了这两种理论，并概括出这两种理论之间的相似与差异。然而，米勒在探讨这个问题时并没有提及与这两种理论都相关的意识形态与符号行为这两方面内容。

四、告别自我与意图

首先来看 T 类规则，T 类规则强调所有参与者都必须事实上具有相应的思想、感情和意图，并随后有与之相应的行为。在奥斯汀看来，诗歌、戏剧等文学言语是无效的施为言语是因为言语的发出者"不是认真地发出"言语。奥斯汀以"去捕捉一颗流星"为例，认为言语发出者"并无意图说标准的言语行为，或没有使你做任何事的企图"。那么奥斯汀所说的"自我"与"意图"的确是判断施为言语有效性的必要条件么？

米勒认为奥斯汀的自我观念与笛卡尔和后笛卡尔理论以及康德的思想相关。以奥斯汀的逻辑来看，奥斯汀认为有意识的统一稳定的自我是施为言语有效的必要条件这一观点是有合理成分的。以"我承诺下周二去你家做客"为例，根据奥斯汀的观点，要想这个言语行为成为现实，首先言语的发出者必须是清醒的、有意识的，如果言语的发出者是在如醉酒等原因造成的不清醒的状态下说出这个承诺的，那么，言语的发出者则在其清醒之后未必记得自己做过承诺，因此也便无法实现承诺；而且言语的发出者不能以今天的我与昨天的我完全不同，今天的我是一个全新的我为借口来逃避承诺。言语的发出者要想不履行这个承诺只有再发出一个新的言语来更新已说过的言语，还有言语的发出者必须在发出言语时有能力实现其承诺，例如言语的发出者还将一直处于监禁状态则不可能履行承诺，这便涉及意图的真诚性问题。所以奥斯汀强调有效的施为言语必须是由有自我意识的、清醒的、能完全把握自身和自身意图的、稳定而持久的自我发出的明确的施为言语，而且自我会致力于实现其言语行为。

德里达在很多文章中都对弗洛伊德及其精神分析表示赞赏，因此米勒认为精神分析不仅是德里达著作的一个基础维度，而且弗洛伊德对无意识的发现也成为解构奥斯汀的有自我意识的自我和意图的一条途径。德里达表明，无意识不仅解构了奥斯汀所说的有意识的自我，而且也使语境永远无法饱和。这是因为言说者的无意识是变幻莫测、难以把握的，所以受无意识影响的意图与语境便拥有无限的开放性。

米勒、德里达和德曼都认为施为言语的有效性不依赖有意识的自我。词语的作者甚至不需要活着来使他或她的言语起作用。米勒举例说与立遗嘱的人的去世并不会使遗嘱失去效力类似，虽然奥斯汀逝世了，但奥斯汀的逝世并不会使《如何以言行事》一书失去施为效力。事实也确实如此，时至今日，《哈姆雷特》《红与黑》《浮士德》《诗经》《论语》等著名的作品依然具有深远的影响。

为什么奥斯汀强调有效施为言语需要言语发出者是有意识的自我，和德里达与米勒等解构自我的观点看起来都是合理的呢？其实这其中涉及作为口语的日常言语与书写的言语。奥斯汀的观点立足于人们日常生活交际中的言语，在这种情况下，言说者，即自我是在场的；而米勒和德里达的观点则立足于言说者不在场的、以文字形式表达的言语。米勒与德里达都反对奥斯汀所持有的言说是第一位的，文字是第二位的观点。

米勒发现奥斯汀曾以说"我的话就是我的契约"，试图将言语行为的有效性与言语行为的发出者做简单区分，只是奥斯汀随后在论述有效施为言语六规则中又强调意图，而且又列举了三种缺乏必要意图的例子。那么奥斯汀的这个矛盾该如何解决呢？意图真是有效施为言语的必要条件吗？

米勒认为意图无法作为判断施为言语有效性的标准主要基于两方面的考虑。首先米勒赞成德曼的观点，认为言语行为应独立于意图、动机、愿望和欲望。米勒以一个形象的例子对此加以说明。米勒说如果你签字表明你承诺以抵押贷款的方式购房，你便需要按时付款，你不能以我的笔承诺付款，而我并无意图还钱为借口来逃避付款。因为如果以意图为标准，"我总是可以说'我所说的并不是这个意思'，然后摆脱诺言和应该承担的义务，那么重婚者、赌博中的反悔者以及其他卑劣的人就能以此为借口而大行其道"。所以米勒总结说"施为言语必须不依赖言说的意图和真诚。如果奥斯汀的理论想要具有说服力，如果奥斯汀想要实现其维护法律和秩序的目标，那么言语本身必须起作用，而并非言说者或作者的秘密意图。因为要想维护社会秩序，我们必须确保言说者和作者对自己说的话负责，而不是他们当时的意图"。其次，米勒吸收德里达的观点，认为我们所说的，尤其是所写的言语都是符号，而重复性可以使符号自身分裂，因此所说的和所写的是散播的。无论说什么都与自己的意图无关，都可能在新的语境具有新的意义，而所产生的意义却并不是说某事的意图所能控制的。

这里还涉及的一个问题就是语言是完全按照自我有意图地说出来并完全符合人的意图么？其实人的言语并不能完全为人的有意识的意图所控制。人的无意识常常在不自觉中会影响人的言语和书写，关于这一点，弗洛伊德有详细的论述。而且言语的发生与周围的语境也有密切的关系。在日常生活中人们也常常经历这样的情形，即在某种情景下，人们会说出并不符合自己意图甚至违背自己意图的言语。这在文学作品中也有所体现，例如在《金碗》中，邓舍尔本不想参加米莉的葬礼，而是想探望凯特。可当邓舍尔被问及是否去教堂参加米莉的葬礼时，邓舍尔却说自己会去，而结果邓舍尔也真的去参加米莉的葬礼了。既然自我与意图都已经被解构了，那是什么在起作用呢？德曼和米勒都坚信言语可以自动起作用。而这也可以解释为什么邓舍尔违背自己的意图去教堂参加米莉的葬礼了。

其实这个问题涉及三个环节，第二个环节是言语，第三个环节是言语所起的作用。想必奥斯汀认为第一个环节是意图，言说者所说的言语完全符合意图，而言语所起的作用也正符合意图，只是奥斯汀的这个想法是理想化的。因为事实上言语并非一定符合意图，有时言说者不一定能完全控制自己的意图，例如福楼拜会为包法利夫人的死而号啕大哭，但是却无法将她写活。即使言说者能控制自己的意图并通过言语表达了自己的意图，那么至于言语最终是否能实现言说者的意图也不取决于言说者的意图。而即使对方试图了解言说者的意图，也未必能从言语中推测出来，因为标记本身的开裂使我们所说与所写的是散播的，因此，标记与意图是相分离的，并在不同语境中具有新的意义，而即使对方推测出言说者的意图，也未必会实现言说者的意图。

通过以上分析可以看出奥斯汀意图说是有缺陷的，而德曼和米勒所强调的言语自动起作用则相对合理。

第二节　文学言语行为理论与文学作品解读

尽管奥斯汀认为文学是无效的言语行为，并将文学言语行为排除在其研究之外，但我们仍旧可以相信文学言语行为的有效性。米勒反复强调文学言语行为理论不仅有助于解读文学作品，更应该是解读文学作品的必要途径。例如米勒不仅在《文学中的言语行为》中说："在阐释文学作品方面，言语行为理论可能是有帮助的甚至是不可或缺的。我所做的是为了证明，即使是阅读那些并非明显地含有施为言语的段落，言语行为理论也是有益的或必不可少的。"而且在《作为行为的文学》中说："更多的是德里达或德曼意义上，而非塞尔意义上的施为言语的概念，是正确阅读文学作品绝对必要的工具。"

一、文学是谎言

米勒认为文学是谎言主要是因为文学与谎言有三个相似点。

第一，文学与谎言都与事实相反，都没有对应的指称物。米勒提供了三方面的论据来验证文学是虚构的谎言。米勒首先回顾了将诗歌与谎言联系起来的历史。米勒认为将诗歌与谎言联系起来，有着悠久的历史。米勒认为菲力普·西德尼爵士在他的《诗辩》中就明确这样说了。西德尼说，诗人并没有说谎，因为他并未声称自己在说真话，"他不曾断言，也就不曾说谎"。卢梭的《新爱洛伊斯》第二个序言中有关小说的一段精彩对话在一定程度上也应和了西德尼的这个观点。虽然作者不曾断言，但米勒认为"这其实就是承认，如你被诗歌吸引了，它便仿佛一个被相信的谎言"。这两个例子都是作家不断言，那么如果作者在小说中断言他或她所写的是真实的历史呢？以《鲁滨孙漂流记》为例，笛福在此书的"序言"中称自己不过整理了真实的回忆录而已，"整理者认为此事是真实的历史事实，看不出有虚构之处"。米勒认为这句话的两部分都是谎言。如果读者恰好不知道这也是小说的一部分的话，则会被这两句话骗过。还有很多作品的序言也是如此，例如《红字》。除了作者在序言中称真实外，很多小说的标题或完整的标题都有历史或类似于历史的字样，例如《亨利·埃斯蒙德》完整的名称是《由为安妮皇后陛下效忠的陆军上校亨利·埃斯蒙德先生撰写的自己的历史》；狄更斯的小说《大卫·科波菲尔的个人历史》；菲尔丁的《弃儿汤姆·琼斯的历史》；巴赛特的《巴塞特最后的记事》；乔治·威尔斯的《波利先生的历史》。那么这些小说真的是基于已存在的事实之上么？米勒认为作为作家的詹姆斯的这段话无疑给出了一个明确的答案。詹姆斯在论述特罗洛普时说："小说家只能把自己当作历史学家、把自己的叙事当作历史，除此之外真难以想象他还能把自己当作什么。只有作一位历史学家，他才有最起码的确认的地位，而作为虚构事件的叙事者，他就毫无地位。为了使他的企图得到某种逻辑的支持，他必须叙述那些假定是真实的事件。"从这个侧面也可以了解到小说是虚构的。但为什么要掩盖小说是虚构的呢，米勒进一步概括说"把一部小说称为历史，就此一笔，它的作者就遮蔽了虚构一词所带来的杜撰、凭空创造与谎言的所有含义"。只有这样才会使读者信以为真。那么作者使读者相信虚构的作品的具体方法又有哪些呢？

从米勒的著作中，可以归纳出至少如下三点：第一，文学作品的内容涉及真实的历史背景。米勒在《重申解构主义》中说"有一个假定的历史真实性来作为背景或场景。只有在这样的语境下，作为所有叙事基础的种种换喻才能转换；也只有在这样的语境下，才能使特定叙事的故事具有连续性，才能使人们对叙事者所讲故事的阐释具有完整性"。随后米勒以乔治·艾略特的《米德尔马契》为例加以说明。米勒认为这部小说被公认为现实主义小说，并从某种角度被认为是"历史小说"与作者"处心积虑地将事件安排在一个特殊的历史时期和特殊的地点——英国首次改革法案出台前那段时间内的外省生活"和用心构筑此时期与地点的历史背景是分不开的。其次，使用真实的地名。米勒在《论文学》中说"使用真实的地名，常常会强化一个幻觉——文本叙述的是真人真事，而不是虚构的创造。"但是，不经意的读者，也许会被假造的具体情景所骗。凯特·克劳伊父亲的房子在一个真实的地方——伦敦的切尔西区。但搜索一下伦敦地区，却找不到什么切克街，而叙述者说房子就位于切克街上。似乎切尔西区应该有一条切克街，但事实上并没有。戈斯威尔街是东伦敦芬斯伯里区的一条真实街道，但并没有出现过什么匹克威克先生打开一扇窗户朝外看的情景。文学把语言正常的指称性转移或悬搁起来，或重新转向。文学语言改变了轨道，它指向一个想象的世界。最后，承认文学作品中的人物来自自己的内心深处和切身体验。这也是詹姆斯给出的答案。例如詹姆斯在其长短篇小说集（纽约版）第 23 卷的序言中讲："本卷中描绘的我那些不幸朋友特别复杂的个人状态，其材料主要来自设计者本人的内心深处……所表现的状态，所探索的窘迫和困境，所记录的悲喜剧，只是通过他自己的切身体验才清晰创造出来。"由此可见作家有着很好的骗人技巧和骗人力量。詹姆斯也注意到了这种力量，他说："然后，我不羞愧也不讳言，让这些任务伟大是叫人愉快的，只要这样做时并未让他们成为本质上虚假的……之所以叫人愉快，是因为它更难，当然我指的是，从你成功创造出他们的伟大的那一刻起，从你不是要求人们凭空相信你的那一刻起。简约地创造几乎一切，这是表现艺术的真正生命，而要求读者凭空相信——即便是最谦卑的要求也是艺术的真正死亡。"米勒认为这段话似乎说，作家就是骗子。只是骗子不会直接要人凭空相信他，而是通过运用词语创造出的文本诱使读者相信在现实中没有明确对应的虚构物。米勒认为詹姆斯说的，"这里就是一个好例子，看你们相信起来有多好，当我已经在你们身上巧妙培植了这种倾向"，便反映出詹姆斯运用语言的施为力量使读者悬搁怀疑而相信作者所虚构的故事。

第二，以普鲁斯特为代表的作家常常对谎言和文学说同样的事情。米勒认为普鲁斯特的《追忆似水年华》中的这段话："谎言是世界上仅有的几样东西之一，这些东西能打开窗子，让我们看到新的、未知的东西，能唤醒我们心中沉睡的感觉以静观宇宙，否则我们永远无法知道这些。"是借马塞尔之口表明如果我们相信谎言，谎言能打开我们并不知道的世界。米勒认为"普鲁斯特自己的谎言——他创造了一个异性恋的主人公，这主人公却暗暗地、间接地表达了作者是同性恋。一个例子就是马塞尔生活中的主要女性，其名字都是女性化了的男子名字：吉尔伯特、阿伯汀、安德烈"。

詹姆斯长短篇小说集（纽约版）第15卷的序言也许会给我们以启示。詹姆斯的朋友指责詹姆斯说此卷小说中《大师的教训》《狮子之死》《地毯上的图案》的作家主人公不真实，詹姆斯朋友的依据是在英国已不存在无私献身高雅艺术的作家，不存在热爱完美的艺术家，不存在为自己的真诚情愿付出代价的艺术家。詹姆斯的回答是："如果过去三十年我们周围的生活没有提供这样的范例，那么这种生活就太糟糕了。这个判断太令人伤心了，所以我们不应做出这种判断，而应避开它。有一些体面事，以全体的自尊的名义，我们必须认为是理所当然的。有一种基本的思想荣誉，为了文明的利益，我们是必须至少要假装具备的。"

第三，米勒认为文学与谎言的另一个相似之处便是"如果它们被相信了，都可以有施为的效果"。米勒认为如同在大晴天说"下大雨了"而导致你穿上雨衣，虽然说法是错的，但却是有效的言语行为一样，在《鸽翼》的开篇，"凯特·罗伊，她等着父亲进来"是谎言，因为"真实世界"中不曾有一个凯特·罗伊在等着她的父亲，但如果这些词语给读者一个入口，让读者进入

《鸽翼》的想象世界，那么那些开篇词虽然是谎言，但从事情发生的角度来看却是有效的施为言语。

二、谎言是有效的施为言语

米勒认为谎言不具有陈述的价值，更说明谎言可以如施为言语一样起作用。那么谎言作为施为言语有可能产生怎样的施为作用呢？米勒认为谎言潜在地具有两种施为效用。第一种效用是谎言本身具有的神奇魔力使谎言成为现实，甚至使说谎者违背自己的意愿而实践其所承诺的事。在《追忆似水年华》中，马塞尔假装不再爱阿尔贝蒂娜并想和她分手的谎言最终却成了现实。在《鸽翼》中，莫莉和苏珊讨论得出如果她们能够以充分的理由证明凯特不关心也不爱邓舍尔，那么她们说的话便会被相信并产生她们所说的也即她们所期待的结果。事实上，小说的结局也暗示了凯特和邓舍尔不会在一起的事实。凯特与邓舍尔相爱并秘密地私自订婚，然而他们都没有钱，凯特想摆脱她姑姑的监护，于是她建议邓舍尔追求患病但非常富有的米莉并通过使她相信他爱她而获得她的遗产，并承诺当他拿到遗憾遗嘱后与他结婚。正是因此，凯特骗米莉说自己不爱邓舍尔，而邓舍尔也以各种谎言假装爱米莉。可是在米莉去世后，凯特和邓舍尔都意识到邓舍尔爱上了米莉。他们的谎言最终成了现实。邓舍尔另一个成真的谎言是当米莉去世后，邓舍尔原本打算去找凯特，可当有人问他是否会去教堂缅怀米莉时，他说会去，尽管他并不想去，而实际上，他还是去了教堂。所以米勒认为说出来的谎言都有可能成为现实。

米勒认为谎言的第二种效用体现在谎言使人们相信，并在相信谎言的基础上有相应的行为。不过这种施为有效性只持续在他人相信谎言时，当人们不再相信那个谎言时，这种施为有效性也就丧失了。这是米勒在阅读詹姆斯的小说中总结出的。在《鸽翼》中也可以看到谎言此种有效性的体现，即人们相信谎言并在相信谎言的基础上有相应的言语行为。在小说中，凯特、莫莉姑姑、苏珊都骗米莉说凯特不爱邓舍尔，米莉显然相信了她们的谎言。于是当马克勋爵来威尼斯向米莉求婚并告诉米莉凯特爱邓舍尔时，米莉拒绝了他的求婚并说"你完全误会了"，并表明她和凯特是很亲近的朋友，凯特和她保证说并不爱邓舍尔而米莉相信凯特说的话。米莉认为只要自己有生存的欲望便不会去世，米莉也是这样对邓舍尔说的，不过当米莉真的意识到邓舍尔爱自己原来是谎言时，于是放弃幻想，面对死亡。这其中还涉及的一个问题便是人们为什么会相信谎言呢？

当然正如德里达在分析《追忆似水年华》中的谎言的讲座中所说没有语言学的符号使我们能够区分谎言与真实的陈述，因为它们都使用相同的句法，相同的语法和相同的语义资源，这无疑使我们很难辨清谎言。通过米勒对《追忆似水年华》的解读和米勒引用的德里达的讲座，还可以总结出两方面的原因：一方面是谎言常隐藏在陈述句和誓言中。像"外面在下雨"，也隐含有"我对你发誓外面在下雨的的确确是真的"的意思。当阿尔贝蒂娜对马塞尔说："我对你发誓，这就是全部……那些话我甚至不知道是什么意思。某天，我在街上听到卑微的人这么说，就这样没经过理智等就浮现在我头脑中。这和我或其他人都没关系。"马塞尔未经分析便相信了阿尔贝蒂娜的话："我无法怀疑她的誓言。"另一方面是对撒谎者的情感信任。阿尔贝蒂娜和马塞尔说她在街上和一个女子说话，虽然马塞尔确信那个女子已离开巴黎好几个月，却也还是相信她的话。马塞尔说："假设恰好在街上看到阿尔贝蒂娜并未见到那个女子，我那时就会知道她撒谎了。但即便那时，就能绝对肯定了吗？……一阵怪异的黑暗会遮住我的头脑。我会开始怀疑自己是否真看到她一个人。我甚至都不会努力去想，是处于什么样的视觉幻象，我没有看到那位女士。我都不会太吃惊地发现自己搞错了，因为宇宙星辰也不如人的真实行为那么难测。尤其是我们所爱的人，他们为了保护自己而编出的故事，护卫着他们免受我们的怀疑。"

米勒认为可以说谎言是以言行事的方式，因为无论哪种效用都表明谎言有使某事发生的能力。米勒的这个结论是成立的。人们之所以说谎的部分原因也许便是因为人们或清晰或隐约地意识到谎言是有效的施为言语。其实，谎言并不只有以上两种施为效用。即使谎言不被相信，也会有施为效用，只是这个施为效用并不是和说谎者的意愿相符，而且谎言不被相信时，对方也会以谎言和其他的言语行为相回应。在《追忆似水年华》中，阿尔贝蒂娜不承认自己是同性恋，而马塞尔并不相信她，马塞尔一直怀疑阿尔贝蒂娜对他隐瞒了她是同性恋的事实，所以马塞尔一直在调查，即使在阿尔贝蒂娜去世后也还在调查。为此，马塞尔询问了浴室的守卫，洗衣服的女孩还有安德莉。而马塞尔对阿尔贝蒂娜的不信任产生的调查与询问无疑是回应谎言而发出的言语行为。

三、作为言语行为的谎言与死亡

在论述作为施为言语的谎言时，米勒发现谎言与死亡有着非常复杂的关系。通过米勒的论述，可以归纳出谎言与死亡至少三种联系。米勒发现言语行为与死亡有着密切联系，而谎言又是言语行为的一种，自然可以得出谎言与死亡的联系。那么米勒认为言语行为与死亡的联系都可以从哪些方面体现出来呢？首先，人终有一死，而只有人才能发出言语行为。米勒认为这和言语行为效用的无法预知相关。米勒说当一个人秘密地或公开地承诺与某人订婚后，他或她仍无法确定自己是否会依实现其诺言，因为"他或她可能在履行诺言前便去世了。所有的诺言其实都有一个隐含的附加前提，即如果我活着，我承诺会这么做"。其次，遗嘱、遗赠和抵押借款这三种普遍的施为言语与死亡都有密切关系。当一个人签署了一项抵押借款，便意味着他或她必须每月付一定金额的钱，直到完全偿还贷款。这也相当于签署人说："只要我活着，我承诺偿还清贷款。"这也表明，当一个人签署抵押贷款时便也将死亡的因素考虑在内，如果他或她在还清贷款前死亡，那么抵押物便将被用来偿还。遗赠也是一种控制死后发生的事情的方式。"我去世后，我资产的这部分将作为我的赠予送给某人"，例如米莉将她的钱遗赠给邓舍尔。遗嘱是一种运用词语使人的愿望在人死后得以有效实现的方式。遗嘱使人不用活着也能确保事情如此发生。

谎言与死亡的直接联系是人们为了使别人相信自己，常用死亡来表明自己没有说谎，例如《追忆似水年华》中马塞尔对阿尔贝蒂娜说："我发誓我所说的都是真的，我可以以我的姑姑，我可怜的母亲的坟墓发誓。"米勒认为《鸽翼》中的所有言语行为——保证、诺言、遗赠等在某种程度上都相当于抵押贷款，即以死亡的名义打赌："如果我没有说实话，如果我没有履行诺言，如果我没有忠于我的见证，我宁愿去死。"米勒认为死亡与确保社会运行的不断更新的言语行为之间的关系是矛盾的，因为一方面，人们用死亡担保自己言语行为的严肃性和有效性，而另一方面，要想社会体系起作用，则需要忽略或忘记死亡，也即这个体系需要同时既铭记死亡又遗忘死亡。米勒认为《鸽翼》中人们企图表明不知道米莉生命垂危与事实上非常清楚这件事便是对此的证明。

谎言与死亡的另一个联系是死亡既有可能确保谎言成为现实，又有可能使诺言无法实现。只要双方都活着，便可以有新的施为言语或者取消或者更改原有的施为言语。以诺言为例，如果你许下了一个诺言，哪怕是虚假的，可是当你还没有实现这个诺言，对方便已经去世了，这会产生怎样的情形呢？米勒认为《鸽翼》中邓舍尔、凯特和米莉的关系恰好给了我们一个答案。邓舍尔对凯特的承诺是在获得米莉的钱后和凯特结婚，邓舍尔对米莉的承诺是爱她。当米莉死亡后，邓舍尔对凯特说如果你不要那笔钱，我们便立即结婚；如果你接受那笔钱，我们便无法在一起。而凯特对邓舍尔说如果你承认你没有爱上米莉的记忆，我们便结婚。邓舍尔的回答"哦，对她的记忆"则暗示着邓舍尔没有否定对米莉的爱。凯特说我们再也不会像从前一样，米勒对此总结为"他们无法再像从前一样是因为邓舍尔对米莉撒谎说爱她，所以现在邓舍尔有义务以他的爱来偿还她的爱。你无法同死人建立新的施为言语，因此你与已逝之人的关系可能使你无法实现你与还活着的人的承诺"。

也许会有人通过对《鸽翼》的阅读而总结出这样的收获，即千万不要说谎，因为谎言总有方法违背你的希望和意图，通过词语的力量，通过词语与死亡的神秘关系而使之成为现实。《追忆似水年华》中的"随着时间的流逝，我们所说的谎言也慢慢地成了现实"似乎也是一种佐证。米勒认为我们不应该将此误解为我们不应说谎的伦理课，因为我们无法不说谎也无法控制谎言和其他言语行为的效果。米勒认为："社会体系是建立在一系列谎言的基础上，每个人都知道是谎言，却假装相信那些谎言。"米勒进一步解释说："社会体系是由一系列复杂的不断更新的言语行为来维持的。这些言语行为声称如此的人、阶层或事物有如此这样那样的价值。"米勒认为在某种程度上所有的言语行为都是谎言，因为言语行为引起它们所命名的情景。米勒举例说当牧师正在说"我宣布你们为夫妻"时，他们并没有成为夫妻，只有当牧师完全说完这句话并且每个人都相信牧师的权威时，他们才成为夫妻。米勒列举的另一个例子也许更能佐证他的这个观点。美国有的官员声称"美国人民不需要保险"，其实事实上这位官员希望可以通过这句话来使这句话成为现实，而这位官员之所以这么说是和这位官员代表的保险公司的利益相关。

米勒认为谎言之所以也会起作用是因为语言自动起作用，但米勒的这个观点值得推敲。米勒说："如果我说了些什么，无论我的意图是什么，我都被我所说的言语所约束。读者可能会看到，言语行为处于如此这样的位置，其以一种令人不安的方式远离意识和意图。之所以令人不安是因为它赋予了语言以自治的力量。词语以其自己的方式起作用，而不管我们是否想要它们起作用。它们有一种危险的独立的力量。"那么真的是语言自动起作用还是在某些语境中，语言的背后另有一种力量迫使语言起作用呢？

第三节　共同体与文学言语行为

奥斯汀认为施为言语是否有效取决于施为言语是否满足外在情景与内在情景的六个条件。米勒认为外在情景从某种程度上是人们通常所理解的共同体。米勒对什么是共同体，读者群是否为共同体，作为施为言语的文学与共同体的关系，以及文学作品中的施为言语与文学作品中的共同体的关系等方面都有详细的论述。

一、传统的共同体

　　共同体，可追溯的最早的词源为拉丁文"Communis"，意指"一起"。据威廉斯在《关键词》中所述，仅从意涵而言，"Community"作为英文词在14世纪就存在，在14世纪和15世纪，共同体通常指平民百姓，或一个政府，或有组织的社会；在16世纪和17世纪，共同体除了指平民百姓、政府或有组织的社会外，还指拥有共同事物的特质和相同身份和特点的感觉；18世纪以后共同体的意涵与16世纪和17世纪相比，不再具有平民百姓的意思，而增添了可指一个地区的人民的意涵。虽然不同的时代人们对共同体的理解会有差异，但人们通常认为，共同体是指一群人居住在一起，基于共同的历史传统、风俗习惯、信仰文化，生活在同样的行业、机构、法律之中。而这些共同的风俗习惯以口头和书面的方式被代代相传。这种共同体的特点大致可以概括为：共同性、友善性、直接性、区域性和不朽性。共同性是指共同体中的每个成员都拥有共同的历史传统、风俗习惯和信仰文化。共同的传统习俗和信仰在某种程度上促成了友善性。友善性是指共同体成员间有着友好亲善的观念和态度。威廉斯不仅在《关键词》中表明共同体具有"共同关怀"的意涵，是"充满感情、具有说服力的、从来没有负面的意涵"，而且他在《乡村与城市》中再次表达了这种观点。直接性是指共同体成员间具有直接的交往。直接性与共同性密切相关。在这种共同体中的成员是已存在的主体。他们为共同的利益而结合在一起，共同的习俗和信仰使他们觉得其他成员与自我相像。而拥有可以彼此理解的语言和符号使他们可以直接交流，而这种直接交流也促进了对彼此思想和感情的理解。区域性是指共同体成员生活在同一个地方。威廉斯发现共同体的这种直接性和区域性从19世纪开始，在大规模的复杂工业社会中得以凸显，并成为与社会相区分的特点。不朽性是指共同体具有集体不朽的特点。虽然共同体中的成员都终有一死，但共同体中的成员所规划出的"共同体意识"或"集体意识"影响着共同体中的每一个成员。共同体一代代不断地更新，但依然能使每位成员都浸染在这种"共同体意识"或"集体意识"中，正是这种方式赋予共同体以不朽性。

　　米勒也是如此理解传统共同体的。米勒在《共同体的爆燃》一书不同的章节中指出："在通常意义上，共同体基于这样一种假设之上，即共同体的每个成员都有途径了解他的或她的邻居的思想与感情""稳固的共同体通过历史以及伦理法规和价值的支撑而保持不变""婚姻产生孩子，而这些孩子使共同体在新一代中延续""传统的共同体中，一代代的人们居住在同一个地方，享有同样的文化，例如被纳粹彻底破坏了的犹太共同体""我所想到的理想的共同体是由相对少数人组成的，他们讲同一种语言，拥有相同的信仰和相同的制度。"通过对米勒文章的阅读，可以发现，米勒多次将传统的共同体称为理想的共同体，那么这种共同体在当代的现实中是否存在呢？

威廉斯认为这种真正的共同体在糟糕的时代中也是存在的："在某些地方，本土的有效的共同体依然存在，在那里，不动产的拥有者、承租人、工匠、劳工首先是作为邻居而存在，其次才是社会阶层。这不应被理想化，因为在做决定之际，阶层的现实会呈现出来。不过在许多情况下，世代的定居使友好而亲密的关系延续在共同体中。"但米勒以其所在的缅因州的一个小村庄为例说明现实中并不存在这样的共同体。尽管在这个小村庄的每个人都有相同的"种族"背景，并到同样的学校，然而即使在这里，也不存在同质性，这里的居民说西班牙语和索马里语等各种语言。所以米勒说我们所谓的共同体内部是丰富多样的，并且有些所谓的共同体比其他的更为丰富多样。而这也是当代很多学者的观点。

二、无功效的共同体

透过米勒的著作可以总结出米勒认为这一共同体的主要特点有：他异性、不可沟通性、必死性、暴露性和难言性。他异性指每个个体都是唯一的、与众不同的，对于个体而言，所有的他者都是彻底的异己者、陌生人，因此南希强调每个人的独特性，认为每个人都是独体而不是主体。因为他异性，所以随之便是不可沟通性。不可沟通性指的是每个独体都怀有不可分享的秘密，也都无论如何无法与其他独体真正交流。因此，在这种共同体中没有主体间的相互理解，也就没有社会纽带，没有集体意识。必死性是指虽然每个独体的死亡方式会有不同，但每个独体和其他独体一样都必有一死，而只有这一点是人们所能共通的。和必死性密切联系的是暴露性。暴露性指独体与独体间交往的主要因素是有限性的"出庭"，即被暴露出来，正如"你和我（我们之间）在此，和并不表示并置，而表示暴露"，即共同暴露在死亡面前。难言性指的是这种共同体是难以公开言说的，而且描写这种共同体的术语不能是与字典意义相符的直接意义，而只能是比喻性的。对于此种共同体，布朗肖称之为"不可明言的共同体"，林吉斯称之为"无共同性的共同体"，南希称之为"无功效的共同体"。

米勒简单介绍了德里达关于《鲁滨孙漂流记》的学术报告中所持的观点，即每个人都孤处于自己的孤岛上，因为一个世界与另一个世界之间的不同总是无法逾越的，所以没有任何桥梁通向他人封闭的世界，他人也没有方式来到我的世界。米勒著作中多次提及德里达的自体免疫。德里达说："死亡的这种冲动默默地作用于所有共同体、所有自动共同体，并且实际上在其重复性、遗产和幽灵传统中原原本本地构建这种共同体。作为共同自我免疫性的共同体：没有不保持自身自我免疫性的共同体，一种摧毁自我保护原则的牺牲性性的自我解构原则，而这是基于某种不可见的和幽灵的死后的生命。这种自我对质在生命中坚持自我免疫的共同体，也就是说，更多地向着他者开放，而不是自身。"米勒显然赞同此观点，所以常用"自体免疫"解读文学作品。不过米勒认为虽然德里达自身不想属于任何共同体，但却属于很多准共同体，甚至是准共同体的核心。这些准共同体便是德里达参加的和讨论德里达思想的各种报告、研讨会和学术会议。

三、第三种模式的共同体

米勒在 2011 年新出的《共同体的爆燃》一书中提出了第三种对共同体的理解模式，并简介了斯坦利·费什、德勒兹和加塔利的观点。米勒简单介绍了费什所提出的"解释共同体"，以大学和大学里的各种共同体为例，费什认为不同的共同体由不同的群组构成。每一共同体都怀有自己的假设，尽管这些假设没有社会根据，但每一共同体都认为自己的假设是客观和普遍的，因此各共同体的观点都是彼此不相容的。

米勒认为德勒兹和加塔利的观点是复杂并富有创意的。他们坚决反对主客二分，既抵制南希的模式，又抵制层次结构。德勒兹和加塔利以多种方式创造性地运用根茎模式。根茎体系不仅适用于植物学，也适用动物的集群形态。米勒认为根茎的连接和异质性的原则，以及多元体的原则在一定程度上也可作为共同体的特征。

米勒认为以斯坦利·费什、德勒兹和加塔利为代表的观点是第三种对共同体的理解模式，即认为社会由部分重叠和相关的共同体组成，而且没有谁能完全与他者隔绝，而异质性、垂直增生、横向增生和机械性是描绘这类共同体的必要概念。在这里米勒所说的垂直指的是贫富阶层结构，横向指的是不同种族的共存，而机械则是与有机系统相对。

在介绍了对共同体的三种理解模式后，米勒表明其虽然希望相信存在传统的共同体，但基本赞同南希与德里达的观点，认为南希所述的共同体对公众假想的传统的共同体有灾难性影响，并使其失去功效。米勒认为在当代我们不得不见证南希所说的共同体的分解、错位和爆燃。这意味着共同体不仅是部分与部分之间的分离、错位，使同一体成为有机整体的纽带的断裂，而是同一体完全被毁灭。

在此基础上米勒进一步分析了德里达与南希的差异，并表述了自己与德里达的差异。简言之，米勒认为南希依然想运用"共同体"一词来描绘"无功效的共同体"，然而德里达并不赞同。在德里达看来，那些所谓"无功效的""不起作用的"共同体，只不过是无法相互理解彼此思想和感情的异质的独体的集合，因此不该将这些异质的独体的结合称为共同体。与德里达相似，米勒也很犹豫是否用"共同体"一词来描述那些并不具有共同体传统特征的群体。米勒认为，对于他、南希和德里达而言，"无功效的共同体"一词是一种矛盾修辞。德里达认为生活在同质的共同体中会泯灭个体而成为群体中的一员，不过南希认为在无功效的共同体中，人可以保持个性。米勒认为，如果真的存在共同体，也可能是件好事，并认为自己比德里达更有信心生活在共同体中。

以上论述似可厘清关于共同体的主要三种理解模式，并从侧面反映出对共同体研究的漫长历程。20 世纪 50 年代，奥斯汀提出了言语行为理论，而文学言语行为理论的研究与应用则于 1975 年才展开。虽然已有少数关于共同体与文学的研究和共同体与言语行为的研究，但米勒却是将共同体与文学言语行为结合起来研究的代表人物。米勒认为，文学言语行为不仅体现为文学作品中人物之间的言语行为，也体现为作为作家言语行为表达的文学作品，而且还体现在作为言语行为参与者的读者进一步参与而产生的言语行为。

第四节　不同时代的文学言语行为

虽然语言能够自动起作用，可是媒介在一定程度上会对语言施为作用的发挥产生影响。印刷业的飞速发展和印刷品的大量出现促进了文学的发展已是人们的共识。同时电子媒介对文学言语也具有重要影响，所以文学语言行为与不同媒介主导的时代是密切相关的。

一、印刷媒介时代的文学与文学研究

印刷术起源于我国并于元朝后期传入西方。德国人古登堡于 1450 年发明了金属活字印刷技术后印刷业在西方迅速发展。到 15 世纪，西欧的印刷厂已印作品超过两千卷，在 16 世纪这个数量已增至一亿五到二亿册，此时印刷已成为新的媒介。培根在 1620 年便发表文章说明印刷改变了世界的面貌，并对文学产生重要影响。

印刷品的大量出现，不仅提供了大量的便于人们获得的可供阅读的文学作品，而且激发了人们的求知欲，也使得越来越多的人识字。而越来越多的人识字便促进了越来越多的人阅读文学作品，当然这也是双向的，很多人也是通过阅读文学作品来识字。印刷业促进了民主和民主下言论自由的发展，美国的大革命便是很好的证明。在美国大革命之前，印刷媒介已经使识字的人数大大增加。而出版物可以快速广泛地宣传思想观念，所以可以说很多印刷的报纸和出版物都对革命的产生具有重要影响，例如华盛顿不仅利用报纸来鼓舞美国民众和部队而且利用报纸获得外国的支持。言论自由则有利于人们自由地创作文学作品，撰写文学评论。现代民主制的兴起意味着现代民族国家的出现，而伴随着民族国家，出现了民族文学的概念。印刷术促进了大量报纸和杂志的产生与发展，而很多文学作品最初是通过连载的形式出现在报纸上的。现代文学观是由研究性大学以及为大学做预备的低等学校教育、报纸和杂志以及非学院的批评家和评论员创造出来的，由此可见印刷术促进了现代文学观的产生。印刷品的大量出现促进了人们的求知欲望，人们的求知欲望也促进了现代研究性大学的出现，并借此影响现代文学观的确立。由此可见印刷媒介对文学和文学研究的发展具有重要的积极影响。

二、电子媒介时代的文学与文学研究

（一）新电信时代带给文学与文学研究的挑战

从 19 世纪 30 年代莫尔斯发明电报以及 19 世纪 70 年代贝尔获得发明电话的专利以来，随着移动电话、录音机、磁带、录像机、电视、电影、影碟、电子游戏、互联网等迅速发展，我们已经不可避免地从印刷时代过渡到电子媒介时代，即新电信时代。很多学者认为："西方文学属于印刷书籍以及其他印刷形式（如报纸、杂志）的时代。"虽然这个观点值得商榷，但无疑新电信时代使文学作品和文学研究的发展面临很多挑战。越来越多的人花更多的时间看电视、看电影或检索互联网络。其实这种现象不仅在美国，在我国也有所体现。首先这可以从电视的普及率和应用率看出来。《全国卫星频道覆盖率普查》显示，全国电视观众总人口数达到 11 亿人，平均电视机普及率达到 88%。其次从文学类出版物发行量来看，我国主要的出版诗歌的月刊从 70 万的发行量下降到只有 3 万，文学类期刊的读者在减少。再次，我国倍受尊敬和最有影响的作家往往是其作品被改编成影视剧的作家。鉴于人基本不可能在看电视、看电影和浏览网页的同时阅读文学作品，所以显然阅读文学作品的人日益减少。当然会有人说我们可以在网络上阅读文学作品，可事实是上网阅读文学作品的人和阅读文学作品的时间都只占很少的比例。这和网络本身的视觉性与互文性相关，也和消费文化相关。

全世界的文学系的年轻教师都在大批离开文学研究，转向文化研究、后殖民研究、媒体研究（电影、电视等）、大众文化研究、女性研究、黑人研究等。他们写作、教学的方式常常接近社会科学，而不是接近传统意义上的人文学科。他们在写作和教学中常常把文学边缘化或忽视文学。这种现象的产生主要有两方面原因，一方面是因为人文学科尤其是文学系很难拿到资助；另一方面的原因是由于年轻教师对电影或流行文化有深刻的、值得赞扬的兴趣，这些东西在很大程度上塑造了他们，这两方面原因其实是相互联系的。而第一方面的原因也与西方的学术体制以及管理的市场化相关，例如在美国举行很多学术会议，其主要经费不是来源于院系与研究所，而是需要会议的筹备者通过种种方式自筹经费。为我们的文学研究贡献力量的主要有研究性大学以及为大学做预备的低等学校教育和报纸、杂志以及非学院的批评家和评论员。显然，文学系的裁减和文学教师研究方向的转变对文学研究是不利的。虽然我国重点大学的中文系的经费主要由政府提供，目前受市场机制影响不大，但受西方文化转向的影响，我国也的确有大量学者离开文学研究，只是没有美国那么广泛而已。

文学系很难拿到资助与文学不是教育公民成为好公民的主要途径和文学塑造人的作用的降低以及文学不再是进入文化的最快途径有关，马修·阿诺德能成为英美两国文学研究制度化的奠基人与其将教育的责任转到文学上有关。阿诺德认为文学通过让人知道"世界上已知和已被想过的最好之物"来塑造公民，而这最好之物恰是储存在经典的文学作品中的。文学作为接受文化浸染，进入自己的文化并属于它的最快途径的这一功能也越来越被电影、电视、流行音乐所执行，即便对小孩子也是如此。这也是与越来越多的人用更多的时间看电影、电视和浏览网页等相关。也与这种现象造成的文化表现方式的变化有关。新电信时代对文学与文学研究造成了消极影响，但这并不意味着文学和文学研究就此消亡，因为文学与文学研究具有必不可少的价值。

（二）文学与文学研究的必要价值

我们能通过阅读图书时代的文学作品而了解过去的文化、外国的文化或我们文化内的少数种族文化，可以通过文学研究理解对比、比喻等修辞手法，文学研究是正视陌生性或其他人的他性的一种必要方式。文学文本具有视觉媒介不能替代的优点，视觉媒介是直接将虚构的现实呈现在大众面前，而文学文本则需要读者自身再现虚构的世界，可见文学文本为读者提供了更广阔的想象空间。丹尼尔·贝尔说："视觉媒介——我们这里是指电影和电视——则把它们的速度强加给观众。"而面对文学文本，读者可以按照自己的速度从容地阅读，由此可见阅读文学文本赋予了读者更多的主动性和思考的空间。此外，文学文本可以展示大段的心理描写，这是视觉媒介所无法实现的，这种大段的心理描写不仅有利于人物形象的塑造，更有利于实现与读者的沟通而达到情感的共鸣。

事实上，视觉媒介和文学文本往往是相互影响与促进的，文学文本是其他电子媒介产品的母本。很多优秀的电影与电视剧便是由文学作品改编而来，如中国的电视剧《红楼梦》《三国演义》《子夜》，西方的电影《简·爱》《基督山伯爵》《傲慢与偏见》等。文学作品的创作法则也经常性地被应用于视觉产品生产中，尤其是小说中的多种叙事技巧也常常体现在影视作品中，如电影《罗门生》从多个角度叙述同一桩谋杀事件，带给观众多种理解的可能性。

（三）新电信时代带给文学与文学研究的机遇

无论作者、普通读者还是文学研究者也都可以通过运用新电信时代的电子媒介而有所获益。对于作者而言，作者可以不用手写和打字机，而在计算机上创作、反复修改并通过网络来传递作品，这无疑提高了作者创作和文学作品传播的效率。使用计算机创作出来的文学作品可以非常容易地扩展，重新安排，剪裁，进一步加注，等等。此外，现在已经能够生产文学研究的使用计算机版本，论文中可以包含图片、电影剪辑、声音剪辑等，而且还包含使读者转到其他文本、图片、录像或声音的按键。显然，通过计算机创作出的文本不仅内容更丰富而且更有利于读者的欣赏。计算机不仅有助于作者创造文学作品、读者阅读文学作品，还有利于文学研究者撰写文学理论和文学批评的文章。

（四）网络文学的双重性

虽然中西方的网络文学都是伴随着网络技术的发展，兴起于 20 世纪八九十年代，可是如何定义网络文学仍是难题。无论西方还是中国，很多学者对网络文学都有着不同的界定，西方对网络文学的定义有着广义与狭义的差别。乔根·莎菲、彼得·詹德勒和派丽特·威瑞斯博士三人的观点相近，可以看作广义的定义，因为他们基本都认为网络文学是以数字化形式出版的文学，其中包括数字化处理后的纸介文学。诺亚·沃德瑞普－弗瑞安教授、罗伯托·司马诺维奇教授、瑞那·科斯奇玛教授、司各特·瑞塔伯格、凯瑟琳·海莉斯和罗伯特·库弗的观点有一致的地方，可以看作狭义的定义，即强调在数字化环境下创作与阅读，不包含数字化处理后的纸介文学等具有重要文学元素的作品。如今人们所说的网络文学主要是指直接在互联网上发表的文学作品。这类网络文学主要登载在文学网站、电子公告栏（BBS）、博客和个人空间中。

由于任何会用网络并具有基础文字水平的人都可以阅读并创作网络文学，所以网络文学也有其积极影响。这种积极影响主要会体现在如下三方面。第一，网络文学类似于通俗文学，具有众多的读者。而优秀的网络文学作品如同经典的文学作品一样能够很好地发挥其施为作用，例如，其可以既带给读者美的愉悦，又有助于读者提高自身素质。第二，网络文学创作的起点低，可以使热爱文学的人在网上发挥自己的才华，抒发自己的情怀。而为了更好地创作，这些作者也会有意识地通过阅读文学作品和文学研究文章来提高自己的创作能力。第三，网络文学使读者与作者有更好的互动性，读者甚至可以在作者创作连载的网络文学的过程中对其每一章节进行实时的或是几句话的简单的评论，或是长篇评论。在某种程度上这也为文学批评的发展提供了更广阔的空间。

虽然有人质疑网络文学，然而网络文学的发展趋势不得不引起我们的注意。据中国作家协会第九次全国代表大会公布的数据，我国互联网上注册的文学用户有 3.52 亿之多，注册网络写手 200 万人。既然文学容纳经典文学与通俗文学，那么与通俗文学相近的网络文学显然也应被囊括在文学的范围内，因此发挥网络文学的积极影响、降低其消极影响是我们必须思考的问题。文学研究者应以多种方式致力于完善网络文学：首先，应以开放的态度关注作为电子媒介时代文学新形态的网络文学与文论。我们在关注网络文学的同时，也应关注每本或每章网络文学后读者的评论以及作者与读者的互动，通过这些网络评论与互动，我们可以有效地了解大众读者的需要与见解。其次，应努力以多种方式提高网络文学的影响力。目前很多研究成果尚局限于文学研究者的领域内，没有对网络文学作者与读者产生积极的影响，如果更多的文学研究者通过直接的评判来与作者和读者交流，无疑会有助于发展网络文学。最后，应致力于发展并提高融汇视觉、声音等电子媒介特点的网络文学，这种类型的网络文学可以使读者积极地参与到文本中去探索、去发现文本中的秘密。国内很少这种网络文本，我们不妨在借鉴西方网络文本及其相关研究的基础上发展适合我国需要的网络文本。此外，电子媒介时代的文学研究不仅可以关注当下流行的文学形态，而且完全可以在原有的传统研究的基础上有所拓展。

我们应该以冷静而辩证的思维面对电子媒介时代对于文学的影响。虽然很多电子媒介改写了传统文学的接受方式、生产方式和传播方式，但这并不意味着文学与文学研究将走向终结，因为即使浸染于消费文化中的人也会有孤独与失落，而优秀的文学作品能够与读者产生心灵的共鸣，激发读者对生活的热情。我们可以把握电子媒介带给文学发展的机遇，减少电子媒介带给文学的消极影响，以开放的心态规范和发展多种形式的网络文学，在传统文学研究的基础上拓展适应新时代新文学形态的研究，并促使文学研究亲近作者与大众读者，更好更广泛地发挥其施为作用，促进文学与文学研究走向新的繁荣。

三、电子媒介中的文学性与文学作品中的电子媒介

电子媒介的蓬勃发展，带给文学与文学理论的不仅是危机，也有新的契机。文学理论正处在一种变化当中，正走向一个新的方向，即适应新形态文学的理论。这种新形态的文学便是"除了传统的文字形成的文学外，还有使用词语和各种不同符号而形成的一种具有文学性的东西"。新形态的文学即我们上文所说的网络文学，也可以称为数码文学、电子文学、计算机文学、超文本文学等。其实不仅这些新形态的文学具有文学性，很多影视作品、广告和哲学、历史等也具有文学性。在 19 世纪后期，俄国历史文化学派无视文学自身的特征，要么将文学作品视为历史文献，将文学史视作社会史；要么从作家生平、时代背景和社会因素来解释文学作品。因此以雅各布森为代表人物的形式主义强调文学本身的独立性与特点。文学科学的对象并非文学，而是文学性，即使一部既定作品成为文学作品的特性，显然形式主义所强调的文学性是能将文学作品与非文学作品区分开的特性。德里达在 1989年接受采访时说："没有任何文本实质上是属于文学的。文学性不是一种自

然本质，不是文本的内在物。它是对于文本的一种意向关系的相关物，这种意向关系作为一种成分或意向的层面而自成一体，是对于传统的或制度的——总之是社会性法则的比较含蓄的意识。"德里达的这一观点，也为我们分析电影、电视剧、广告等视像作品的文学性提供了理论基础。因为我们可以意向性地将它们视为文学作品。德里达的此观点在某种程度上强调了接受者的主观作用。约翰·埃利斯的比喻对此也有借鉴意义。埃利斯说给杂草下定义是困难的，因为杂草并非专有的某植物种类，如果园地的主人想种粮食，那么所有的草都可被看作杂草，而如果他只打算种观赏性的狼尾草，那么即使同为观赏性的灯芯草和沿阶草也会被视为杂草。

关于文学性，笔者认为新的视像艺术的文学性有两个特征。第一个特征就是，它一方面要用传统意义上的文学使用的语言，另一方面还要在这种语言之外再加上视觉的因素，由此造成一种效果，它们带给观众的不是一个真实的世界，而是一种被加工过的世界，即虚拟的现实。原来文学所要给人们带来一种实在的世界，而现在是一种虚拟的现实世界。虚拟的东西，像电脑游戏，它造成的是一种虚拟现实的效果，它把这种效果直接呈现给你。第二个特征是，它善于创造——由多种符号的使用形成的创造。借用言语行为理论的术语，它是"施为性的"，"施为性的"是相对于"表述性的"来说的。这就是视像艺术的文学性的第二个特征，创造的特征虚拟性与施为性的确是文学与视像艺术共有的特征，而这两个特征也是从整体和宏观的角度来把握的。情感性恐怕也应是我们必须要考虑的一个特征。无论是文学作品还是视像作品要想拥有读者或观众，首先便要使人情愿进入其所构筑的虚拟的世界中。我们评价文学作品和视像作品是否优秀的一个标准也包括是否能进入读者或观众的心坎，引起读者与观众情感的共鸣。这样的作品无疑使人难忘，例如：《水调歌头·明月几时有》《长恨歌》《红楼梦》《简·爱》《少年维特之烦恼》《浮士德》等文学作品和《梁祝》《恋恋笔记本》等影片。

当然借文学性来模糊文学与非文学界限的还有大卫·辛普森和乔纳森·卡勒等。辛普森在《学术后现代与文学统治》中说："文学可能失去了其作为特殊研究对象的中心性，但文学模式已经获得胜利：在人文学术和人文科学中，所有的一切都是文学性的。"卡勒在其《文学性》一文中便说："如今理论研究的一系列不同门类，如人类学、精神分析、哲学和历史等，皆可以在非文学显现中发现某种文学性。西格蒙德·弗洛伊德和雅克·拉康的研究显示了诸如在精神活动中意义逻辑的结构作用，而意义逻辑通常最直接地表现在诗的领域。雅克·德里达展示了隐喻在哲学语言中不可动摇的中心地位。克罗德·莱维－施特劳斯描述了古代神话和图腾活动中从具体到整体的思维逻辑，这种逻辑类似文学题材中的对立游戏（如雄与雌、地与天、太阳与月亮等）。似乎任何文学手段、任何文学结构，都可以出现在其他语言中。"从辛普森与卡勒的著作中可以发现他们更关注文学性的微观层面，语言的具体运用等。德曼也曾说"文学性，即那种把修辞功能突出于语法和逻辑功能之上的语言运用，是一种决定性的，而又动摇不定的因素"。对文学性的分析不仅关注意向性也应关注文本中具有文学性特征的宏观和微观层面。那么研究文学作品与影像作品中的文学性除了理论上的意义外，还有怎样的实践意义是我们所忽略的呢？可以体现在两方面：一方面我们以阅读文学作品的模式阅读影视作品会有新的收获；另一方面我们对文学作品与影视作品的文学性的特征的对比分析有助于我们发现两者大同下面的小异或变异等，而这种对比分析有利于我们在相互综合的基础上应用于文学作品和影视作品的创作中，促进相关创作的发展与提高。

第三章　交流与价值文学理论研究

　　自由主义批评和印象式批评曾盛极一时，其中以唯美主义文学批评为代表，认为艺术作品本身是神秘的，面对作品我们只能谈自己的感受，无法做具体的分析，因此这种"感想式批评"无法形成统一的文学价值评判标准，所以交流与价值文学理论认为文学批评的首要任务就是重建文学批评的价值标准体系。把感性认识看作是人类知识的基础，同时认识也离不开实践，所以相信观察和实验的归纳法，这时经验主义已经带有明显的科学主义倾向，主要表现为对审美现象一般都采取心理学的分析方法。而19世纪中期的实证主义是对经验主义、科学主义倾向的进一步发展，更加强调实证原则和科学方法的运用。这些哲学传统思想对交流与价值文学理论和批评理论的形成有着直接影响。

第一节　时代背景与理论渊源

一、浪漫主义的盛行与发展

　　19世纪末，作为后浪漫主义，唯美主义开始兴起。在欧洲文艺史上，英国浪漫主义发展得最为充分，从18世纪末开始，涌现出了一大批浪漫主义诗人，如华兹华斯、柯勒律治、拜伦、雪莱、济慈等。浪漫主义最主要的特征就是注重个人情感的表达和追求个人心灵的充分自由，因此在文学批评领域也强调个人主观的感受性，带有浓重的自由主义倾向。因为没有具体的批评方法和评判标准，所以这时并不存在职业的批评家，只要稍有知识的人都可以当批评者。这种批评往往是主观印象批评，不是具体分析文学作品，而是大谈自己的情感和艺术经验，描写的不是作品而是自己。这种情况下，批评家和读者的关系极其密切，批评家总是希望通过自己的情感来感化读者，以致让读者相信自己的批评观点。因此，这时的批评常常带有情感感化色彩，注重表现自己的个性，把艺术享受当成艺术批评的唯一标准。这种印象批评和主观批评，也不免会带有"非审美"的因素，批评家往往会结合自己的个人兴趣爱好去评判作品。唯美主义的兴起，使得这种倾向更加严重。

19 世纪末 20 世纪初，西方世界正处在发展工业的高潮期，人的感情和精神需要发生了变化，人们也失去了以往普遍认同的价值观念和评价体系，所以矛盾激化。反映在文艺领域，19 世纪末，唯美主义在英国盛极一时，作为后浪漫主义的代表，一方面，它把印象批评推向极致，因此在文艺批评领域表现出极端的主观主义和自由主义倾向；另一方面，"为艺术而艺术"的唯美主义极力主张诗歌应该是一个自成一体的世界，因其完全独立、完整、自给自足，诗歌应该与生活现实完全割裂。他们认为诗歌价值应该完全从诗歌内部予以评判而反对诗歌可能带有的"隐晦价值"——文化、教益、情感抚慰、推进公共事业等，在他们看来，这些外在价值容易降低诗歌的价值。

与否定独特的完全独立的诗歌经验和价值相对应，交流与价值文学理论也否定有特殊审美经验和审美价值的存在。交流与价值文学理论认为近代的全部美学都依赖于一个假设，即假设存在一种自成一类特殊的审美经验。康德哲学便奠定了这种审美经验的基础，而交流与价值文学理论研究者瑞恰兹本人对此表示怀疑。他认为审美经验和现实生活中的一般经验相比，并没有什么特殊的规律，审美经验与一般经验也没有本质的区别，因此，并不存在特殊的审美经验。而人们常常把审美经验和审美价值相联系，既然没有特殊的审美经验，因此也不存在特殊的审美价值。由此看来，交流与价值文学理论把审美经验和审美价值都看作是虚幻的概念，其根本原因是它们只谈艺术而忽视诗歌关照现实的一面。

由此可见，交流与价值文学理论主要反对唯美主义脱离现实的"为艺术而艺术"的诗歌主张，认为诗歌不应该和现实彻底割裂，诗歌是一种情感性语言形式，可以通过激起读者的情感反应来影响现实，所以说诗歌经验和诗歌价值应该和日常生活的普通经验和价值相联系。

二、经验主义和实证主义哲学传统

在哲学上，17 世纪以来，英国就有经验主义哲学传统，培根奠定了经验主义的基础。随后霍布士、洛克、休谟、博克等人把经验主义发扬光大，成为与欧洲大陆理性主义相抗衡的重要哲学思潮。经验主义最主要的哲学原则是反对欧陆的形而上学，而重视感性经验的作用。"经验主义强调感性经验是一切知识的来源，否认有所谓先天的理性观念，所以和大陆上莱布尼兹的理性主义是对立的。"他们之所以反对形而上学理论，主要原因在于他们认为玄虚抽象的概念无法得到证实。因此，经验主义者提出认识事物不应从概念出发而应从感性认识出发，同时他们注意到主观认识和实践的关系密切，认识为了实践，认识也要根据实践。所以经验主义者为了保证认识的科学性，从而相信观察和实验的归纳法。可以说，经验主义从一开始就走向了一条科学主义的发展道路。

由于重视英国经验主义的心理学方法，交流与价值文学理论还积极接受19世纪末20世纪初的西方心理学美学，这其中以德国的里普斯、谷鲁斯和英国浮龙·李为代表的"移情说"对其影响最大。里普斯认为美感不是来源于审美对象，而是主体自身的内在情感和人格在外物中的投射。审美对象是直接呈现于观照者的感性意象，强调的是对象的形式表现了人的生命、思想和情感。通过移情作用，主观与客观的关系可以由对立关系变成统一的关系。谷鲁斯则强调"内模仿"的运动知觉是审美活动的核心，与里普斯侧重由我及物不同的是，"内模仿"则侧重的是由物及我。浮龙·李则主要接受了里普斯的理论，把移情说在英国加以宣传推广。由此可见，"移情说"是典型的用心理学的方法来进行美学研究的学说，它十分强调审美中情感和想象的作用，凭借想象和情感，主体把自我伸到对象之中，或把对象拉到主体之中，从而实现主客观的统一。

实证主义可以说是对英国经验主义传统特别是休谟哲学的继承和发展，它产生于19世纪中期的法国和英国，其代表是法国的孔德和英国的穆勒、斯宾塞。在认识论上，经验主义哲学已经有科学主义的色彩，实证主义则更加具有科学主义精神，强调实证原则，主张以实证的知识来代替神学和形而上学的思辨概念。实证哲学的任务则是考察各门自然科学的规律以及它们所利用的方法，并对它们加以综合，以便揭示一般的规律和方法。交流与价值文学理论的批评理论则继承了这种实证原则，把语义学和心理学两门科学引入文学批评，希望把文学批评建立在科学的基础之上。

第二节　交流与价值文学理论的基础

19 世纪末 20 世纪初，由于受 19 世纪实证主义的影响，西方发生了一次大的哲学转向，由认识论转向了语言论，瑞士语言学家索绪尔开启了这次转向。1915 年，罗素在一次演讲中就宣称："以前在哲学中讨论的认识论问题，大多只是语义的问题，可以归结为语言学的问题。"交流与价值文学理论顺应了这场哲学转向的潮流，将语言的意义问题作为交流与价值文学理论学术研究关注的中心。

一、"符号—情景"理论

之前人们也都普遍承认意义问题非常重要，所以一些哲学家、语言学家、人类文化学家都对此进行过研究。但交流与价值文学理论发现，他们的意义研究令人失望。哲学家布雷阿尔往往给词语规定一个固定不变的意义，并且经常使用一些不精确的比喻，把主要的术语"实体化"。瑞士语言学家索绪尔是把语言学建立在科学基础上的奠基人，但是交流与价值文学理论对索绪尔语言学的出发点表示怀疑："他不问语言学是否有目的，而是盲目地遵循原始的冲动，从词中推断词所代表的客体，并坚定地去寻找这个客体。"虽然索绪尔把符号区分为言语和语言，但是交流与价值文学理论认为索绪尔只重视语言研究而忽视言语的做法，并没有摆脱意义问题研究的困境。认为他"在可能进行调查的范围外编造话语实体的同样方法，对后来出现的符号理论来说也是致命的"。人类文化学家则只考虑那些"已表达的"思想，但忽略了说话人的具体环境。

因此，交流与价值文学理论认为这三类人只是远远地探索思想，而缺少对词语与思想、思想与事物的关系进行独立的分析，三者都没有讨论实际交往过程中所产生的意义问题。关于词的意义，交流与价值文学理论明确指出词本身不"意指"任何东西。"正是只当思考者使用词时，词才代表任何事物，或者在某种意义上说，才有'意义'。"所以，只有我们使用语言符号时，这些符号才有意义，否则符号只是个标记而已。可见，语言符号只是我们交流时的工具。既然意义是在思想者使用词语时才产生的，所以，交流与价值文学理论为了对意义进行分析提出了著名的"语义三角"理论，即分析词语、思想和事物三者之间的关系。认为意义就产生在记号、指称或思想、所指对象的三者关系之中。关于三者的关系，交流与价值文学理论认为记号与思想之间存在因果关系。我们使用什么样的记号，一方面是由我们所做的指称引起，另一方面是由社会和心理等外界因素决定的，外界因素包括指称的目的、记号对他人所产生的影响和我们主观的态度等。反过来，当我们听到一句话时，记号便引着我们去进行一种指称行为，同时也采取某种态度，这种态度大体和说话人的态度相一致。思想与所指对象之间也存在一种关系，或是直接关系，即想到或看到的就是眼前的事物；或是间接关系，例如，当我们想到或提起拿破仑这一历史人物时，这时指称与所指对象之间会出现一长串符号情景：词—历史学家—同时代的记录—目击者—所指对象（拿破仑）。

　　既然记号与所指对象没有直接联系，那么词语的意义是如何产生的呢？交流与价值文学理论认为我们要了解我们是如何"知道"或"思考"的，即词语的意义是怎样来的，首先就要研究"语义三角"中的指称（或思想）这个中间环节。因为在指称行为中除了符号的纯指称功能之外，还存在一个符号的语境问题，即"符号—情景"，正是它把现实中的词语和事物联系在一起。因为在交际过程中，语言和事物不是简单的一对一的对应关系，而是有着相当复杂的具体条件和环境。"符号—情景"理论其实就是对这一语言使用过程中复杂性的探讨，也是对指称（思想）这一中介的描述和说明。

　　由此可见，交流与价值文学理论运用"符号—情景"，有力批判了历史上持词语迷信观点的人。因为他们认为记号和所指对象之间有直接关系，以为词语是事物的一部分，词语与事物之间有对应关系，而交流与价值文学理论把这种观点视之为对词语意义最大的误解。其原因就在于，他们往往忽视"符号—情景"的存在，不重视说话人具体的情景，而只重视语言符号本身。在交流与价值文学理论看来，"离开记号所表示的指称，就无法研究词"。所以一定要重视对指称及其记号复杂性的研究，如果不对思维过程即指称行为做规范的探讨，词语意义的研究也就无从下手。

二、语境理论

　　交流与价值文学理论认为把修辞的功能仅限定在说服的目的上，大大限制了修辞学说明性功能的论述，即无法对我们的思想加以验证。关于新修辞学的任务，交流与价值文学理论认为"一门新兴的修辞学，或者说一门研究词语理解正误的学科，必须承担起探索意义的任务。这种探索不但要像旧修辞学那样，在宏观的范围里讨论对文体的大量要素采取不同的处理方法时所产生的不同效果，而且还要在微观的范围里利用关于意义的基本推测单位结构的原理，以及这些原理及其相互联系得以产生的条件"。

交流与价值文学理论就把意义产生的条件和环境规定为"语境"，而这里的语境概念已经大大突破了传统意义上的"上下文"含义。交流与价值文学理论认为语境可以进一步扩大到一本书，扩大到任何写出的或说出的话所处的环境，扩大到包括该单词用来描述那个时期的为人们所知的其他用法，甚至扩大到包括那个时期有关的一切事物，或与我们诠释这个词有关的一切事物。而交流与价值文学理论把语境作为一种特殊的技术性用法，不同于以上任何一种理解，他明确把语境定义为"语境是用来表示一组同时再现的事件的名称，这组事件包括我们可以选择作为原因和结果的任何事件以及那些所需要的条件"。可见，这时的语境概念也和"符号—情景"一样，是建立在经验再现性的基础之上。这些再现的事件都在这个词语背后，所以一个词就是"语境中没有出现的那些部分"，而词的意义就是它的语境中所缺失的部分。

语境理论也很好地阐释了词语意义多变性和稳定性的关系。当一个词由一个语境转到另一个语境时，其意义也随之变化。交流与价值文学理论非常看重意义的这种多变性功能，因为正是意义多变性的存在，人们的交际语言才变得更加丰富多彩，才能表达更加丰富的思想内容。但交际不仅要求多变性，还要求意义的稳定性，否则人们无法理解说话人的意思。而意义的稳定性并不是传统修辞学意义上的，即相信词语都有一个独立的意义，它只能来源于语境。"词语意义的稳定性只能来自给予它意义的语境的恒常性，一个词意义的稳定成分不是被主观假定的，而总是被解释的结果。"可见，语境理论是对"符号—情景"理论的进一步解释和发展，重申了意义不是符号本身，而是存在于大脑之中，只有当我们使用词语，同时我们对该词做出相应的解释时，词语的意义才会出现。概言之，词语的意义是由具体的语境决定的。

三、隐喻理论

交流与价值文学理论反对亚氏关于隐喻技能的天赋说，而是认为作为个体的人们可以掌握隐喻这种技能，就像平常我们学习一项基本的生活技巧一样，隐喻这一技能是可以通过我们的语言传授给别人的。传统修辞学认为隐喻只是语言的一种装饰，将隐喻仅当成语言的一种辞格进行研究。交流与价值文学理论认为传统意义上的理论太过简单化，在新修辞学的意义上，隐喻是人类"语言无所不在的原理"，我们在日常生活中充满了隐喻。因此，在交流与价值文学理论看来，隐喻不仅仅是语言的一种修辞、一种独特的语言现象，更是人类思维的一种方式。即使在严密的固定的科学语言中，我们也不能完全消除隐喻，在美学、政治学、社会学、伦理学、心理学、语言学等人文学科领域，隐喻更是必不可少的手段。哲学越是抽象，越是需要借助隐喻来进行思考。语言史家更是告诫我们，描写人类精神活动的词语几乎都借助于描写物质活动的词汇。

所以，传统修辞学只注意到隐喻的几种方式和有关隐喻这一术语有限的几种应用，最终把隐喻视为一种语言现象，是词语间的某种转换和替代。交流与价值文学理论认为这种认识未免过于肤浅，如果隐喻是通过一事物谈论另一事物的话，那么通过某事物来感知、思考和感觉另一事物也应该看作是隐喻行为，因此交流与价值文学理论是在更加宏观的角度来思考隐喻的。隐喻是"思想之间的交流，是语境之间的相互作用"。

关于隐喻，传统语言习惯用比较的方法来研究，但是对"比较"的不同理解导致了对隐喻的不同看法。18世纪，有些修辞学家只重视事物之间的相似性，即本体与喻体之间的共同点，交流与价值文学理论称之为"喻底"（ground）。但这一比较的方法不能解释比较是如何进行的，即隐喻是如何起作用的。并且对两种事物考察得愈加深入，本体和喻体之间的区别也愈明显。另一种观念则把比较看作是两种事物的并置，认为二者差别愈大愈好。法国超现实主义作家布列塔尼就认为："将两个在性质上尽可能遥远的事物放在一起进行比较，或用任何其他突然、显豁的方式将它们并置，这是诗歌奋斗的最高目标。"交流与价值文学理论也批评这一观点，认为"随着两事物差异越来越大，其张力也越来越大。这一张力是弓箭的力量源泉，但我们不能误将弓箭的力量看作是射击的成绩，或将张力看作目标。"因此，只有通过某种方式把任何两种事物联系起来，大脑才能正常运作。通过批评传统的比较方法，交流与价值文学理论认为本体与喻体之间既要有联系，具有共同的喻底，又要有差别。这样，两种事物之间的相互作用不仅要有相似性，还要包括差异性。但交流与价值文学理论强调本体与喻体的差异性比起相似性，对隐喻的意义影响更大，因为没有差异也就不可能产生两者的相互作用。

第三节 交流与价值理论的理想诉求

交流与价值文学理论认为，真正的批评家所发表的意见不应该涉及这些所谓的客体，而只能是关于艺术的心态和经验，我们应该讲述的是它们在我们身心所产生的这种或那种性质的作用。我们说一幅画美，其实指的是它引起我们内心的一种经验形式。但是我们对艺术所引起的这种精神活动往往被作品本身的性质所掩盖，时间、形式、结构、情节等文字机器把我们和我们实际要论述的事物阻隔开来，因此，犯了本末倒置的错误。完整的文学批评既包括客体对主体的影响，还应该指出客体本身所具有的独特之处。所以交流与价值文学理论把文学批评的对象分为两个部分：表述经验价值的，我们称之为批评部分；表述客体的，我们称之为技巧部分。

一、满足读者的心灵追求

通过文学价值理论，我们得知要实现文学的价值，就必须对读者的心灵施加影响，使他们获得情感上的满足，从而得到心理上的平衡和协调。而要想实现这个价值目的，就需要文学交流活动（或称"文学传达"）。文学交流理论和文学价值理论一样，在交流与价值文学理论与文学批评理论的建构中占据着重要地位。交流与价值文学理论认为人作为社会性动物，交流活动是其生存所必需的组成部分，并贯穿于人类发展的整个过程，我们精神的大部分特征是由成功的交流而形成的。交流的内容则往往是我们所经历的人生经验，但一个完整的经验形成之后，经验本身并不能自动传达给他人，必须借助于某种媒介的力量，而文学艺术正是进行这种经验交流活动的最高媒介形式。

虽然诗歌经验作为一个整体，包括智力的和情感的两股经验，但是交流与价值文学理论突出的是诗歌的情感性经验特征，也就是说，文学经验交流的实质也就是情感经验的交流。这个经验是属于谁的？属于诗人还是读者？交流与价值文学理论认为围绕一首诗歌，我们能想到的可能有四种不同的经验：艺术家的经验、合格读者的经验、理想而完美读者的经验和读者自身的客观经验。这四种经验都可以用来定义一首诗歌，但是把一首诗歌定义为艺术家的经验是较好的解答方式。这里存在一个问题，如果把诗歌定义为艺术家经验的话，那么除了艺术家本人外任何人都没有那个具体的经验，这样，文学交流将是不可能的。因此，不能把某个人的单独经验作为一首诗的定义，而应该采取"经验类型"的形式。举例说，《威斯敏斯特桥》的经验不是 1802 年 9 月 3 日清晨促使华兹华斯写这首诗的那个客观经验，而是指一切与那个客观经验有关的"经验类别"。诗人的那个客观经验可视为标准经验，只要读者的经验属于那个经验类别，这样读者就有读懂这首诗的可能性。可见，文学所交流的经验只能是作家的情感经验，理想的交流是读者无限地接近作家的那个"原始经验"。"理想读者"能够凭借这些文字在他心灵中重现类似的情景，激发同样的兴趣，从而做出和诗人一样的反应。也就是说，诗人能够用文字把自己的情感经验记录下来，这样由文字所构成的文本就成了诗人情感经验的载体，而读者就可以通过阅读文本这一载体来感受诗人的经验，可见，文本就变成了诗人和读者进行交流的关键性中间环节。

二、满足作家的理想追求

我们常常把作家视为交流者，但交流与价值文学理论认为艺术家本人并非自觉地注重交流活动，对作家而言，"交流是个并不相关的问题或者充其量是个次要问题，并且说制作中的东西本身就是美的，或者是令他个人满意的，或者在某种含糊的意义上表达了他的感情或他本人的东西，或者是个人及独特性的东西"。可见，作家真正关注的是他的作品，以及怎样使他的作品"恰到好处"地表现自己的"经验"。所谓"恰到好处"地表现，就是让作家的作品符合并且再现其价值所赖以存在的"好的经验"。因此，一般而言，作家为了专注于作品的"恰到好处"而无暇考虑作品对公众的影响，读者对作品是否喜好或有什么反应，他都置之不理。但是这并不代表交流对作家不重要，交流虽然不是作家所关注的首要目标，但是渴望交流却是作家的一个"无意识动机"。只要作家能"恰到好处"地表达自己好的有价值的经验，那么这一表现的过程本身便具有巨大的交流力量，并且"恰到好处"的作品总比"处理不当"的作品更有交流潜力。因为作家的经验和作品所体现的经验的相符程度，决定了在他人心中唤起同样经验的程度。所以说，文学批评注重的不是作家创作的动机，而应该是读者交流所得到的经验是否符合作家本人的"原始"经验。这也从一个侧面也可以反映出，"恰到好处"的文学作品在文学交流活动中的重要地位和作用。

交流与价值文学理论进一步思考这样一个问题：作家和读者作为两个完全独立的个体，作家的情感经验怎样传达给读者？即保证在作家和读者之间完成交流的条件是什么？交流与价值文学理论认为生活中一切成功的交流实践表明，交流双方的心灵往往有着极其相似的经验。而文学艺术的交流和生活中一般性的交流活动在本质上是一样的，作家的经验必须和普通人的经验具有相似之处，才能构成文学上的交流。如果作家的经验不符合与之交流的读者经验的话，交流将会失败。交流与价值文学理论认为有些冲动是全体人类所共同拥有的，它们的刺激因素和反应过程千篇一律。"芸芸众生的天性大多相仿，他们在尘世的处境大同小异，以这个基础建立的冲动组织必然凭借这类相似的心理过程，因此绝不可能出现宽泛且又奏效的冲动变异。"因此，整个人类有着共同的心理和生理结构，这是文学交流的根本前提。当然，文学交流时的具体环境和反应无法保证是相同的，但是这种差异我们可以通过"想象"来克服。这里，交流与价值文学理论再次受柯勒律治"想象"理论的启发，把人的想象能力分为"再现性的想象"和"形成性的想象"。认为"形成性的想象"可以使艺术家控制接受者经验的一部分，从而使二者具有经验上的共同性。而艺术家和欣赏者所共同拥有的这部分经验主要集中于艺术的形式要素，例如，诗歌中的节奏、韵律、音调或抑扬顿挫，音乐中的节拍、音高、音色和音调，绘画中的形式和色彩，雕塑中的体积和应力等，这些不同艺术中的形式要素作为刺激因素给人的反应是具有统一性的。交流与价值文学理论认为艺术交流必须具备三个反应条件：统一性、充分多样化、由人体基本的刺激因素所激发。而艺术的形式要素则恰好符合这三个条件，所以能保证交流的成功进行。所以，艺术形式对文学交流而言非常重要，形式要素能保证作家和欣赏者有共同的冲动形式，从而保证文学交流活动的成功进行。

如果说作家经验的"正常状态"保证了作家和欣赏者的经验相似性，以使文学交流成为可能。那么交流的价值则取决于作家经验的另一特点——"为其所用"，而这正是普通人所不具备的。以诗人为例，在广度上，诗人能够在个人经验的不同成分之间广泛地、巧妙地、自由地贯通。也就是说，展现在诗人面前的形象都尽收在诗人眼底，可以随意运用。此外，占有广泛的经验只是前提，重要的是拥有过去并"为我所用"，将过去的经验在特定的环境下自由地再现。而过去的经验是否能再现，主要取决于主观的兴趣冲动，即经验的主动性。如果过去的兴趣重新发生，那么相应的经验就可能得到再现。生活中的经验总是由众多的冲动构成，因此，经验再现的首要条件便是其中某些部分相似的冲动会再次发生，而这常常与诗人的高度灵敏有关。当诗人经历过去经验的时候，正是由于他非凡的灵敏作用，才使得过去的大量经验得到自由地再现并能够对它们加以高度的组织。对大多数普通人来说，他们并不具备诗人经验的"为其所用"，没有诗人们所接受的刺激范围的广度，也没有再现经验的灵敏和高度组织经验的能力。他们想要获取诗人这种经验的最好办法就是通过艺术作品来接受这种经验，这也是艺术作品对于普通读者的价值所在。

三、文学语言内涵的抒发

即使所有的交流条件都具备了，交流也不能排除困难的情况。交流与价值文学理论认为交流上的困难主要指以下两种情况：一种是交流的主动者必须给接受者交代所交流经验的原因；另一种是交流的接受者要排除个人以往经验中与此不相关成分的侵扰。在交流困难的境况下，交流的成功就主要取决于在多大程度上能够利用过去经验的相同之处。而文学作品就是交流困难的典型代表，首先，文学作品是语言文本，比声音、色彩等一般的交流媒介更加复杂。一个词的意义往往随着语境的不同而发生变化，文学语言主要是一种情感性的语言形式，而情感态度又变化莫测，所以要想了解文学作品的意义和内涵不是件容易的事，交流与价值文学理论认为对文本意义的理解是文学交流所面临的最大困难。其次，典故的运用也是造成交流困难的原因之一，特别是在诗歌领域，几乎所有的诗人都会引用典故，因为流传下来的典故往往是人类最美好最具有广泛意义的经验，所以诗人希望运用典故可以更好地表现自己的情感经验。但是由于读者的知识结构不同，所以有些知识有限的读者就会因此而对诗歌的理解方面产生障碍。交流与价值文学理论认为典故本身与文学价值的大小没有多大联系，不能认为典故运用的越多诗歌越优秀，而人们有时候就把二者联系起来，以辨认深奥用典的能力来判断一个人文化修养的高低。诗人运用典故也无可厚非，运用典故本是诗歌把经验的要素和形式加以利用的最突出方式，它所带来的作品上的理解阻碍，不是典故本身的缺点，而是社会结构的缺憾。最后，时代环境因素也是影响交流的重要因素。一般认为，伟大的优秀作品的价值是永恒的，但是交流与价值文学理论认为，随着时代的变迁和环境的变换，即使再伟大的作品也有过时的可能。因为如果时代相隔太久远的话，人们无法准确地理解作品中的经验，交流肯定就受到阻碍。但我们不能把作品的过时与否与作品的价值大小相联系，我们不能说过时的作品没有价值，因为文学作品都有它们特定的时代环境和产生背景，并且可能对当时的读者产生过巨大影响，作品的吸引力和影响力是有限的而非永恒的。除非我们只保留作品中最稳定的那些因素，如形式要素，这样才能逃离时间的限制，但是无内容的作品又是不可能成立的。以上三点便是文学交流活动所面临的主要困难，但交流与价值文学理论提醒我们，不能把交流的难度和交流内容的难度相混淆，因为交流归根到底涉及的是交流双方经验的相似性，即使交流内容的难度再大，只要双方有共同的经验积累，交流起来也不会费很大工夫。

作为批评理论的两大支柱，交流理论和价值理论其实是密切联系的。交流与价值文学理论在《实用批评》的序言中就有过明确的说明："当我们把一个交流表达上的难题完全解决，当我们极好地得到了经验，得到了与诗相关的心理条件，我们仍必须评判它，决定它的价值。"交流的成败决定着文学价值的实现与否，只有通过交流并表达出有价值的东西，价值才能得到彻底体现。交流与价值文学理论就注意到，有些被评价为低劣的艺术，其实本身有价值，但由于交流存在缺陷，载体不起作用，结果读者接受不到有价值的经验。我们已经知道，文学的价值取决于冲动组织的水平，取决于读者的冲动是否变得协调有序，它强调的是文学作品对读者的心理反应和满足效果。但当作家把这种好的有价值的经验记录下来成为文本时，这时的价值只能说是潜在的价值。因为交流与价值文学理论在论述价值理论时，重点提到文学的价值一定要和现实生活相联系，文学的价值不应该从内部寻找，而应从作品与社会生活的关系中去寻找。因此，他的文学价值具有强烈的现实色彩，而要实现文学的现实价值，就需要发挥文学的传达或交流作用，让读者通过阅读文学作品从而获得精神上的愉悦和情感满足，最终实现文学的全部价值。

总之，交流与价值文学理论认为文学活动存在一个完整的交流过程，其过程大体是"作家—文学作品—读者"。我们从文学价值理论中得知，作家的经验能很好地组织协调不同的冲动，因此是种"好的经验"。又由于文学艺术中作家的经验主要是情感性的一股，所以这种"好的经验"主要是情感性的。这时，这种好的情感经验还只是抽象性的，作家就"恰如其分"地把它具体化为文本，于是，文本就成为作家情感经验的储藏地。而生活中读者的经验往往是混乱的，不能协调组织彼此冲突的冲动，因此需要阅读文本来接受作家"好的经验"的影响，从而在情感上获得愉悦和满足。这样，在这个交流过程中，作家是经验的传达者，文本是传达经验的中介，读者是经验传达的接受者。简言之，交流与价值文学理论的文学交流理论就是把作家的经验通过文本传递给读者。至此我们不难发现，在交流与价值文学理论的理论中，文学活动基本上只涉及艺术家、作品和欣赏者，而缺少"世界"这个环节。这显然是对19世纪实证主义批评的某种反驳，受实证主义哲学的影响，19世纪后期的文学研究主要以"社会—历史批评"为主。这其中以法国的历史学家丹纳为代表，丹纳认为文学的创作及其发展决定于"时代、种族、环境"三种要素，他甚至把文学比作文献，看作化石，也因此把文学研究的重点放在了时代和历史的考察上。虽然交流与价值文学理论受实证主义哲学的深刻影响，但是对这种只重视社会历史证实的文学批评感到不满，因此交流与价值文学理论把自己的研究重心转移到了"作家、作品和读者"上面。

第四节 交流与价值文学理论与中国文化

一、"综感"的美

中国文化对交流与价值文学理论的影响首先体现在美学研究领域。在《美学基础》中作者首先谈到美学研究混乱的现实，"许多聪明人放弃了美学思索，并且也没有兴趣谈论艺术的本质和艺术对象，其原因就在于他们感到很难达成相对一致的明确结论"。因此，"美是什么"成为困扰世人的难题。在"审美经验"这一章中，作者总结了有关"美"的 16 种定义，他把它们分大体为三类：第一类，美具有某种客观存在的美的内在要素，或为内容方面，或为形式方面；第二类，美是在外部因素的参与下产生的。例如，美是对大自然的模仿，美源于采用成功的媒介，美是天才的创作，美揭示真理、本质、理想、规律、典型，美产生预期的社会影响，这些定义都属于这一类；第三类，美与人们的主观心理有必然联系，美或者是一种表现，或者能产生快感，或者能激起特殊的情感，或者是一种移情作用，或者是一种综感等。

第一类和第二类定义的缺点较为明显，它们都存在某些片面性，定义之间也有相互混淆、彼此交叉的情况，因此单独都不能成立。在交流与价值文学理论看来，这些都是 20 世纪初影响较大的观点和主张，并且都把美与人的主观情感相联系，也具有合理性，因此需要认真加以分析和鉴别。首先，克罗齐的表现主义观点可以概括为："当直觉被认为是表现时，就可以断言所有的直觉不用进一步的证明就可以被表现。如果直觉表现被看作艺术，也就是说所有的直觉是艺术作品。"如果按照这种观点，那么我们只凭借主观经验就可以判断是否为艺术作品，而这是无法给艺术下定义的。因此，在交流与价值文学理论看来，表现主义的观念只是一种空洞的形而上学假说。其次，桑塔耶纳的快感理论认为美是一种积极的、固有的、客观化的价值，即是客观化了的快感。对此，交流与价值文学理论认为快感说具有某种合理性，但是快感只可作为定义美的辅助属性，而不能把快感当作美学原理的全部内涵。与快感理论相似的还有情感说，认为艺术作品是在情感的驱使下完成的。交流与价值文学理论认为富有情感的作品更容易被传达和感染观众，但是其本身很容易带有道德说教的目的，结果会大大削弱作品的价值。因此，情感说不利于艺术价值的深入发掘。再次，克莱夫·贝尔主张艺术品的根本性质在于"有意味的形式"，而与现实事物无关。所谓"有意味的形式"是指能引起我们审美情感的一切审美对象中普遍而又特殊的性质。可见"有意味的形式"的根本目的是唤起人们的审美感情。而罗杰·弗莱所主张的"双重生活论"，即艺术是想象生活的表现，交流与价值文学理论认为其实质与"有意味的形式"是一致的，都是脱离现实生活抽象的形式结构。最后谈到移情说，利普斯认为美感不来源于审美对象，而是主体自身内心情感，在于人格在外物中的投射。利普斯下结论认为，"审美情感依赖于生命的属性，审美观照总是包括这种属性"。弗农·李则把感官运动感觉作为产生美感的条件，认为凡是对象能引起有益于生命的器官变化就是美的。这与谷鲁斯的"内模仿"说类似，不同的是谷鲁斯更加强调运动感觉对美感形成的意义。交流与价值文学理论认为虽然移情理论对我们理解美感的形成过程很有启发意义，但是他们还存在明显的分歧，没有提供一致的美学理论观点。

　　交流与价值文学理论的学者梳理并分析了众多美学观念之后，认为以上有关美的定义都不能让人十分信服，需要对美的定义进行重新审视。交流与价值文学理论再次借助了心理学的知识，在阐释移情理论时，提到情感往往不是单一冲动刺激的结果，而是众多冲动相互作用和联系的产物。并不是所有的刺激和冲动都是和谐共处的，它们之间经常相互冲突、相互抵制，但所有的冲动都有进一步系统化和调整的趋势。基于此，综感之所以能产生美感，交流与价值文学理论认为是因为"一个完整的体系必须有一个调整的形式，这种形式可以在全部冲动避免受挫的前提下，确保每个冲动都能保持自由的作用。我们可以在任何这种形式的平衡中体验到美，即使是瞬间的"。因此，美就体现在各种相互冲突的冲动达成和解基础上的平衡状态。"综感"不抑制任何冲动的体验，而是在保证其他冲动不受挫的前提下，让每个冲动都能尽情地发挥自己的作用。学者们进一步解释说："这种平衡不是一种消极的、惰性的、过度刺激或者冲突的状态，并且大多数人对涅槃、狂喜、升华或天人合一这样起初看似合适的术语表示不满。作为描述经历多种冲动的美学状态，综感这个词，无论如何，都恰当地包括平衡与和谐两方面的内容。"可见，交流与价值文学理论学者使用"综感"这个概念是想强调人的审美感受应该保持一种情感上的多样性，是恐怖、悲哀、生气、欢乐、愉悦等相互综合的产物，而不是单一情感刺激的表现形式，所引起的各种情感冲动应该保持一种平衡与和谐的状态。交流与价值文学理论还特别强调这种综感体验不同于一般的审美活动，不能把审美活动看作是审美欣赏的结果，即不要把过程与结果相混淆，因为审美心理过程还没有达到各种冲动平衡的最终审美目的。因此，审美心理过程本身并不能产生美，而只能是某种刺激因素。为了进一步证明"综感"理论，交流与价值文学理论学者认为这种平衡协调的美学观念其实在前人的学说中就已经出现。例如，康德在论述艺术与游戏的关系时就引入了和谐的观念。席勒则受康德的影响，认为美是感性与理性、主观和客观相统一的状态，而只有在游戏冲动中，相互对立的因素才能得到最终的统一，因此审美活动或艺术与游戏在本质上是一致的。但是这些平衡的美学观念并没有在早期学说中占据主流位置，因此也没有引起后来美学研究学者们足够的重视。显然，交流与价值文学理论的综感理论受到中国"中庸"思想的影响。

二、多义实验——孟子论心

我们已经知道，语义学是交流与价值文学理论中文学批评理论的基础，不管是文学的价值还是文学的交流活动都离不开文本的意义，所以说，交流与价值文学理论一直把语言意义的探究当作其理论研究的起点。交流与价值文学理论把语义学的重要性还进一步放大到社会生活的方方面面，历史与其他一般学问现在好像都是极其需要将"意义"状态的门类，加以仔细的研究。特别是在比较文学研究领域，一个关键的词如果翻译得不恰当，会严重影响作者所要表达的思想。因此，学者们认为要进行比较文学的研究，首先要具备三个条件：一位熟知中国思想的中国学者，一位详知中英两种语言的翻译者，一位能在语境下做具体分析的"意义"学者。

交流与价值文学理论研究学者首先谈到汉语的复义现象，认为"不区分"是汉语最突出的特征。意义之间具有很强的包容性，这与十分强调"区分"的西方语言体系截然不同，所以造成了西方人译介和理解的困难。例如，"天下之言性也，则故而已矣。"（《离娄章句下》）一句中的"性"字，既可以理解为人之性，也可以理解为自然之性，即自然规律，而西方则往往把二者严格加以区分。交流与价值文学理论认为其原因可能在于中国古代的心理学与物理学不是两个相互独立的学科，因此在汉语语境中，往往把自然之性和人之性合二为一。再如，"彼长而我长之，非有长于我也。"（《告子章句上》）一句中的"长"字，则无法用西方的某个词语来准确表示。因为"长"字在《孟子》中包含"尊敬""年长""服从""智慧"等多种意义，其中暗含着大量的社会性因素。"因此，仅用'尊敬'一词根本无法准确表达其含义，其复杂的意义范围使这一词汇具有了某种神秘的强迫力量，一种劝说性的约束力和权威力。"类似的例子还有："生之谓性"的"生"字，包含"先天的""出生""活着的"等义。"心之所同然者何也？谓理也，也义也。""理"字，其意义范围包括"加工的雕琢玉石""治理或管理""整理或有条理""处理或办理""有秩序""纹理"等;"我知言,我善养吾浩然之气。"中的"气"字,具有"生长的性质""激情的性质""精神""蒸气""气息""有生气""关键的能量"等意义。

《孟子》语言的多义特征让交流与价值文学理论研究学者看到了汉语与西方语言的本质区别。他们不禁思考,《孟子》语言的多义性是怎样产生的?其言语模式和西方语言不同的根源是什么?交流与价值文学理论研究学者注意到中国人非常不喜欢用细节和细致的方式来处理语言,所以孟子说:"博学而详说之,将以反说约也。"(《离娄章句下》)因此,"简约"是《孟子》最大的语言特色,并成为一种特殊的话语表达方式。此外,《孟子》还经常通过具体的事例来说明一种普遍的道理,交流与价值文学理论研究学者认为这是汉语阐述观点的重要途径。例如,"人性之善也,犹水之就下也。人无有不善,水无有不下。今夫水,搏而跃之,可使过颡。激而行之,可使在山。是岂水之性哉?其势则然也。人之可使为不善,其性亦犹是也。"(《告子章句下》)这里,把人性比作流水,就像水总是往下流一样,人性天生就是向善的,但是流水也有跳跃和倒流的现象,则说明外部环境有时候能使人性变坏。再如,"所以谓人皆有不忍人之心者,今人乍见孺子将入于井,皆有怵惕恻隐之心;非所以内交于孺子之父母也,非所以要誉于乡党朋友也,非恶其声而然也。"(《公孙丑章句上》)用救落井小孩的例子说明人性之善是发自人内心的行为,而不是外在因素使然。在交流与价值文学理论看来,这种简约、浓缩的话语表达与西方重逻辑分析的语言模式迥然不同。因此,交流与价值文学理论总结认为,汉语表达更像是诗的语言形式,《孟子》更像是"诗的哲学",而非"散文的哲学"。这样,交流与价值文学理论明显把汉语表达方式比作诗歌语言,而把西方话语形式比作了散文或科学语言。

为什么孟子没有采用西方分析逻辑的语言呢?交流与价值文学理论研究学者认为这与《孟子》中所要讨论的目的有关。《孟子》语言表达的目的更多的是劝说性的话语,而不在于科学性的探讨。例如,以"长"字为例,孟子认为年长是一种内在的优秀品质,这和西方传统意义上的美和神圣一样,不用更多地解释说明。对孟子而言,世人一定要尊敬长者,"或者是因为活得长久,或者是他积累了丰富的人生经验,或者是成熟个性的形成,或者是生活中的典型代表,或者是能做出理性的分析"。这样,"长"字就具有某种情感力量,它召唤人们信服本身所蕴含的意义,这种特点与诗歌的感染力有相似之处。但是,孟子从来不证实这些惯例和礼节性的行为,正如诗的诗性品质在西方从来没人去怀疑一样。可见,孟子从来不对论据的内部结构感兴趣,仅注重论述的最终结论。《孟子》往往追问"应该是怎样的"而不是"是什么"。与此相对应，孟子和对手们所关注的中心问题也不是人性的真实性问题，而是对人性态度的描写。也正是由于《孟子》更多是劝说性的语言，而非说明知识的言说，所以交流与价值文学理论认为，"他仅关注这种尊敬是怎样被决定的，根本不去证明尊敬的正当性或者去查明其原因。这种差异可能是中国思维与西方思维不同的关键因素所在"。而这种说服性语言的结果，则能促使人们共同遵守的社会系统的形成，这种思维模式能够很好地为道德体系服务，有利于统治社会的目的。因为"他们不对人的本性做过多的说明性探讨，从而导致了这些固定的、毫无疑问的秩序的维持"。交流与价值文学理论认为这种不需论证的东方语言值得西方借鉴，因为按照西方逻辑分析的方法，要达到清晰说明的科学性目的是极其困难的。其原因在于我们的陈述离不开一些抽象概念，而它们都具有明显的虚构成分。我们处理这些概念主要依靠理解，理解又离不开大脑的隐喻性思维，现在我们对隐喻性思维的研究尚处在萌芽期，所以根本无法保证陈述的科学性和客观性。然而，在交流与价值文学理论看来，《孟子》的这种劝说表达也有其缺陷，人们不能对其观念进行反思，也很少对这些社会性的道德律令进行怀疑。这与西方不同，西方人往往凭借抽象逻辑的原则，帮助他们进行终极性的思考。而在《孟子》中则不需要这种逻辑分析，因为已经存在某种权威性的原则，只需用简约的话语或例子说明这一道理即可。不用想方设法加以证明，这也就决定了《孟子》的语言并不讲求内在的明晰性、准确性和连贯性。如果西方人按照西方的逻辑思维去读《孟子》，那肯定无法理解其要义。

　　既然《孟子》是一种多义性语言形式，和西方有很大的差别，那么西方人如何理解和阐释《孟子》呢？交流与价值文学理论研究学者认为在西方语言系统中，习惯于把词语当作一个固定的和独立的单元。而在汉语系统中，单一的汉字更依赖于其他的短语和上下文背景。因此，一定要放弃西方"区别"式的思维方式，而采用汉语的理解方法，即具体的意义必须结合相关的语境才能确定。因此，在"孟子的心性论"这一章中，重点探讨了《孟子》中"心""性""仁""义""礼""智""气""志"等核心词汇的意义，认为把握这些核心词汇是理解《孟子》的关键所在。什么是"心"？交流与价值文学理论研究学者认为《孟子》中的"心"基本等同于"性"，二者经常可以通用。"履之相似，天下之足相同也。""故曰，口之于味也，有同嗜焉；耳之于声也，有同听焉；目之于色也，有同美焉。"（《告子章句上》）则说明如同人的鞋码、味觉、听觉、美感大体相同一样，人性也是大体相似的。"恻隐之心，人皆有之；羞恶之心，人皆有之；恭敬之心，人皆有之；是非之心，人皆有之。恻隐之心，仁也；羞恶之心，义也；恭敬之心，礼也；是非之心，智也。仁义礼智，非由外铄我也，我固有之也，弗思耳矣。"(《告子章句上》)则是说人天生就有同情心、羞耻心、恭敬心和是非心，这些品质并不是产生于教诲或社会的外在压力。人性是一种复杂的冲动，原本是向善的，但可能会由于环境的影响而变坏。例如，"富岁，子弟多赖。凶岁，子弟多暴，非天之降才尔殊也，其所以陷溺其心者然也。"(《告子章句上》)遇到丰收年，子弟会变懒惰，遇到灾荒之年，子弟就会有暴行，这都是自然环境使人性变坏的缘故。交流与价值文学理论研究学者认为《孟子》中的"性"就是人之所以为人的特性，是人天生就具有的，并且人性都是向善的，但是会由于特定环境而变坏。"仁、义、礼、智"是人性的重要组成部分，即人性之善具体包括同情心、羞耻心、恭敬心和是非心。在《公孙丑章句上》中，孟子则是把"气"和"志"放在一起考察，"夫志，气之帅也。气，体之充也。夫志至焉，气次焉"。志是气的统帅，志到哪里，气也就在哪里表现出来，但是"气"也会对"志"施加影响，从而造成"心"的变化。因此，交流与价值文学理论研究学者认为"气""志""心"这三个概念一定要结合起来进行考察，否则不符合《孟子》的本意。

通过对《孟子》的比较研究，交流与价值文学理论研究学者发现，由于文化背景的差异，中西对"事实"这一概念的界定存在巨大差异。中国传统文化强调道德伦理，即孟子所说的"性本善"，因此"事实"具有明显的人文性质，而西方更强调自然本性，所以"事实"对西方来说更具客观色彩，强调的是自然界的客观性质。这种差异决定了二者不同的提问方式：西方往往问"是什么"，而中国则问"应该是什么"。虽然都是追问事实，但是一个侧重"自然之性"，一个倾向"人之性"。对"事实"的界定和提问方式的差异，导致了两种文化交流的困难。那如何消除中西文化交流的障碍呢？交流与价值文学理论研究学者认为针对汉语的多义特征，需要一种比较研究的技巧——"多义界说"（multiple definition），即"下任何界说的时候，都在心理的背景里面加上种种敌对的界说"。也就是说，要考察词语的多义结构，不能简单对其进行单一的意义界定。西方传统为我们提供了有关普遍性、特殊性、物质、属性、抽象、具体、一般、特征、性质、特性、关联性、复杂性、偶然性、本质、构成、汇总、分类、个体、总体、客体、事件、形式和内容等大量详尽的概念体系，其目的是便于分析并且快速得出结论。在《孟子》中并没有这些明确的既定概念，因此，用逻辑的机械方式教条地应用于比较研究是愚蠢的。而"多义界说"的方法能有效克服西方的机械解释。翻译时所遇到的一些关键性术语都是有某种可能的意义范围，不能简单地肯定或否定哪一个意义项。因为在交流与价值文学理论研究学者看来，我们对于怎样思想，知道的还不够多，还不配说一切思想都要使用这一种或那一种工具而不使用别的。

正如翟孟生所言："它给我们的贡献，与其说是分析了孟子自己的心理或者孟子所冥想的心理，都不如说是解除了西洋人的困难，不致再受西方逻辑与科学所产生的语言习惯的束缚，以致了不解语言习惯不同的心理——那就是因为语言习惯的不同而使用一种好像文不对题的逻辑结构的心理。"交流与价值文学理论研究学者通过对《孟子》的心性考察，认为虽然孟子为心性设计了与他的社会秩序相一致的四个分支，但对他而言，社会秩序是这些可发展美德的反射。也就是说，一旦人人都变成"圣人"，社会自然会变得太平昌盛。对孟子而言，并不存在个人的美德与社会责任的冲突，个人与社会能达到有机的统一，因此这种劝说性的言说方式有利于社会统治，这正是值得西方社会借鉴的思维方法。交流与价值文学理论认为西方强调"区分"的语言体系决定了自身带有强烈"排他性"，容易形成以自我为中心的霸权思维，从而暗含着无限纷争的危险，也不利于社会的和谐稳定。因此，交流与价值文学理论主张强调逻辑清晰的西方语言正需要"语法范畴不明"的中国思想来加以平衡，即西方要积极吸收东方"多义界说"的思维方法，代替"是什么而不是什么"的思维，从而实现一种真正的多元论思维模式。通过对中国传统思想的研究，可以对强调逻辑分析的西方语言起到纠偏作用，能够给西方以有益的启示。如果回到中国古代传统思想，而不把它降低为仅有历史价值的话，中国思想将更加完美，更是一种平衡的方式，并且犯很少的可避免的错误。

三、交流与价值文学理论与中庸之道

中庸之道是中国古代传统文化的核心观念之一，突出表现在哲学的"中和"观念之中。何为"中和"？《中庸》对此有明确的表述："喜怒哀乐之未发，发而皆中节，谓之和。中也者，天下之大本也。和也者，天下之达道也。致中和，天地位焉，万物育焉。""中"指的是喜怒哀乐等感情在未发之时，心情平静而无所偏倚的状态。而这些情感都表露出来，但是都合乎节度，无过与不及的现象，这就是"和"。这里"中"与"和"既有区别，又有联系，一在内，一在外，一在主体，一在客体，一主静，一主动，是其不同之处。但作为和谐的内涵又都一致，在这个意义上，可以说"中"是内之和，"和"是外之"中"，中是主体内在之和，和是客体外在之中。中是静态之和，和是动态之中。由此可知，"中"与"和"的实质是一致的，都是一种和谐平衡的状态。如果把这种境界推而广之，于内的话，是天下万事万物的"大本"，于外的话，是天下万事万物的"达道"。一旦万事万物都能达到"中和"境界的话，那么整个天地中的一切事物都将各得其位，运行有序，最终"天地位焉，万物育焉"。可见，《中庸》所讲的"中和"观从人内心的和谐上升到了宇宙万物的和谐，显然具有了形而上的意义。通过对"中和"概念的解读，我们可以发现，中庸之道其实是一个关系概念。一方面，它蕴含着不同事物之间应该是相互协调平衡关系的道理，它从根本上否定走极端的方式，认为最好的生命形式应该是一种兼容和并包的状态；另一方面，"中庸"也不否认差异和矛盾，不主张消除矛盾的任何一方，反而肯定每个存在者的合法地位，其和谐关系正是在尊重矛盾各方的前提下构建而成。

综观交流与价值文学理论的学术思想，平衡与和谐的观念成为所有理论著作的关键词汇。不管是诗歌还是科学技术类文章，都离不开个人情感的参与和主要意思的准确传达。一定要结合不同的语境给事物下多元定义，由于各指称的语境之间有重叠的部分，所以各定义之间并不是绝对的相互排斥。如果要很好地了解一事物，必须综合所有的定义进行研究。文学的价值就在于能使读者的心理经验得到平衡与协调，真正好的艺术作品能使平时人们混乱的相互冲突的心理冲动变得协调有序。交流与价值文学理论总是多角度地去思考问题，从不简单地否定每一个要素或观点，关于文本的意义，既强调作家原始心理经验的意义规定作用，也肯定读者的创作力和阐释力，最终的文本意义是作家和读者在想象力作用下相互调和与统一的结果。文学价值的最终实现，一方面需要把好的有价值的作家经验记录下来，从而形成文本；另一方面也要让读者通过阅读文学作品从中获得精神上的愉悦和情感上的满足，从而把这种潜在的价值变为现实价值。因此，文学价值和文学交流彼此密切联系，是一种互为依存的关系。可见，关于整个文学活动，交流与价值文学理论不仅重视作家在其中的地位，也同时重视文本和读者在文学活动中的作用。对交流与价值文学理论而言，文学活动是作家、文本、读者三者相互作用的产物。这种思辨哲学既超越了丹纳式的作家实证批评的狭隘观念，也避免了后来新批评派的文本中心主义和接受理论的读者中心主义的极端理论。

第五节　交流与价值文学理论的影响及当代意义

交流与价值文学理论不仅参与了 20 世纪三四十年代文学批评的建设，而且对我国当下的文学理论建设也具有借鉴意义。叶公超在《科学与诗》的序言中就预言："知觉迟钝的人也许还没有感觉到这种变迁对于将来文学的重要，他们也许真要再等候八十年才能觉悟，不过瑞恰慈已然是不耐烦了。"时至今日，距离交流与价值文学理论学说的提出已经有差不多九十年的历史，我们再回首研究学者的理论，看能否给今天的文学研究提供某些启示。

一、对我国文学批评建设有借鉴意义

众所周知，文艺学学科由文学理论、文学批评和文学史三个分支组成。韦勒克在《文学理论》中谈到了这个问题，认为文学理论是对文学的基本原理、范畴、判断标准等问题的研究，文学批评是对单个具体文学作品的研究，而文学史则是对文学作品做编年的系列研究。他还明确指出三者有着紧密的联系："文学理论不包含文学批评或文学史，文学批评中没有文学理论和文学史，或者文学史里欠缺文学理论与文学批评，这些都是难以想象的。显然，文学理论如果不植根于具体文学作品，这样的文学研究是不可能的。文学的准则、范畴和技巧都不能'凭空'产生。可是，反过来说，没有一套问题、一系列概念、一些可资参考的论点和一些抽象的概括，文学批评和文学史的编写也是无法进行的。"由此可见，三者相互渗透、相互作用，要进行文学研究就任何一方都不能偏废。但是当下我国文学批评的建设显然还比较薄弱，而且把重点放在了文学理论和文学史的学习上，真正的文学批评实践则很少。很多学生不会分析文学作品，其重要的原因就在于缺少方法论的指导，不知道分析文学作品从何下手。即使在文学史的学习中，也是以学习文学的"历史"为主，缺乏分析具体作品能力的培养。虽然，20 世纪三四十年代的现代文学批评就开始关注并倡导"实际批评"，纠正传统的"印象批评"和感伤倾向，但是我们批评的传统至今仍没有得到根本改变，仍以读后感式的印象批评为主。更为严重的是，文学批评的相对落后，其结果是难以生产出我们"自己的"文学理论，导致我们总是一味引进西方 20 世纪的文学理论观点来阐释我们自己的文学作品。所以，文学批评实践必须要引起我们的足够重视，而新批评在 20 世纪西方文论史上的特色就是注重文学批评实践，重视具体文本的分析。这一流派的方法论则主要来源于交流与价值文学理论，它所开创的语义学的细读法和语境理论为新批评的批评实践提供了重要的方法论指导。

二、帮助我们反思后现代语境下的价值重建

后现代主义在 20 世纪后期影响极大，至今余波犹存。杰姆逊曾总结出后现代主义的文化特征：深度模式削平、历史意识消失、主体性丧失和距离感消失。其中，"去中心、去差异、去体系"成为后现代主义的明显标志。在后现代主义的语境中，反对"宏大叙事"的同时主张价值的多元，对文学的"好与坏"不主张做出判断，因此拒绝对文学现象做价值判断，而只满足于拆解文本的游戏。其后果只能是文学价值的相对主义和虚无主义，文学经典就在后现代主义的语境中消失了。但是韦勒克早就告诫我们，文学研究根本离不开文学的价值判断，否则文艺科学就无法成立。"艺术作品是一个由各种价值构成的整体，这些价值并不依赖于结构，而是构成结构的真正本质。一切试图从文学中抽去价值的努力都已失败并且将来也会失败，因为价值恰好就是文学的本质。""文学研究必须成为一种系统的知识，成为一种探索结构、规范和功用的努力。这些结构、规范和功用包含价值而且本身就是价值。"所以包括韦勒克在内的新批评派十分重视文学的价值判断，他们所提出的"朦胧""张力""悖论""反讽""透视主义"等概念都是作为评价作品的客观依据。而作为新批评的奠基者，交流与价值文学理论也始终强调文学的价值问题，把价值评判作为他文学批评研究的出发点，并且把文学传达与文学价值看作是批评理论必须依赖的两大支柱。他运用心理学的方法，认为文学的价值就在于读者心理冲动的满足，文学作品只要能够使读者混乱的冲动变得协调有序就是"好的文学"。交流与价值文学理论的其他理论也是紧紧围绕文学价值问题而展开的，文学交流或传达理论是实现文学价值的必然路径，而文本细读的目的也是要通过对文学作品做出正确的意义分析之后，才能判断作品价值的大小。可以说，文学价值是交流与价值文学理论的重心所在。为了扭转唯美主义批评的主观主义和自由主义倾向，交流与价值文学理论试图建立一门"科学化"的文学批评理论，重建文学价值评判的标准体系。

三、帮助我们重新审视文学研究的焦点

当前在后现代的语境下，文学理论正在发生翻天覆地的变化，即由"文学理论"向"理论"发生转向。乔纳森·卡勒在《文学理论入门》的一开始

就谈到了这一转向，卡勒认为这一转向在西方开始于19世纪60年代。"从事文学研究的人已经开始研究文学研究领域之外的著作，因为那些著作在语言、思想、历史或文化各方面所做的分析都为文本和文化问题提供了新的、有说服力的解释。这种意义上的理论已经不是一套为文学研究而设的方法，而是一系列没有界限的、评说天下万物的著作，从哲学殿堂里学术性最强的问题到人们以不断变化的方法评说和思考的身体问题，无所不容。"在卡勒看来，文学研究已经把重心从"文学"转向了各种各样的"理论"上，包括人类学、艺术史、电影研究、性别研究、语言学、哲学、政治学、心理学、社会学等。这种"理论"转向也很快传到了国内，文学研究的这场变革引发了当下国内学界的担忧，例如，有学者就指出文学理论在很大程度上已经与文学互不相干，凡近期文学理论的热点问题：现代性问题、全球化问题、文学经典问题、失语症问题、文学终结问题、文学边界问题、文化转向问题等，大多不是从文学创作、文学文本中产生，也不是为了解决具体创作和作品的问题，而是从文学理论自身生发、演化而来，乃是自我复制的结果。如今研究文学理论的人很多已经基本不读文学作品了，他们关注的对象无非是尼采、弗洛伊德、海德格尔、伽达默尔、索绪尔、维特根斯坦、罗兰·巴特、拉康、德里达等，对于这些名家论著的研读，占据了大部分时间和精力。在当今文学研究的"理论"时代，文化研究的兴盛也就变得容易理解，因为在卡勒看来，"理论"和"文化研究"是一脉相承的。"'理论'是理论，而文化研究是实践。文化研究就是以我们简称为'理论'的范式作为理论指导所进行的实践活动。"二者都是后现代主义的产物，受后结构主义的影响，所以都具有强烈的"跨学科"性质。"理论"和"文化研究"的联合发展，共同导致了当下文学研究对象的无边泛化，文学研究成了无所不包的一门学科，从而背离了文学理论原有的学科定位。

　　然而，进入21世纪以来，西方开始对"理论"时代进行反思，提出了"后理论"概念。对"理论"研究对象的无边泛化感到不满，呼吁重返文学文本、文学性和文学理论的建构中去。因此，面对西方当前正在发生的"后理论"转向，我们也不能不反思当下国内的"理论"热潮。如果我们一再研究各种各样的"理论"，继续热衷于无所不包的文化研究，那么文学理论和文学研究就可能真的面临"终结"，这也是每一位文学研究者所不愿看到的结果。由此看来，在"理论"概念和"文化研究"还大行其道并且已经导致文学研究出现危机的时候，我们有必要回望一下"过时"的纯文学研究，特别是新批评理论，它的"文本中心主义"无疑对文化研究的对象泛化有纠偏作用。而作为新批评先驱的交流与价值文学理论，他的批评理论中就包含着明确的以文本研究为中心的思想，对文学文本展开细读研究，试图找到作品所蕴含的意义，这一主张为整个新批评派所继承并为其研究指明了前进方向。此外，交流与价值文学理论把心理学和语义学引入了文学研究领域，这也启发我们文学研究并不排斥跨学科的研究方法，不能简单地对当前的"理论"转向全盘否定。

第四章　生态文学批评理论及教学研究

在全球化的今天，不同国家和种族的人们存在着这样或者那样的差异，但有一件事情是无论哪个人都无法避免且不得不面对的，那就是生态问题。生态问题至今已经引起了全人类的广泛关注，当前的生态危机确实已经严重影响到了人类生活的方方面面，加上诸多生态哲学家的思想和生态文学家的作品都已对此问题进行了深刻反思，这些都对人们产生了巨大的影响。生态文学的话语已经由原来"浅绿"的文学表达发展到倡导"深绿"的人文思想；由对局部生态危机的担忧到对生态整体利益的重视；人类由追求短期利益的急功近利思维上升到对人类永久生存栖息地的关注。

第一节　生态文学及其批评理论

任何一种文学批评理论都不是凭空产生的，作为一种批评流派，它的产生既需要社会思潮的引导，也需要文学创作的支持，生态批评理论就是在全球生态建设的思潮和生态文学创作的基础之上诞生的。生态批评理论研究的学者刘蓓曾经就明确指出了生态批评研究的基石就是文学文本。人类竭泽而渔式的无度开发导致了生态环境不断恶化，这是生态批评产生发展的外在动力，其内在的动力是文学研究者们内在的生态责任意识和使命感，可以说生态批评的产生是历史发展的必然。英国生态批评家贝特的话使人深思："公元第三个千年刚刚开始，大自然已经危机四伏。矿物燃料的大量使用产生的二氧化碳导致全球变暖，冰川和永久冻土不断融化，海平面持续上升，沙漠迅速扩大，森林覆盖率急剧下降，淡水越来越缺乏，这个星球上的物种正在加速灭绝。"生态文学批评研究的思路就是通过对相关的生态文学作品进行解读，揭示以上危机产生的深层原因，并将自己的生态观念表达出来。

一、生态批评产生的思想基础

（一）中国古代生态思想资源

中国古代的文化思想中蕴含着丰富的生态思想资源，因此许多西方的生态批评家们也把生态思想的眼光投向了东方，从中国先秦文化中发掘蕴藏的生态价值。例如《周易》中"天地之大德曰生"的思想体现出了对自然的敬畏和尊重；古代"天人合一"的思想则反映了人与自然之间的亲和关系；古代哲人崇尚自然的思想、庄子在《齐物论》里"天地与我并生，而万物与我为一"的思想及庄子"与麋鹿共处"的思想都反映人与自然和谐共处的生态理想。这些丰厚的历史文化资源，都为生态主义批评理论在我国的接受与传播做好了文化心理方面的准备，也为现代生态主义思想的发展起到了借鉴作用。人的生生不息是和天地自然密切相关的，如果任意破坏自然生态，无疑就是自毁家园，传统思想中的天人合一理念，就是不违背天，不违背自然，重视人与自然的协调和平衡。但进入工业革命时代之后，这些观念却被看成是落后的，人类否定了这些宝贵的思想，在否定自然的同时也一并否定了人类本身。工业和科技革命以来，所谓的人定胜天，征服自然和驱役自然的说法是不成熟甚至是可笑的，人类作为自然中的一员，征服自然必然是压倒人类自身。我们把自然当成了可供人类利用的资源，无休止地向自然索取，逐渐透支了人类未来生存和发展的基础。目前全球性的生态危机就是很现实的例子，这正是人类自己造成的恶果，在这种情况下，痛定思痛，反思我们的行为，回顾中国先秦哲人思想的精髓并以此指导未来可持续的生活才是正确的做法。

此外，在我国古时传说中，也可以看出古人对自然的认识和思考，中国古代传说可以看作是古人对人与自然关系最生动形象的概括，里面包含着古人丰富的情感体验。在古代，人类对自然的认识尚不完全，对自然万物所呈现出来的属性或许无法解释，在自然面前，人觉得自身是渺小的，因此对自然采取的是崇拜和敬畏的态度，这种情感态度恰恰有利于原始生态的保护。自然是人类全部文明的根系所在，人在自然中生存，对自然是依赖的，这始终是一个无法改变的事实。自然法则就是人类生存最基本的、不可动摇的法则。

中国古代传统文化中所反映出来的对待自然的基本思想和处理人与自然关系时的基本态度，是值得人们借鉴的。如今的我们生活在一个人与自然关系日趋紧张、生态危机此起彼伏的时代，在这种情况下，我们更应该从古代传统文化中汲取生态精神的营养，并运用到我国构建生态文明的实践中去。

（二）利奥波德及其大地伦理学

西方伦理学中早已包含对生态方面的关注，现代西方生态运动的一个重要成果就是生态伦理学作为一门独立学科的产生。生态伦理学提出了以自然为中心、敬畏生命的理论，这些思想对世界范围的生态保护运动和世界生态文学理论的发展产生了重大影响。西方最具有代表性的生态伦理学家是奥尔多·利奥波德，其"大地伦理学"概念的提出，奠定了生态整体论的基础。

大地伦理学把伦理学研究的范围扩大到对自然界本身的关心，大地作为自然界的实体具有其永续存在的权利，为了协调人与大地之间的关系，利奥波德把自然界描述成一个有机的金字塔结构。在此金字塔中，上一层生物靠下一层生物提供食物来源而形成不可分割的生物链。每一种生物都有其特定的生态职能，所有生物共同维系了整个自然界的生态平衡。人类在金字塔的上层中，对金字塔的变化影响甚大，利奥波德在《沙乡年鉴》中提出："当一件事情有助于保护生物共同体的和谐、稳定和美丽的时候，他就是正确的，当他走向反面时，就是错误的。"大地伦理使人认识到在这个大地上存在的一切生命都应当是平等的，人类要意识到自己只是大地共同体的成员当中的一员，应当对大地上的其他生命予以尊重。

大地伦理学是大地之上一切生命存在物相互关联、生死相依的伦理学，它对当今生态文学及批评的发展影响是很大的。完整的大地，可供人类诗意的栖居的大地必然是大地之上的人与河流、山川、森林、草原等万事万物和谐相处的大地。总之，利奥波德大地伦理学包含了大地之上的一切生命，这表示了伦理学由人类中心伦理拓展到了以生态整体为中心，这对当前人类生态主义思想的影响是深远的。地球上的一切生命没有高低上下等级之分，一个健全的生态系统，包括人类在内的万事万物都应当保持多样化的生存状态。利奥波德的"大地伦理学"集中阐释了生态整体主义的思想，认为大地是所有生命的整体存在。利奥波德将人类的生态思维提升至整体论的高度，从而为我们的生态批评理论研究提供了新的价值评判标准。

（三）海德格尔的技术之思及其对精神危机的阐释

生态批评理论的构建受到了生态哲学的启发，并将生态哲学的基本观点应用于文学作品的研究领域。海德格尔在早期重视"存在"的意义，首先重视人在存在论意义上的优先性。但在 20 世纪 30 年代左右，他的思想却发生了转变，开始主张一种"大道存在论"，认为存在的本质最终还是归于"大道"的，人没有优先性，人与其他存在物一样在自然中拥有平等的地位。"存在的真理"只有在达到天地人神四方世界的自由时，才能够实现"诗意的栖居"，这种栖居即是一种生态审美性栖居。在海德格尔看来，大地是人类生存的根基，失去大地的话人类便会失去根基，现代技术正是"促逼"着大地，人类的根基也因此受到了严重的破坏。在当前这个技术支撑一切的时代，技术自身作为一种现象还只是人们眼中的一个概念，人对技术的本质却缺少反思，人类在技术的支配下逐渐忘了技术的本质，技术不仅是对人类的挑战，更是对自然生命的挑战，它促逼着自然能够供给人类更多被打开和发掘的能量与资源。人类成了技术的随从，技术不断发展，可怜的人们只有不断跟上技术更新发展的脚步才能保证生存和立足，人类已经陷入了自己制造的困境中，这种困境使人类更加不能把握自己的命运，因此产生了精神上的巨大危机，海德格尔在此给人们的启示就是从技术角度来思考人类精神危机的起因。

海德格尔并非反对技术，他只是不提倡人类过分崇拜和迷恋技术，现代工业文明的某些特征表现为极端功利主义和工具理性，人的目的是最大限度攫取物质财富，不断为大众创造物质欲望，在相互吹嘘和攀比中，人的精神生活逐渐走向了空洞化。社会的进步却造成了人性的沉沦，歪曲了人的自然本质，使人沦为物质商品和自身欲望的奴隶，找不到自己精神价值所在。在现代性潮流的引导下，在消费主义观念横行的社会里，传统的价值观被现代性所遮蔽，城市的空间和发达的科技使人类的感知方式和伦理价值发生了巨大错位和断裂，这种断裂导致的是人类"文化的失根"，人类的精神生态也面临着危机，尤其是当下消费狂欢、时尚主义的流行，使得人类的精神日益变得平面化，人们不断升级的物质生活带来了精神生活的不断降级。当代人的危机不是表现在物质资料的匮乏上，而表现在精神价值感丧失的惶恐上。西方哲人们已经开始清理这种现代性精神危机的弊端，寻求精神的归附，追求精神价值的全面提升。于是晚年的海德格尔十分关注东方文化中老子《道德经》里的思想，与强调人的地位和对自然的榨取及征服的现代性观念不同，东方传统文化中的和谐、差异和共生思想都滋养了海德格尔的思想精髓。后来海德格尔的哲学思想也是当代生态批评理论重要的思想来源，他的哲学思想中有关天地人三方关联体的表述正是生态整体论的源头之一，这里吸取了我国古代天人合一思想的精髓，天地人三位一体共同构成了这个世界，这四个方面互为支持、缺一不可，共同组成一个世界的整体。海德格尔的思想与中国古代的思想精髓紧密相连还表现在他生态存在论的审美观与中国古代

"天人合一"的思想就是相连通的、"诗意的栖居"与"中和之美"密切联系、"场所意识"也是与择地而居相关。海德格尔认为现代人早已成为无家可归者，只是这种生存方式一直被日常生活所遮蔽，处处以自己作为中心的人类从一开始就走错了路，已经找不到家园在何处，物质充斥的发展模式污染践踏了人类的生存处所，被利益蒙蔽的心灵也一起迷失。这种无根的生存状态使人误解了走向自然的真实意义，在当今社会便表现成商业化的开发、探险或者猎奇。对人来说，家园被降格成了住宅，但房子只是一个供人们休息的处所，住在房子中的人仍感觉自身无处可归，找不到生存的意义，最终人们只能通过文学想象来弥补这项遗憾。哲学的功能就是对大多数人认为理所当然的事情进行反思，当前人类面临的生态危机是全球性的，这位哲学大师正是以自己的方式预见了这种未来的全球性危机，告诫人们拯救地球，保护好人类这个共同栖居的家园，首先要从解决人类精神危机寻找出路。

总结来说，我国当前的生态思想和理论，既受到了中国古代传统思想的影响，也受到了西方近现代以来各种精神思潮的影响。中西方生态思想中有着许多相通之处，例如我国古代提倡的不杀生思想和近现代西方学者提倡的动物解放和对动物权力的保护，都是殊途同归的。

二、生态批评的发展历程

文学的评论和研究一直都是文学的组成部分，生态文学的发展紧接着带来了生态批评的兴起。最早的一部产生巨大影响的生态文学作品是蕾切尔·卡森的《寂静的春天》，它于1962年诞生于美国，随后，生态文学研究和批评出现于美国。"生态批评"术语的出现是在1978年，鲁克尔特把文学和生态学相结合，拓宽了文学批评的视野。后来，美国哈佛大学的布依尔教授出版其著作《环境的想象：梭罗、自然文学和美国文化的组成》，从生态学的视角审视了美国文学及文化，这是生态批评的里程碑。贝特在《大地之歌》中从整个西方文学史的视野探讨了生态批评的理论。世纪之交的时候，生态文学的研究已经确立起自己的地位并形成了一个约定俗成的称谓——"生态批评"。我国第一部研究生态文学的专著《20世纪中国文学生态意识透视》出版后，作者皇甫积庆从生态视角对生态文学文本进行了透视。我国生态文艺学家鲁枢元先生曾提到过，我国大陆有一些反映生态思想观念的作品如《人和自然保护区》《遥远的自然》等，这些都是研究和阐发生态思想的有力文本和说明对象。

三、生态批评的主要内涵

生态批评是在生态主义思想指导下发生的，而生态主义思想的核心观念正是生态整体主义思想。学界对于生态批评的定义有许多，有人认为生态批评就是研究生态文学与自然环境之间关系的，也有人认为生态批评是研究生态文学的社会价值功用的。笔者比较倾向于王诺先生对生态批评的定义："生态批评是在生态主义，特别是生态整体主义思想指导下探讨文学与自然之关系的文学批评。它要揭示文学作品所反映出来的生态危机之思想文化根源，同时也要探索文学的生态审美及其艺术表现"，这一定义的好处是指出了生态批评的基本指导思想、目的与任务、研究范围和批评的对象。全面地认识生态批评，把生态学和文学批评简单结合并不等于生态批评。生态批评借鉴了生态学所指的方向，而非生态学的语言或者研究数据，更明确地说，生态批评的思想基础是来自生态哲学，生态批评正是借鉴了生态哲学思想而发展起来的一种新型的文学批评。生态文学展现出来的是自然生态如何被破坏的，生态批评从中反思人与自然之间的关系，最终揭示造成这种生态危机的根本原因。生态批评理论内容包括用生态整体观、生态联系观和生态系统观的方法分析文学作品中的生态意义和价值。生态整体主义的思想不以人类或者任何某一生物物种的利益作为价值评判的最高标准，而是从生态的整体利益和维护生态系统的平衡出发，与此相对应的生态文学创作也不应以人类为尺度，不应以人类利益为价值判断，而是以追求生态系统的整体利益为终极目标，以生态整体观来指导考察文学作品中与自然有关的思想、态度和行为。生态批评理论的核心思想是生态整体主义思想而非人类中心主义，它以生态整体利益为评价尺度，倡导人类建立起健康的生存和生活方式。

（一）对人与自然关系的阐释

在工业革命来临以前，人和自然之间的关系总体上还是和谐的，这不仅是因为人类当时的能力有限所致，更是由于古代的人们对自然心存敬畏，认为万物有灵，便有一定的信仰存在，这样在某种程度上就会限制人的部分欲望，从而在历史上很长一段时期内有效维持了自然生态的平衡。令人痛心的是，现在随着社会经济发展，科学技术取得了巨大的进步，人类对待自然的态度发生了转变，工业革命以后人类开始对自然进行大规模的改造，自然在人类眼中不再是可畏的、可敬的。

随着人类改造自然的能力越来越强大，人类控制自然、征服自然的欲望也不断加强，人类文明开始破坏自然，背离了自然，自然在人类眼中就成了可供索取物质利益、寻求经济价值的一种存在。而且随着经济的发展，人类从自然中寻找和透支资源的欲望越来越强烈，以致人与自然之间的矛盾越来越明显。

人要在现实客观存在，就必须有一个周围世界。而这个世界首先跻身到我们面前来的就是外在自然。在不同的历史发展阶段，人对自然的认识也会发生变化。工业技术革命以来，人们一直讲求对自然的征服和控制，在当代，人们就必须追求人与自然之间和谐才能长久生存。地球是生命的家园和栖息地，人类在这片大地之上劳作、生存和繁衍。荷尔德林有一句著名的诗句就是"人充满劳绩，但还是诗意地安居于大地之上"，海德格尔在后来解释这句诗的时候说到"人在土地上栽培生长着的事物并且照料其本身的增长，人在安居中从土地上收获不少，却还诗意地安居在大地之上"。人从大地上获取生存所必需的一切，我们的头脑、身体血肉都是属于自然界并存在于自然界之中的，正因为人类能够认识并运用自然规律，才显示出我们比其他生物的强大和优越。但全然把自己当成了自然的中心，这种自我中心意识逐渐发展膨胀，就会使得人类追求物质的欲望逐渐遮蔽了对精神质量的追求，现代的人们似乎是陷入了两种困境——自然生态被破坏和精神家园被毁灭。物质的进步带来了精神的倒退，在自然生态和精神生态都存在危机之时，人类找不到自己的自然家园，更加找不到自己的精神家园，人类生存在这样的状态中是必将走向灭亡的。

充满勃勃生机的自然才是美的，我们要付出行动维持自然的美丽，因为自然不美了，我们的生活也会索然无趣。自然给我们带来的不仅仅是物质资源，还有可供审美的精神资源，这些都是人能够诗意地栖居的必备条件。我们每个人的生命体验不同，人生观不同，但"人是自然的一部分"这个观点却是共通的。地球上的生命是没有低级和高级之分的，对生物所谓的低级和高级，有用和无用的划分完全是按照人类的标准来执行的，它透露着人的自私和利益。人类与地球的关系，很像人与生命的关系。在无知无觉的年纪，生命是一口取之不尽、用之不竭的井，可以任意汲取和享用。今天，各国对地球的掠夺，很大程度上已不仅仅为了满足自己国民的生活。看来人类现在需要的已经不是某个人的觉醒，而是整个人类的觉醒。因此谈及人和自然之间的关系，要以发展的眼光来对待。在人类社会发展的初期，人类还没有多少能力对自然进行改造，而现今人口的总数量和扩大的速度已经超出了地球的承载能力。对地球来说，人类已经成为她的灾难，人类到了哪个地方，哪个地方就会体无完肤。阿诺德·汤因比是英国著名的历史学家，在对人与自然未来关系展望的时候，他写道："人类将会杀害地球母亲，如果人类滥用日益增长的技术力量，人类将置大地母亲于死地；如果人类克服了那导致自我毁灭的放肆的贪欲，人类则会使她重返青春，但是人类的贪欲正使伟大母亲的生命之果——包括人类在内的一切生命造物付出代价。人类在对自然进行征服的过程中不仅给自然生态带来了灾难，而且还给人类自身的精神生态带来了恶果。人类征服自然的贪欲会腐蚀人的精神，奴役人的灵魂，在自然之外人的心灵将无处栖身，只有在自然中人的心灵才能得到宁静。"

（二）生态整体主义观

生态整体主义的核心是："把生态系统的整体利益作为最高价值，把是否有利于维持和保护生态系统的完整、和谐、平衡和持续存在作为衡量一切事物的根本尺度，作为评判人类生活方式、经济增长和社会发展的终极标准。"生态批评要坚持自然整体性的原则，自然万物之间是互养互惠的关系，生命万物按照自然之规律共同生活在这个地球上，共同构成了一个整体。比如绿色植物通过吸收二氧化碳能够放出氧气供人类呼吸，还可以固定二氧化碳产生碳水化合物，为人类提供各种类型的食物。土壤中的微生物能够过滤水中污物，通过水循环才使我们获得洁净的水源。我们可以想到，空气、水和食物都是人类及其他生命存在和持续的保障，地球是一个完整的生态大家庭，在这大家庭里面所有的生命都是通过各种能量和循环建立了不可分的联系，各种生命都是不可或缺的存在，所有的生命理应得到应有的尊重。按照生态批评理论的观点，人类利益不能作为价值评判的最终尺度，因为人类不是自然的中心，但这并非意味着生态文学反人类或者蔑视人类。与此恰好相反的是，生态危机的现实和生态灾难带来的恶果正使人类意识到，包括人类在内的自然，是各类生命存在的基础。自然是一个不可分割的整体，生存于这个整体之中的万物都需要遵守其内部的秩序、法则和规律。生态整体主义强调整体的利益和存在价值，不会将任何个体奉为主宰位置，只有把自然生态整体利益作为价值判断的尺度和标准，才会符合生态系统整体利益，才会有可能在真正意义上消除生态危机。

自然界作为一个整体生命的存在，不受人类任何意志而转移，生存于其中的万物都有保持各自生命的权利，人类无法剥夺这种权利。因此，生活在这样一个整体之中，各种生命相互依赖共存，每个生命只要从大自然中获取维持生命所需的部分就足够了。生态系统的和谐、稳定、平衡与持续需要我们上升到整个自然生态的角度考虑问题，如果人类在保护生态的过程中还是以人为中心，就会从人的利益出发保护那些对人有用的自然物，而不是从整个生态系统出发保护一切自然物。生态的承载能力是有限的，当超出了生态承载力，大自然对人类的报复也随之到来，接着一个又一个的畸形儿出生了……这些终将是人类自食的恶果。我们生存于生物链当中，只要有一个环节消亡或者出现了问题，后果都是极可怕的。人类只有将目光放得再长远一些，从单纯追求经济利益的狭隘观念里走出来，心系整个生态的健康发展，才会摆脱生态危机，而不至最终走向灭亡。人类必须从那种试图改天换地的愚蠢中走出来，认识到自己的局限，认识到人类之外的其他物种是我们生存的伙伴而不是可供人驱使和榨取的对象。只有认识到生态问题的严重性，从狂妄自大中走出来，自然才会用它博大的胸怀原谅人类。生长于自然中的万物都是平等的，人类的发展必须限制在自然生态可承受的范围之内，否则牵一发而动全身带来整个生态覆灭，生命都将灭亡，那便是终极的平等。人作为一类个体的存在，只有在尊重其他生命的时候才会感受到生命的整体存在。

第二节　生态文学批评在英美文学教学中的重要性及意义

学生对学习某课程的重要性的认识、对学习该课程的成功预期，以及对该课程实用价值的评定等，均能直接影响学生学习的积极性。在生态文明建设的大环境下，英美文学作为英语语言文学专业的主干课程，在教学中应适应时代要求，注重生态文学批评理论的引入，引导学生从生态视角阅读作品，进而培养学生生态意识。英美文学教学中引入生态文论，培养学生生态意识有利于提高学生对英美文学课程意义的认识，增强学习英美文学的成功预期，和学生正确评定英美文学课程的实用价值，从而有利于教师调动学生对该课程的学习积极性。而学生的学习积极性又能反过来促进生态文学成功介入教学，培养学生的生态意识。

一、生态文论介入英美文学教学的重要性

学生的学习积极性与学生对课程重要性的认识成正比，那么，为了提高学生学习积极性，教师应让学生认识到生态文论介入英美文学课程的重要性。

首先，生态文论介入英美文学能促进学生英语语言基本功的提高，增强

学生对西方文学及文化的了解。因为生态文论介入英美文学，并不是在课堂讲授的内容中机械地添加一些生态方面的知识，而是将教学中心从文史知识的识记转移到培养学生运用生态文学批评理论的基本知识和方法来赏析英语文学原著的能力上。原著阅读是赏析的基础，只有学生大量阅读原著，才有随后的参与文本意义的发现过程。原著的阅读和分析能有效扩大学生英语词汇量，并提高学生英语表达能力、阅读能力，满足学生提高英语技能的需要。而且，文学是一个社会最丰富的宝库。对具体文学原著的阅读与分析能增强学生对西方文学及文化的感性理解。

其次，生态文论介入英美文学符合时代的要求，符合学生全面发展的需要。建设生态文明的大环境下，生态意识是学生的"全面发展"不可或缺的一个方面。鲁枢元教授提醒我们，相伴现代工业文明的生态失衡、环境污染正在不知不觉地向着人类的心灵世界、精神世界迅速蔓延，导致人类自身内部的"精神污染"。这里的精神污染是一个生态学概念，是指现代社会中科技发明对人的健康心态的侵扰，物欲文化对人的心灵渠道的闭塞，商品经济对人的美好情感的腐蚀。当代人的许多精神问题，如自杀、吸毒、精神分裂、抑郁症等，都随着社会发展的程度上涨。其突出表现为现代社会高度存在的疏离化：即人与自然的疏离、人与人的疏离、人与自己的内心世界的疏离。因而，生态批评意识涵盖范围广泛，不仅指生态环境保护意识，更是指人与自然、人与人以及人与自身关系的和谐发展意识。而一方面，我国学校在课程设置上普遍存在着重实用轻人文素养的现象，强调学生掌握可见可测的知识技能技巧，不够重视学生的需要、兴趣、情感等方面的发展；另一方面，现代社会的功利性使得竞争异常激烈。学生在日益激烈的竞争中承受很多学业、人际、就业等方面的压力。压力使得学生对情感、爱、理想和心理归属等需要格外强烈，学生会觉得精神空虚，难以走出心灵的困境。英美文学课程中引导学生从生态的批评视角对具体文学作品阅读和分析，其目标是帮助学生探讨现代社会的生态环境危机及其文化根源，让学生理解二元论思维方式和极端的理性思维的形成、表现及其危害，培养学生对生命、自然的敬畏和关爱意识，从而进一步为学生在日常学习生活中树立生态意识如生态的消费观、爱情观、求职观等提供启示，帮助学生建立与自然、他人和谐相处的存在状态，走出心灵的困境。满足学生的精神成长之需，因而也能吸引和激发他们的学习积极性。

二、生态文学批评理论在教学中的应用

对教学任务的成功预期，也就是学生对自己能否成功完成某教学任务的判断，是学生学习积极性的另一重要决定因素。影响学生的成功预期的，是学生对教学任务难度的认识。如果学生学习中能体验成功，那么就不会对教学任务产生畏难情绪，由此带来的积极的情绪体验能极大地提升学生学习该课程的信心和积极性。反之，消极的情绪体验会让学生失去信心和积极性。英美文学教学中，为生态文论成功介入教学，实现其教学意义，教师要从以下三个方面帮助学生体验成功运用生态文论阅读和分析具体作品的乐趣，调动学生积极的情绪体验。

（一）教学资料的选择

阅读是分析的基础。如果所选的原著对学生来说太难，必然会降低学生课后阅读的积极性，故教师要精心选择课堂教学用的具体作品。教师应该选择能吸引学生兴趣，难度不大的一些经典文本，如《简·爱》《蝇王》《傲慢与偏见》《老人与海》等；选择突出人与自然和谐的英美浪漫主义作家的作品，如华兹华斯的自然诗歌，梭罗的《瓦尔登湖》等；重点选择当代作家的短篇作品，尤其表现现代心灵拜物化，精神空虚、迷茫的短篇小说，分析其形成的原因，引导学生感悟二元论带来的极端理性主义思维的危害，人与自然相疏离、相异化的可悲。

（二）创造生态批评情景

网络与多媒体教学显然有着信息容量大、信息种类多（包括图像、音响等信息）的优点。将信息以文字、声音、视频、图片等多种形式呈现给学生，可以调动学生多种感官，帮助教师最大可能地创设有利于学生积极参与到课堂教学活动中来的情景与氛围。而更为主要的是多媒体与网络辅助教学可以为教师指导和监控学生课后的自主学习提供便利，为师生之间、同学之间的互动交流提供了可能。例如，教师利用校园网络开设英美生态文学交流社区；教师可在英美文学社区上传相关生态文献资料，发表建议，指导学生预习；还可以将课件上传，以供学生复习；利用社区督促学生发表意见，完成课后思考题；通过浏览学生的讨论帖子，及时有效了解学生对课堂学习的反馈和效果；学生也可以自己发起话题，相互讨论，等等。

（三）变教师的"一言堂"为师生之间或学生之间的"对话"

由于生态意识内涵广泛，涉及伦理、性别、道德、求职、消费等方面，容易吸引学生发表自己对这些方面的看法，从而较易激发学生参与课堂讨论的积极性。英美文学课堂上教师应鼓励学生积极思考，积极参与讨论。只有积极参与讨论，才能体验成功运用生态文论阅读和分析具体作品的乐趣。

三、生态文学批评理论在教学中的实用价值

所学内容对学生来说是否有用，是影响学生学习积极性的又一因素。英美文学课程中培养学生从生态批评的角度来分析作品及作品中人物、主题或文化现象的能力，其实用价值不仅在于通过原著阅读和分析提高学生的英语技能水平，还在于学生可将这种分析能力应用于自己的实际生活，从生态批评的角度，对自己和周围生活中的各种现象重新审视。从日常生活做起，树立生态的自然观、消费观、伦理观、爱情观、求职观等，建立一种人与自然、人与人、人与自身和谐相处的关系。

英美文学教学中，在引导学生运用生态文论阅读和分析具体作品时，教师要有意识地将学生的课堂学习与学生的实际生活联系起来。例如，阅读完《瓦尔登湖》后，教师即可根据作品中对人与自然的生命整体性和人的生活可以简单到什么程度的描述，引导学生对"自然"的观念进行梳理，帮助学生理解自然如何被人类工具化、资源化，而后可将话题引导到人类对自然的道德关怀是否需要上，帮助学生树立关爱生命的意识。随后教师可进一步将话题引向学生的消费现象上面，从关爱生命、关爱自然入手，与学生一起分析何为健康的、适度的消费，从而将对《瓦尔登湖》的阅读与学生的实际生活中的消费现象联系起来，培养学生的生态消费观。

只要教师能坚持将课堂教学与学生实际生活联系起来，学生就不会感到生态文论介入英美文学教学无用，学生的阅读和参与讨论的积极性就能提高。学生的阅读和参与讨论的积极性越高，学生的英语技能水平也就提高得越快，分析问题的能力也就越强，故人文素养的提高和生态意识建设更易成功。

四、生态文学批评在英美文学教学中的意义

（一）有利于学生正确认识人与自然的关系

文学课程的目的在于培养学生阅读、欣赏、理解英语文学原著的能力，

掌握文学批评的基本知识和方法。通过阅读和分析英美文学作品，促进学生语言基本功和人文素质的提高，增强学生对西方文学及文化的了解。文学课程目的之一在于促进学生人文素质的提高。英美文学教学中引入生态文学文本有助于培养学生生态的人生观、世界观和价值观，有利于提高学生的综合素质。在英美文学教学中聚焦生态文学经典作品是当代英美文学教学中不容忽视的内容。伴随着全球性的生态危机日益凸显，在不到半个世纪的时间里，梭罗的《瓦尔登湖》由原来的一部不受人重视的普通浪漫主义作品一跃成为当前人类最伟大的杰作之一。在 1985 年《美国遗产》评选的"十本构成美国人新年改革的书"中《瓦尔登湖》名列第一。在《瓦尔登湖》中，梭罗提倡简单生活观，他认为人类不能仅仅满足于物质的极大丰富，而是要与自然和谐相处，要崇尚自然、热爱自然、善待自然、与自然为友。英美文学作品中积淀了很多震撼我们思想的生态文学作品，值得我们在文学课堂上细细地剖析与品味，从而使学生认识到人类应该合理地开发、利用自然，在自然能够承受的限度内满足自己的物质需求，形成正确的人与自然的关系。

（二）有助于培养学生的生态意识

文学源于生活，能对社会生活产生重大影响。文学作为一种强大的精神武器，它可以对人的思想、情感、精神和行为产生极为深远的影响。文学课程是培养学生健康的人生观、塑造学生健康精神状态的重要途径。

在塞林格的《麦田里的守望者》中就映射了生态文学思想内涵的三个方面：回归自然、生态整体和生态责任。主人公霍尔顿想着去西部装作一个又聋又哑的人，然后找一个又聋又哑的姑娘跟他一起住在他的小木屋里的行为体现了霍尔顿渴求用心、用灵魂跟大自然交流，渴求全身心地融入大自然中，这表明了霍尔顿想要与自然和谐相处的生态思想；霍尔顿三次提及中央公园的湖以及湖中的鸭子，他对于冬天鸭子跑哪儿去这个问题十分关心。在一个只追求物质利益的生存环境里，霍尔顿屡次提及鸭子绝非偶然，这充分验证了在霍尔顿心中有生命的和无生命的皆是兄弟姐妹，皆是大自然的孩子，都应该受到同等的恩宠的生态整体观。主人公霍尔顿甘当神圣的绿色卫士，使所有的自然之子诗意地尽情嬉戏于麦田这座伊甸园中。生态责任在《麦田里的守望者》中也得到了充分地体现。

薇拉·凯瑟不同创作时期的作品都重复着人与土地的故事，塑造了一系列与自然相容相契，浑然合一的自然之子。凯瑟的生态思想在创作早期主要体现在对人与土地的关系的关注上，在创作中期她转向对人类精神生态危机的洞悉，在创作后期她尝试寻找缓和人与自然关系的途径，提倡"回归自然"的生活方式。

蕾切尔·卡森的名著《寂静的春天》一经问世，震惊全美。该著作中以大量的事实为科学依据，揭示了滥用杀虫剂对人类健康的威胁以及对整个生态环境的破坏，激烈地抨击了人类在欲望的驱使下依靠科学技术对大自然的摧残与践踏。在英美文学课堂上剖析具体的生态文学文本可以呼吁学生关怀自然，唤醒学生的生态良知，培养学生的生态思想，最终实现改善人类生存环境的目的。

在麦尔维尔的《白鲸》中，人类不是适度地捕杀鲸鱼来维持生计，而是为了满足自己永无止境的贪欲，过度地猎杀鲸鱼，贪婪的欲望最终导致捕鲸船及船员葬身海底。《白鲸》启示人类要适可而止，不能过度贪婪，不能对大自然进行毫无限制的掠夺与摧残。《鲁滨孙漂流记》凸显了人类中心主义精神，宣扬理性和科技发明是万能的。人类征服、占有、改造自然的特性在鲁滨孙身上得到了很好的体现。但是《鲁滨孙漂流记》中过分张扬了人自身的价值，而压制、排斥、否定了自然，这种理念会导致人的欲望无限膨胀，最终难以控制，欲望就像魔鬼，会给人类带来太多灾难。

第三节　生态文学批评在英美文学教学中的应用

英美文学是我国高等院校英语专业的一门重要课程，旨在培养学生的文学鉴赏能力和人文素养。但随着全球化和市场经济的发展，以传统为依托的文学课受到前所未有的冲击，正如崔少元先生所言："文化全球化的最大特征就是对传统的破坏。它的破坏性，对人类的文化艺术产生了巨大的影响，其后果之一就是文学的边缘化。"曾被视为英语专业最重要课程的英美文学已经走入了一个尴尬的境地，被视为脱离时代、远离社会的"鸡肋"，更被学生视为负担和累赘。1978年，威廉姆斯·鲁艾克特在《文学与生态——生态批评的试验》中质问："文学批评在我们这个时代走到哪里了？"他的质问昭示着文学要取得长远发展，就必须面临生存环境的现实，必须与生态联姻，使文学走出人类中心主义的樊篱，以其独特的表达方式帮助学生陶冶情操、认识世界，从而使文学课走出困境，与人类面临的迫切的生存问题接轨。

一、生态批评与生态思想的介入

传统的英美文学教学一般遵循以下模式：第一，文学史串讲；第二，作者及其作品介绍；第三，作品的阅读体验；第四，运用文学批评方法解读作品。这种传统的程序极大地限制了学生独立思考的能力，忽视了学生批判性思维的培养。学生直接得到的是"鱼"，而非"渔"，致使作家用灵魂和生命书写的经典作品成为一堆需要死记硬背的基本常识、一串符码、一项智力游戏，文学的趣味性和其传递的生命观、自然观、社会价值荡然无存。略萨说："文学是一个人、一个公民成长过程中至关重要的内容。好的文学作品为我们搭建了桥梁，拉近了同其他文化、思想的距离，这是文学非常重要的职能之一。一个现代、民主、公正、自由的社会，文学是完全必要的。"由此看来，不是文学无用，而是教的人和学的人需要重新审视文学这门崇高的学科，重新将文学拉回现实轨道，正视社会问题。

生态危机是当今世界面临的最严峻的问题之一。自古以来，在自然生态系统中，人并非自以为是的主宰者，而是依赖自然而存在的。敬畏与禁忌是人在自然面前的唯一态度。然而，从笛卡尔时代开始，人类确立了以自我为中心的思维定式之后，便将自然物质化为可以征服并加以利用的对象。于是，人类开始高举理性的大旗，驾驭科技的战车对自然进行无尽蹂躏与索取。终于，我们的大自然进入了危机四伏的时代，全球变、冰川融化、海平面上升、降雨模式改变、海洋过度捕捞、沙漠扩展、淡水资源匮乏、物种加速灭绝……人类行为正在使自身和赖以生存的自然加速走向灭亡。而于 20 世纪末逐渐形成显学的生态批评，则试图对处于自杀困境中的人类进行重新探索，重新梳理人与自然的关系，以消解人类中心主义的自闭樊篱，为人类和生态系统的可持续发展寻求新的路径和可能性。

生态批评是在生态整体主义，特别是生态整体主义思想指导下探讨文学与自然之关系的文学批评。它要揭示文学作品所反映出来的生态危机之思想文化根源，同时也要探索文学的生态审美及其艺术表现。生态整体主义强调一种和谐的、整体的、多样化的、互蕴共生的关系，是人类重新认识自然、定位自己的一种方法论。生态批评作为理论是新兴的，但是文学从一开始就是和生态联系在一起的。从远古时代到现代时期，人类在世界整体结构中的角色始终是贯穿文学的一个主题。在远古时代，人是渺小的，只不过是宇宙世界最微小的造物而已。即使人类社会过渡到了以工业文明为主的现代社会，浪漫主义田园精神依然成为人类的理想家园。在我国有"采菊东篱下"的情怀，在英美有梭罗和华兹华斯对朴素田园生活的追求。由此可见，用文学的思想武器来重塑人们的自然观是非常可行的，而且是势在必行的。

当代学生面临的是一个日新月异却又危机四伏的时代，他们或许无暇顾及那些与生活相去甚远的诸如新批评、结构主义、后现代主义等理论，但却不得不正视自己赖以生存的环境，因为生态问题已成为我们不得不认真对待的迫切问题。生态文学可以促使人们重新认识自己的现状，重新发现自然的崇高与瑰丽，修正人类中心主义的虚妄观念，从而实现人类的长远发展。作为在教学活动中起主导和引导作用的教师，应该将生态理念贯穿教学的始终。首先，教师要在介绍文学课程的过程中将文学的社会价值、文学作品的生态内涵灌输给学生，并简要介绍关于这门崭新理论的一些基本概念和常用术语，如"生态批评""生态文学""生态文本""人类中心主义""二元对立"等概念；其次，教师应不断更新知识，了解生态批评新动态，熟读生态文本，在教学过程中，旁征博引，理论与文本结合，有目的性地培养学生的"绿色"思维。最后，为了使文学适应社会，加之文学课时量的削减，教师可以对传统的内容，如作者简介、小说要素分析、文学理论少讲或省略不讲，而应选择一些比较典型的生态文本，引导学生品味鉴赏、仔细琢磨、用心感悟，从而启发其智性，陶冶其情操。

二、生态文本的挖掘与重读

英美文学博大精深，经典作品更是不胜枚举，而"没有任何一部文学作品，不管它产生于何处，完全不能被生态地解读"。无论是蕴含丰富自然观的浪漫主义诗作，还是现代主义时期充满张力的小说，无论是传递生态整体观的生态文学，还是思想复杂矛盾的反生态文学，都可以进行再创造、再想象。挖掘和重读英美文学作品中的生态思想，可以切实发挥文学的社会功能和自然功用，因为"生态批评最大的贡献，是对地球生态的贡献，是对大自然的贡献，是对缓解乃至消除生态危机的贡献"。

（一）英美文学作品的重读

当前，英美文学课程普遍面临课时削减、内容压缩的现状，而文学课程的性质决定其必须进行外延的扩展。比如在讲授乔叟的《坎特伯雷故事集》时，教师应引导学生重点欣赏总纲里的环境描写："春雨给大地带来了喜悦，送走了土壤干裂的三月，……美丽的自然撩拨万物的心弦，多情的鸟儿歌唱爱情的欢欣。"自然催生万物复苏（包括人），而万物相互依存，和谐欢快，一片欣欣向荣的景象。由此可见，乔叟是一位具有自觉生态整体观的诗人。

莎士比亚作品繁多，思想深刻，但一般只重点讲授《哈姆雷特》，引导学生阅读欣赏主人公的"独白"是重中之重，以此认识人文主义者宣扬的虚妄的人类中心主义和自视为"宇宙之精华，万物之灵长"的幻象最终只能导致报复和悲剧。弥尔顿的《失乐园》中对地狱丑陋不堪、悲苦绝望的描述难道不是人类失去家园后的预言吗？人类岂不是真正需要敬畏自然吗？而鲁滨孙的经历却又一次让我们目睹了人类如何占有土地，挖掘自然，利用自然的人类中心主义。及至最亲近自然的浪漫主义作家，"自然崇拜"被"视觉化和原型化"了，读者通过阅读欣赏以自然为主题和意象的诗作，可以真正体悟自然作为人类向导和保姆的功能，体验自然的瑰丽与伟大，促使我们重新思考人与自然的关系，重续被工业文明割断的本真的关系。从奥斯汀以后的文学主要以小说为主，无论是《傲慢与偏见》还是《简·爱》，虽然都是人类中心主义的环境审美，但依然可以凸显自然之美对故事发展的重要性。现代主义作家基本都具有反现代文明倾向，劳伦斯笔下的男女主人公都是自然之子，只有在和自然的交融中人才能流露出其本真完美的状态，而工业文明束缚下的人都是畸形扭曲的。

美国文学虽然只有 400 年历史，却因独特的经验，从一开始就呈现出浓郁的生态或反生态气息。在超验主义作家爱默生和梭罗笔下，生命与自然、自然与精神合二为一。但两者审美取向不同，爱默生更倾向于借助自然表达思想，而梭罗却是将自然本身视为生活的本质，视为他的亲人和朋友，他的《瓦尔登湖》不单是为在物质文明中迷失方向的人指明道路，也传递着和谐的生态主义整体观。《白鲸》和《老人与海》两部小说都可以作为反生态文学中的经典，并且交相呼应，尽管两部作品在最后都对人类中心主义的虚妄做了毁灭性的预言，但其立场和主旨却基本是反生态的——人类都企图通过征服生养自己的自然的方式来彰显其价值和尊严。马克·吐温和维拉·凯瑟都映射了人与自然应该相融相契。《荒原》更是将现代文明的荒芜推到极致，人类面临的不单单是赖以生存的家园的丧失，更是精神世界的支离破碎，艾略特为现代文明奉上一曲挽歌，更为生态破坏后无处依存的人类进行了预言。

文学和批评的作用绝不仅仅是局限在人类内部，它还可以通过人而作用于非人类，作用于整个世界。文学就是要通过其语言魅力和思想内涵唤醒人类沉睡的灵魂，启迪人们的智慧，实现文学与社会接轨。

（二）生态阅读的误区

当前生态批评已经成为一种潮流，任何一部文学作品都可以进行生态审美，对于一些生态或反生态思想突出的作品和作家似乎已经形成诸多的固定模式。比如，莎士比亚是人类中心主义的杰出代表；海明威用自己的人生和作品反映了人类征服自然的虚妄与残暴；《瓦尔登湖》是一部最好的生态文本。这种定式思维固然可以启迪学生，但却大大限制了学生的批判性思维，也忽略了每一位作家和作品思想的矛盾性和复杂性。生态视角的重审和重评应当客观地、历史地、全面地考察传统文学经典，避免孤立化、简单化和以偏概全的片面倾向。

作为课堂的引导者，教师必须以全面的、发展的眼光看问题。一方面要充分考虑作品的创作语境，另一方面要全面顾及作者思想的多面性和矛盾性。哈姆雷特作为人类中心主义代表的悲惨结局难道不是一个反讽吗？鲁滨孙凸显了人的理性与征服欲望，但鲁滨孙热爱自然，并未以毁灭自然为代价来满足自己膨胀的欲望。经典文学作品蕴含丰富的思想，教师在进行生态解读时，不能一叶蔽目，忽视其本身的文学意义和社会价值；也不能断章取义，将作品孤立化、简单化；更不能被定式思维束缚，片面地看待问题。

人类只有真正认识到自己的位置，不僭越、不虚妄，才能与自然互蕴共生。当今学生是未来世界的担当者，而生态问题将成为其不可回避的一道难题。文学将会润物无声地向学生灌输生态思想，培养其生态意识。文学作品以隐喻的方式预言了人类命运，它的功用在面临全球化挑战和生态危机四伏的时代更应该彰显出力量，促使当今学生树立正确的生态观，教会他们尊重自然，返璞归真，与自然和谐共处，实现人类的长远发展。

第四节　从生态文学批评视角分析《最危险的游戏》

生态伦理学是一种新型的伦理学，它试图表明当代人迫切需要的一种人与自然的新型伦理关系。它的产生不仅是伦理关系进化的必然，而且为文学文本的研究提供了一个崭新的视角，所以生态文学批评的出现也成为必然。生态文学批评是探讨文学与自然环境关系的一种文学理论，旨在确定文学和自然之间的关系，创造一种生态诗学理论，通过文学来重新审视人类文化，进行文化批判。在生态文学被正式提出之前，一些作家看到了工业化社会所带来的负面后果，如梭罗的《瓦尔登湖》等。在此笔者就短篇小说《最危险的游戏》为文本，以生态文学批评为理论基础阐释小说中的一个主题：人与自然的和谐相处才是自然界的最高法则，人类中心主义是不可取的，否则，它带来的不只是自然环境的破坏，甚至是人性的毁灭、杀戮和死亡。

一、人类中心主义体现

《最危险的游戏》是美国作家理查德·克莱尔的一部力作，曾经获得著名的欧·亨利纪念奖，并于 1932 年搬上银幕。作者在《最危险的游戏》中所展示的人性扭曲令人瞠目结舌，但是他将之置于一个自然环境之中，揭示了整个大自然中，人作为主体与自然客体之间的关系生成以及人作为主体内部之间关系生成的联系。在故事的开篇部分是雷斯弗德和卫特尼之间的一段对话，他们乘船正在准备前往亚马孙狩猎，而且在谈论狩猎的细节问题时，两人都认为狩猎美洲虎简直是棒极了的体育运动，这是典型的人类中心主义。达·芬奇曾经这样抨击人类踩蹒自然的暴行："人类真不愧是百兽之王，因为他的残暴超过一切野兽。我们是靠其他动物的死亡来生存的，我们真是万物的坟场。总有一天，人们会像我一样，将屠杀动物看成是与屠杀人类一样残暴。"当卫特尼表示同情美洲虎的感受时，雷斯弗德的回答淋漓尽致地反映出了人类的无知和自大："现实一点吧。世界是由两个群体组成——狩猎者和猎物。幸运的是，你我都是狩猎者。"叔本华也曾经特别强调了人对自然的伦理道德。尼采则明确提出："人根本不是万物之冠，每种生物都与他并列在同等完美的阶段上。"

这里需要提出的是，在 20 世纪初，随着现代化工业的蓬勃发展，美国越来越多的森林资源遭到破坏，越来越多的野生动物遭到捕杀，尤其是当时有钱的美国人到非洲游猎探险的活动非常热烈，使得很多人都热衷于狩猎。海明威就是当时的一个代表人物，海明威的猎杀之道阐释了猎手的游戏之道，捕杀是为了喜欢，为了一种休闲的体育活动。人类把大自然中的"他者"置于自己的对立面，殊不知自然界的权力是指生物和其他事物有权按照生态规律持续生存，人类也只是大自然中的一种生物。当人类为了自己的私欲而对其他生物肆虐时，自己的道德伦理价值取向已经走向了人类中心主义的极端。阿尔贝特·施韦泽是一位对现代西方人的伦理意识产生了重大影响的思想家，他在《敬畏生命》一书中写道："在小时候，我就感到有同情动物的必要。当时，我们的晚祷只为人类祈祷，这使尚未就学的我感到迷惑不解。有两次，我和其他小孩一块去钓鱼。后来，由于厌恶和害怕虐待鱼儿和撕裂上钩之鱼的嘴，我不再去钓鱼了。我甚至有了阻止别人钓鱼的勇气。"雷切尔·卡森是美国现代环保生态伦理意识的奠基人，他曾经说："正是从震撼我的心灵并经常使我惭愧的经历中，我逐渐形成了不可动摇的信念：只有在不可避免的必然条件下，我们才可以给其他生命带来死亡和痛苦。"儿时的卡森曾与哥哥大闹一场，原因是哥哥打野兔。哥哥不许卡森干涉他的乐趣，而卡森的回答是："可是兔子没有乐趣。"结果，全家人都介入到打猎的讨论中，最后形成的决议是不许打猎，因为打猎是现代人的耻辱。卡森终生都痛恨打猎，特别是以体育活动和休闲为名义的打猎。

　　同样是 20 世纪上半叶西方世界的公众人物，施韦泽和卡森反对一切以人的主体快乐为前提的猎杀活动，而文中的两个猎手正是为了寻找以人为主体的快乐。雷斯弗德是纽约最著名的撰写狩猎经验的作家，他的狩猎经历使得他在同行中声名大振。他叫嚣的"狩猎是最好的体育运动"体现出了他的道德伦理价值取向，是典型的人类中心主义。他并不考虑其他物种的感想，就像雷斯弗德所说："谁会在乎美洲虎怎么想？"美国伦理学家蒂洛说："有两种伦理关系，一是人与自然的伦理关系，另一是人与人的伦理关系。涉及人与自然伦理关系的道德是自然道德，而涉及人与人伦理关系的道德是社会道德。"无论违反哪种道德伦理关系，都是应该予以谴责的。

二、人类与自然的地位阐释

　　人类与自然的道德伦理关系在 20 世纪受到的挑战又严重到何种程度呢？《最危险的游戏》中故事的安排和发展令人瞠目结舌的同时，作者很好地展示了这一点。当雷斯弗德在甲板上听到熟悉的枪声时，他朝枪声的方向张望时，不慎掉入海中。这是否可以解释为大自然冥冥之中的报复呢？他过去猎杀了太多的动物而养成的职业习惯把他自己置于危险的境地。当他意识到海浪声会淹没他的呼救声时，他放弃了无望的挣扎，向枪声的方向奋力游了过去。当他辨别出海浪拍打岩石的声音时，他的生存希望出现了。可是当他尽力攀爬到悬崖上时，"茂密的灌木一直延伸到悬崖边上，地上有些大型动物受伤的痕迹，在灌木丛下面的矮灌木到处都被踩踏得不成样子，苔藓踩得满地都是，一片野草被染成了棕红色。不远处一个发光的东西引起雷斯弗德的注意，他捡起来一看，是个空的弹壳"。这是一个受到人类惊扰的荒岛，而且岛上原先的"居民"——野生动物正在面临灭顶之灾。此处，作者刻画了一个表面上文质彬彬的扎洛夫将军形象。他的举止如绅士般优雅，言语之间流露出一种军人的风范。但是雷斯弗德感觉到"他脸上有一种原始的、几乎是怪异的气质。他的颧骨较高、鹰钩鼻、脸色阴沉，看来是长于发号施令、独断专行"。在一个几乎与世隔绝的荒岛上，最多的陪伴只能是大自然中的野生动物和植物。马克思说过："人作为自然的、肉体的、感性的和对象性的存在物，和动植物一样，是受动的、受制约的和受限制的存在物。"人类与自然的关系是一种自然关系，并没有孰高孰低的关系，只是人类的实践能力和认知能力使得人类在整个自然界中有更多的本体性。虽然处于食物链的高级端，但是人类没有统治自然的特权，人类只不过是大自然中的一部分；人类不是自然的中心，不是自然的主人；人类必须承认自然的权利，尊重自然规律；必须以生态系统的整体利益为唯一尺度来衡量万物，衡量自己。生态系统的利益是人类生存和发展的根本出发点，但是故事中的扎洛夫将军却做着自然统治者的美梦。当雷斯弗德走到餐厅时，"到处是大型野生动物的头骨，还有一些他自己也不认识的动物"，而将军却平静如水。在一个孤岛上，可以获取自然资源的途径是有限的，而动物是自然资源的创造者和享用者，但是将军的道德伦理价值观却是以自我为中心的，他说"我一生中最热爱的事业就是猎杀"，这是一种典型的人类中心主义。生态伦理观创始人施韦泽说："到目前为止，所有伦理学的重大缺陷就是它们只处理了人与人之间的关系，然而只涉及人与人伦理关系的伦理学是不完整的，只有当人认为所有生命包括人的生命和其他生物的生命都是神圣的时候，它才是伦理的。"但是将军认为，捕猎活动"已经不能再让我着迷了。它太容易了，没有什么比它更让人烦了。没有动物能逃出我的手心，不是自夸，这只是个数学定理一样。动物只有腿和本能，本能不是理智。每当我想到这一点，可以告诉你，对于我来说，简直是悲剧"。作者在此将人类的自大性展现得淋漓尽致。人类将自然界几乎完全放到自己的对立面，这是人类本体与自然客体之间的二元对立。以现代生态伦理关怀为参照，这样的理论暴露出人类主体快乐道德的伦理残酷性。扎洛夫将军和雷斯弗德是现代人类对于自然界的伦理道德关系的具体化，是 20 世纪西方工业社会高度发达的产物，是生态灾难的始作俑者。恩格斯在《自然辩证法》中论述道："我们统治自然界，绝不像征服者统治异族那样，绝不同于站在自然以外的某一个人；相反，我们连同肉、血和脑都是属于自然界并且存在于其中的；我们对自然的全部支配力量就是比其他一切生物强，能够认识和正确运用自然规律。"在扎洛夫将军身上就很好地演绎了自然界对于人类的报复，而且是戏剧性的报复，那就是人类以捕杀人类作为狩猎的内容，也就是小说的题目所彰显的最危险的游戏。第一线是扎洛夫将军的胜利，他猎杀了岛上所有的大型生物，他是胜利者，但是同时他失去了他所谓的狩猎的兴趣。于是就有了第二线的内容，最危险的游戏——猎杀人类开始了，而他自己最终也成为别人的猎物而自食其果。同样，在小说开始的段落中，雷斯弗德的叫嚣表明他属于狩猎者，不属于猎物，然而残酷的、颠倒的现实是他成为扎洛夫将军手中的猎物。自然界中的动物群落所遵循的"丛林法则"被移植到人类的生活中，他们都变成了狩猎者和猎物。人类的道德伦理价值观受到大自然的挑战和冲击，人性的弱点暴露无遗。当人类贪婪的本性被人类的自大性引发出来，杀戮和死亡就接踵而至。这就像扎洛夫将军的宣言："我发明了一种新的动物可以用来捕杀，它必须有勇气、狡猾，首先最重要的是有理智，并且是可以和我的智力相匹配的。"

三、人类与自然的和谐

扎洛夫将军和雷斯弗德几乎属于同一类人，至少在对待野生动物的残忍方面，但是扎洛夫将军的残酷本性在于他的宣言，此处他所说的猎物是人类自己，他的道德伦理观怎样解释才合理呢？作者在此提出了一个人性的悖论：当人类捕杀猎物时，认为动物是无理性的，是低人一等的；但是当人被当作动物猎杀时，他是人，还是低级动物呢？猎人是人，还是低级动物呢？猎手和猎物从表面上看是没有任何区分的。自然界的法则是，所有的动植物都存在的权利，当生态灾难到了动物灭绝的地步，是否等于人类在毁灭自己，就好像故事中的两个主人公自相残杀的结局呢？荒岛本来是野生动植物的天堂，它们和谐相处自成一体。从生态伦理观的角度来讲，每个动植物都有它们在自然界中的合理位置，是自然界中生态链上的一环。地球上的生命是一个系统，各种生物之间、生物与非生物之间进行着物质交换和能量交换，保持着一定的动态平衡。这种动态平衡是人类生存和发展的根本前提条件，无论在哪个环节或哪个地区出了问题，都会殃及整个地球生命系统。扎洛夫将军在荒岛上是主宰，任意猎杀自己认为可以作为猎物的动物或他认为的低级人类。这负面后果势必会影响到更大的地区，不仅在生态方面，还可能引起人类的贪婪欲念和自大的膨胀。生态批评家明确指出，人类文化与自然世界密切相关，人类文化影响自然世界的同时也被自然世界影响着。作者独具匠心的情节描述，向读者展示了受到一定文化影响的人们对于自然世界的影响，以及自然世界对于受一定文化影响的人们的影响。作者虽然主要传达的是人性的问题，但是关于岛上景色以及动物的描述使得读者能从另外一个新的视角——生态伦理观来分析文本。就像一些学者所认为的，我们的社会文化的所有方面，共同决定了我们在这个世界上独一无二的生存方式。不研究这些，人类就无法深刻认识人与自然环境的关系，而只能表达一些肤浅的忧虑。因此，在研究文学如何表现自然之外，还必须花更多的精力分析所有决定着人类对待自然的态度和生存于自然环境里的行为的社会文化因素，并将这种分析与文学结合起来，号召人与自然和谐相处才是自然界的最高法则。否则，人类会像扎洛夫将军一样自食其果，面临被自然界"丛林法则"所淘汰的命运。

第五章 文学圈教学法在英美文学教学中的应用

文学圈教学法是美国一种比较成熟的阅读教学方法；它起源于英语教师从事阅读教学时的独特发现，其实质是运用合作学习弥补阅读教学的不足，解决传统阅读教学存在的诸多问题，它的引入与实践给阅读教学带来了重大变革。这种开放性的阅读教学活动融民主与多元为一体，尊重学生的自由表达与独到见解，关注他们情感、审美、创造力、交流合作与自主学习等多种能力的培养与提高。学生通过在文学圈里的阅读、讨论、交流、分享，能够发现自我、提升自信、培养阅读兴趣与良好的阅读习惯，能够提高综合能力与思维品质，成为终身阅读的爱书人。文学圈教学法作为一种具有无限生成性的阅读教学方式，可以为我国的阅读教学提供宝贵借鉴意义。文学圈教学法的最大意义在于提供了一种新颖的阅读教学方法，具有一定的发展前景和推广价值。传统阅读教学易流于单向教学，而文学圈教学法将一人对多人的统一讲解和传授转变为小组自行讨论，将老师作为唯一权威转变为学生个人意见受到高度重视，将短暂的密集型阅读行为转变为长期的分散式阅读，这些转变都很好地体现了新课程标准所倡导的基本理念，对我国新一轮的课程教学改革有着较大的推动和促进作用。

第一节　文学圈教学法的概念与理论基础

一、文学圈教学法提出的背景

　　19 世纪末 20 世纪初，早期的资本主义逐渐扩张、政治权力过度集中、社会机构到处充满着特权与勾结。当时设立进步学校，进步主义教育的目标就是要发展"全人"（包括心理、身体和思想）的教育，使未成年人发展成为一个自主独立的个体，提倡社会的和谐与矫正社会的弊端。此外，1920年至 1930 年间，在许多教师的共同努力下，实施了"语言经验策略"。这一策略使用了儿童自身的语言和经验作为读写的教材，至 1940 年"语言经验策略"正式形成。另一项与进步主义密切相关的是始于 1960 年的开放教育，其中最著名的措施包括开放教学、开放教室、非正式教育等。20 世纪末，整个资本主义社会处于一个多国企业、多种服务业经济、多家公司间相互并购的疯狂的经济时代，这一时期，生活受到多种媒介的干扰，人们之间产生越来越多的疏离感，自私、冷漠、贪婪、专制等不良风气日益严重。在这样的时代背景下，孕育了全语言教学运动。它具有解放教育的独特潜力，赋予学校教育深度的"社会性格"，注重对世界进行批判性的思考，同时也主张提升多样化的价值和民主素养。全语言教学与进步主义教育、语言经验策略密切相关。进步主义教育关注全人教育，语言经验策略强调学生口语，这些都是全语言教学的基础。学者们对全语言教学的影响不言而喻，除了上述的时代背景之外，教师的自觉和学者的研究发现，也起到了积极的推动作用。在国外，阅读心理学家根据信息加工的认知心理学的观点和方法，对整个阅读过程进行过许多研究和分析。一般认为，阅读理解涉及三个主要的成分：一是读者的认知能力，二是读者的语言能力，三是文本的结构组织。在不同的理论模型中，研究者强调的重点不同。有些强调文本的作用，假定文本对读者有重大的影响；另一些强调读者的作用，假定理解具有重要作用，同时以文章提供的信息和读者已有的知识为基础。因此，阅读理解的理论模式大致可以分为三类：自上而下式、自下而上式、相互作用式。

　　在很长一段时期内，阅读和写作的教学方法变化不大，学生一般是从易到难地学字母、单词再到句子。教育者们认为只有在学生能够自如地识别字母、字母组合和单词之后才能让他们接触小故事、小诗歌和短的文学作品，这样他们在遇到生词时能够运用所学技能去认读生词，这就是运用了"自下而上式"的阅读教学方法。而这种方法绝对不能应用于聋哑儿童的教学中，于是"全词法"出现了，这就是全语言理论的前身，它最早是 20 世纪初出现在美国的一种方法，后来又发展成为"看—说"法。1908 年埃德蒙·休伊博士出版了《阅读心理与教学方法》一书，由于他在教育界的影响力，这一方法得到广泛应用。1928 年，哥伦比亚大学的亚瑟·盖茨博士又出版了《早期间读的新方法》一书，说明了"全词法"的成功之处，使这一方法在 20 世纪 20 年代得到社会的广泛认同并深受喜爱，直到 1950 年，"全词法"仍然是教授阅读的最主要的方法。

　　"全语言"这一概念是由美国亚利桑那大学的肯尼思·古德曼博士在 20 世纪 80 年代早期首先提出的。全语言理论虽然和全词法不完全一样，但它所倡导的理念，如"重意义，整体呈现，单词认读技能"等，与"全词法"还是很相似的，也就是"自上而下式"的阅读教学方法。古德曼"自上而下"的阅读模式即把阅读看作一个"取样、预期、检验和证实"的循环过程，认为阅读是一种"心理语言猜谜游戏"。读者利用已有的知识和吸收的少量信息，猜测、构想出字母、单词和语音。他提出，有效的阅读不是对文章所有元素准确地知觉及辨别，而是选择最少、最有建设性的必要线索去推测并一次性猜测正确的技能。阅读已不再是一个字接一个字的文学编码过程，而是一种与文字互动过程，并将此经验与先前所学的事物相联结，是一个意义建构的过程。首先，阅读者浏览文字，进而对它的意义产生预期。其次，阅读者对文字做选择，凡符合原有预期的意义的就保留，凡与预期的文字不符合者就推翻。如果预期被推翻了，阅读者不是放弃就是改变原有的预期，然后继续往下一个阶段推进。最后，就在这样对资讯预期、选择、确认，往前推进的过程中，阅读者将新的资讯整合至自己原有的知识体系中，当阅读者阅读完整的文章时，理解便发生了。了解的深度如何，则取决于阅读者的预期、文字选择以及其后来拥有的知识程度。总而言之，以"自上而下"的阅读模式为主的阅读是追求意义的过程，是读者已有知识配合篇章信息的过程。

　　20 世纪 70 年代末 80 年代初，美国许多教育工作者对传统的英语阅读教学提出了挑战，他们认为以教授阅读技巧为基础的课程设置与人们的阅读行为不吻合，同时也不符合儿童阅读习得的自然发展规律。以古德曼为代表的一批学者，受维果茨基理论的影响，（在维果茨基的理论里，非常重视社会历史文化环境的作用，认为个体的发展过程就是不断掌握社会文化的过程。而语言是掌握社会文化的重要工具，因而人类的语言学习与其掌握社会文化的过程、社会化的过程是密切联系、相互影响的）将儿童语言教育置于社会文化环境中进行再思考，并且吸收当代有关儿童语言发展的研究成果，开展"全语言"的语言教育改革运动，并提出了"全语言教学思想"的理论。全语言也译作"完整语言""整体语言""全语文"等，是近年来国际语言教育领域讨论的一个热门话题。产生之初用于美国中小学校教授本民族的语言艺术及阅读学习，后来被扩大应用于中学，乃至成人教育阶段的阅读教学。全语言教学方法提倡人们在形式多样的、有目的、有意义、真实的言语环境中，在与他人相互作用的过程中，通过运用语言来学习语言。这一教学理念对美国、加拿大、新西兰、澳大利亚等英语国家的语言教学产生了巨大影响，同时也引起了全世界教育界的关注。1986 年，"全语言教学"之父肯尼思·古德曼最早给全语言教学下的定义是："全语言教学是一种视儿童语言发展和语言学习为整体的思维方式。"他认为，语言中的音、部首、字、词、短语、句子都只是语言的片段，而片段的综合永远不等于整体，语言只有在完整的时候才是语言。这就要求语言教学要从语言的整体意义出发，尊重各种语言学习方式，重视各种语言作品的价值，强调听、说、读、写一起进行，以综合性、真实性的方式来学习语言。如果在真实自然的上下文语境中学习语言，学习者便很容易掌握要领，全语言教学注重将有意义的语言以全面的、完整的方式传达给学生。1992 年，拉普提出全语言代表了一种哲理或理念而不是某一种具体教学法。语言教学是一种以学习者为中心的教学方法，该教学方法引导学习者主动体验语言环境和语言自身的意义，而不是由教师权威地讲述，也不是要学习者模仿或复制教学者的知识。全语言教学视学习为承担风险、探索知识的过程，在尝试错误中发现新的学习方法。1993 年，埃德尔斯凯认为全语言的观点是人们在学习语言时不是把语言分割为词、音、句等部分来学的，而是作为社会生活需要学习的一整套东西。全语言中的"全"至少应该体现在以下三个方面：第一，语言应该被看成一个整体，而不能人为地将其分解为诸如语音、语法、词汇、句法等。教授语言也不应人为地把听、说、读、写等技能割裂开来分别进行。第二，教与学是个统一的整体，教师与学生组成一个整体，在教学的每一个环节都存在着明显的互动性，教师应该充分注意到学生的各个方面，如兴趣、智力水平、目的需求、接受方式等，并把自己充分融入学生整体中去。全语言强调以学生为中心，学生应该成为学习的主人，有一定的选择权和决定权。第三，语言知识、语言技能和语言运用是一个整体，语言所表达的内容是一个整体，教师不应离开语言所表达的内容去教授语言。语言自然地表达了内容，而教师则应积极鼓励学生去联想，力求做到文内文外融为一个整体，从而达到学生自然运用语言去表达真实思想的效果。

　　"全语言教学思想"推动了以文学为基础的文学教学模式，该模式以文学作品为教学的核心，学生围绕文学作品进行阅读、讨论、写作，并在这一过程中学习阅读技巧、增长写作知识。建立在"全语言教学思想"这一教学理论之上的"文学圈"阅读教学法，适应了学生阅读能力发展的需要，从激发学生内在的阅读兴趣入手，保证学生的普遍参与和全面提高，成为阅读教学一种切实可行的方法。

二、文学圈教学法的内涵

　　文学圈的雏形产生于 1982 年，它是由美国亚利桑那州，菲尼克斯城的一位名叫卡伦·史密斯的小学教师，在日常教学中偶然发现的。一次，卡伦在一位同事的帮助下，把一箱废旧的书刊暂放到了教室，此后，卡伦忘记把这箱书拿走。学生们对这箱书刊甚是好奇，有的索性就拿出来翻看，学生间自觉不自觉地在课余时间凑在一起讨论他们所读到的书中的故事与情节，有的甚至还组成了几人一起的兴趣小组，专就自己所读的某本书、某个章节发表看法，各抒己见。卡伦对学生们这种在没有外在的老师的引导与督促的情况下，自觉阅读、自发讨论的行为大为震惊，他开始有意识地仔细观察学生们的这种自觉阅读行为，时不时地给予学生适当地指导与帮助。这样在潜移默化中，学生的阅读理解水平、言语表达能力甚至人际交往能力，都得到了锻炼与提高。后来，在期末测评中，卡伦·史密斯老师所教班级学生的阅读成绩大幅上升，成效显著，同校教师争相效仿他的这种阅读教学方法。这种引导学生自发阅读、自行活动的教学方法由于效果很好，被渐渐传播开来，随着传播范围的逐渐扩大，正规意义上的文学圈教学法就形成了。"文学圈"这一概念为人们普遍关注，起源于 1944 年哈维·丹尼尔斯的《文学圈：以学生为中心的教室里的呼声与选择》。在此书中他对"文学圈"的含义做了比较全面而明确的描述："文学圈是暂时性的阅读小组，小组成员自主选择并阅读同样的故事、诗歌、小说或其他文学作品，在完成独立的阅读之后，小组共同决定要讨论的内容。每一位成员根据自己在小组中特定的角色和职责为即将到来的讨论做准备，按照角色设计作业纸，填写讨论发言的提纲。在讨论会上，每位成员按照自己预先准备好的讨论提纲进行讨论，努力完成自己的角色。当共同完成对一本书的讨论之后，大家会以一定的方式集中展示讨论中的精华内容，以便与更广泛的团体交流和共享。最后，完成讨论的小组之间进行必要的成员交换，选择更多的阅读材料，组成新的文学圈，开始新一轮阅读与讨论。"

（一）"文学圈"里的学生

学生是文学圈的中心，他们通过文学学习创造个人的世界，发挥个人的潜能，提升学习文学的兴趣。学生在阅读的过程中，运用各种阅读素材，从与教师和同学的讨论及磋商中，学会做出决定和分担部分学习的责任。在文学圈里，学生不单是知识的"消费者"，更成为知识的"生产者"，他们边学习边与同学一起分享自己制作的学习材料。

（二）"文学圈"里的教师

在文学圈中，教师的角色发生了变化，他们由课堂的主导者变成辅助学生的促进者，他们成为学生学习的"中介人"。教师需要确认每个学生的能力及潜质，了解个别差异，为学生营造一个有目的、有意义、有利于阅读学习的环境，让学生有效地学习。教师身兼研究者、学习者、教育者的角色，他们不再把诸如文学作品及其含义等知识介绍传授给学生，而是与学生一起构建新知识。

（三）"文学圈"的教室

文学圈的教室是一个充满挑战的学习环境，学生可以在一个开放的、自然的、丰富的、愉快的环境中思考问题，在真实的语境中应用所学，以寻求解决问题的方法。文学圈的教室普遍都设有资料角或资源角，摆放各种阅读资料，以便学生快捷有效地接触及查找各样的学习材料。学生的思想常受到来自教师、同学、教室布置及学习材料的影响，学生在这里有自由表达意见的权利也有遵守纪律与秩序的义务。

三、文学圈教学法所要遵循的原则

（一）学习过程从整体到部分

在传统的教学中许多教师都认为让学生先学部分再学整体是再自然不过的了，然而这种做法缺乏心理语言学根据。事实上，把语言割裂为部分从而使其脱离了上下文的做法增加了语言学习的难度。许多情况下，学生在努力学习了部分之后对整体失去了兴趣和信心。就好像我们在尝了一道菜的配料之后可能根据某种配料的味道推测这道菜不好吃，从而也就对这道菜失去了品尝的兴趣。所以在文学圈阅读教学中，教师要充分了解和相信完整的语篇能给学生提供丰富的语言，同时教师们也应当认识到阅读学习的一个重要特点是从语篇中提取有用的信息和知识，建构意义。只有学生感受到阅读和写作所带来的乐趣之后，他们才会喜欢主动地运用所学语言去读、去写，这样的语言学习才是有效的。在丹尼尔斯看来，读者能够对所读文章有自己的理解比能够正确地读出文章中的每个单词要重要得多。

在文学圈的课堂中，学生们完全沉浸在各种阅读和写作项目之中，教师不再系统地教授阅读和写作技能，而是鼓励学生们自己去探索、去发现。文学圈理论的一个重要理念是，只要教师给学生们创造出多彩的文字世界，他们就能在完整篇章的阅读和写作过程中识别出单个的词，因为语言的学习是从整体到部分的过程。

（二）以学生为中心展开活动

文学圈理论提倡完整的学习者，即教师在备课授课中应当考虑学习者的全部，包括他们的需要、兴趣、特点、背景和经历等，尽可能地使学生成为学习的主人，成为积极的读者和作者，使语言学习成为一件很有趣味的事情。这与美国的母语教学习惯如出一辙，在美国的阅读教学中，教师们都非常重视让学生尽量了解作者和作者所处的时代，这样对学生理解作品帮助会很大。学生在对作者和时代有了更深入的理解以后，进入课文的学习也就容易得多了。

长期以来，我们的阅读教学总是停滞在这样的状态：教师在充分准备之后，站在讲台上对着学生侃侃而谈，所谓"传道、授业、解惑"正是对教师职业的一种描述，学生坐在下面认真听讲，从教师的讲解中获取知识。然而，文学圈教学却要求教师给学生创造大量的参与机会，使阅读学习、讨论交流都以学生为中心，调动他们的积极性，使学生主动获取所需知识，探索他们感兴趣的事情。

（三）突显学习的意义与目的

文学圈课堂是以学生为中心的，如何调动他们的学习热情是十分重要的，让学生在课堂中及时看到学习活动的意义和目的，是确保他们能够积极热情地参与活动，将语言学习顺利进行的重要保证。当所学内容基于学生的经历和兴趣时，学生最容易理解其意义。但是仅仅这一点是不够的，学生可能理解其意义，却仍然不明白为什么要参与学习。所以，教师还需要将所学内容与学生的生活联系起来，使他们能发现学习的目的。最好的情况是学生能够有选择的机会，这样每个学生都可能找到自己的目的。比如，在文学圈的课堂上，学生熟悉文本后，可以让他们自编、自导、自演文本中的人物与角色，形成"读者剧场"的形式。（"读者剧场"是由两位或以上的朗读者手持剧本，在"观众"面前以声音及表情的形式呈现剧本内涵。朗读者可以事先将诗、散文、新闻、故事、小说及戏剧等各种文学素材，改编成剧本形式。在表演时，不需要装扮、戏服或道具，也不需要灯光、音效、场景等舞台装饰，而是直接以口述朗读手持剧本的方式。"观众"通过想象剧本的内涵、聆听朗读者的诵读、观看朗读者的表情，来欣赏文学剧场的表演。）再比如，教师可以利用学生们普遍喜欢的话题，鼓励学生各自选择一个侧面对这一问题进行小型的研究，从而彻底把问题弄明白。只有当学生们在学习的过程中认识到自己是学习的真正主人时，他们才更愿意在学习新事物时具有必要的冒险精神。

（四）提供交流互动机会

在上一条原则中提到的有意义、有目的的学习活动，大多数不是单个学生所能完成的，而是需要学生之间、师生之间进行交流才能完成。学生可以一起阅读或一起交流，他们还可以组成不同的小组，就某一共同感兴趣的话题或问题进行探讨和研究，在解决问题的同时他们就有了互动的机会，语言的使用就成为自然而然的事情。文学圈的观点认为帮助学生学习语言的重点在于情景的设计、动机的诱发、互动的建立及对情景中各事物的理解。其理论倡导：要重视学生在形式多样的与他人相互作用的过程中，通过运用语言来建构语言的知识，在与他人的交流合作中，提升自己的语言表达能力。

（五）信赖并发挥学生潜能

教师们经常有一种错误观点，即"我的学生不可能做到这些""学生们的能力还欠佳"或"学生们还离不了我的引导与指点"等，诸如此类，都是对学生现有水平的不信任，低估了他们的能力。教师们总认为教学时机还不够成熟，不敢放大步子走，他们通常把一些好的教学思想、理念和方法置之一旁，守着固有的一条老路子，按部就班地把"东西"拆解开来，揉碎了给学生吃。而文学圈教学法要求教师能够正确地评价学生的能力并对学生的能力充满信心，只有这样，教师才能在教学中大胆尝试，使学生的潜能得到最大限度的发挥，从而得到最好的学习效果。

四、文学圈教学法的理论基础

（一）读者反应理论

读者反应理论形成于20世纪60年代，到了七八十年代经过诸多学者的理论探讨，在文艺学界、教育界引起了强烈反响。"读者反应理论注意全面研究读者及其审美经验，强调读者对于文本的主观参与作用，重视文本的阅读过程以及文本与读者之间的关系，着重建立读者与文章的错综复杂的关系。"不同的读者，由于审美经验和阅读能力的不同，对同一部作品会有不同的理解；而同一个读者，由于审美经验的丰富、阅读能力的变化，对同一部作品的每一次阅读都会有不同的理解。在罗森布拉特看来，"阅读材料本身是不完全的，需要读者的经验使之完善，使之被理解。也就是说，学生与阅读材料之间的转换就是学生首先吸收原文，然后转变为自己对文章的理解，学生的语言能力转换为语用能力，最终学生讲述他们阅读的故事，即学生不仅知道读，还应该知道读了些什么，而且更重要的是如何读懂的。学生不仅要知道答案，而更要知道应如何得出正确答案。"一方面文本给读者提供了潜在的审美对象，是审美活动的催化剂；另一方面读者又把自己的审美经验、生活感受等反射到文本中去，从而经历一次新的审美感受。

20世纪80年代，读者反应理论的研究从理论探讨转到了教学实践的研究。一些教育界人士以读者反应理论为指导，从教学角度出发，探讨文学的基本原则和教学方法，从而使读者反应理论作用到文学课堂教学中。读者反应理论反对把文本视为文学唯一对象的文本主义研究方法，认为文学研究应该以读者为中心，这一思想对文学教学的直接影响是把文学课的教学重心由课本转移到了学生，肯定了学生在课堂教学中的参与作用。

将读者反应理论应用在"文学圈"的阅读教学中，使学生不仅仅理解课文本身，理解作者的意图，更重要的是在理解中进行再创造，通过再创造而加深理解。学生作为一个"理解群体"，他们既有共同的特征，如相近的年龄阶段、文化程度、学生背景等；又有各自不同的个性，如不同的社会背景、家庭影响、个人需要及各自不同的人生观、价值观等。因此，对文本学生会有一些共识，但更多的是各自不同的理解，以读者反应理论为指导的"文学圈"，对学生各自不同的理解和反应给予了肯定与赞同。在阅读过程中，老师不再是引领学生发掘作品意义的主导者与组织者，而是放手发动学生们自己去观察、理解、思考、探索、发现的促进者与推动者。教师始终是处在辅助、管理、推进的位置上，必要时，教师也可以加入一个"文学圈"的小组活动之中，和学生们一起研讨分享他们的阅读体会与学习心得。

（二）合作学习理论

合作学习是 20 世纪 70 年代初兴起于美国，并在 20 世纪 70 年代中期至 80 年代中期取得实质性进展的一种富有创意和实效的教学理论与策略。由于它在改善课堂内的社会心理气氛、大面积提高学生的学业成绩、促进学生形成良好非认知品质等方面实效显著，很快引起了世界各国的关注，并成为当代主流教学理论与策略之一，被人们誉为"近十几年来最重要和最成功的教学改革"。

合作学习是以合作小组成员的个体探索、独特感悟为基础，在科学交往的基础上，学生与学生之间、教师与学生之间在阅读活动中相互交流、相互启发、相互促进的互助性学习行为。教师以"平等中的首席"参与到教学活动中，在教与学的过程中促进学生主体性的发展和良好人际关系的形成。文学圈里小型、临时的阅读小组的组成，是以小组成员间共同的书本选择为基础的。因此，基于学生们自身的选择，整个班级里，不同的小组阅读的文本也是不同的。在文学圈中，每个成员都需要一定的时间与机会同小组里其他成员相互切磋、交流、分享、合作。

（三）人本主义学习理论

人本主义心理学兴起于 20 世纪 50 年代。人本主义的学习论者认为学习就是学习者获得知识技能、发展智力、探究情感、学会与教师及集体成员交往、阐明价值观和态度、实现潜能，以达到最佳发展境界的过程。他们运用人本主义心理学的原理指导教育教学，"形成了一种提倡自由教育、以学生为中心、以发展学生的自我潜能和价值为目标的人本主义教育思想"。人本主义学习者以潜能的实现来说明学习的机制，他们强调学习中人的因素，他们认为必须尊重学习者，把学习者视为学习活动的主体：必须重视学习者的意愿、情感、需要和价值观；相信正常的学习者都能自己指导自己，自我实现潜能，并最终达到"自我实现"。人本主义心理学的代表罗杰斯提出"非指导性教学"，他倡导"以学生为中心的教学"，教师与学生的关系，应当是平等的，教学应当以学生为中心，教师应成为学生学习的推动者或促进者，而不是指导者，其主要任务是为学生的兴趣、能力、热情等学习潜能获得自由而提供帮助。人本主义学习理论要求在"文学圈"中师生之间要建立良好的交往关系，形成情感融洽、气氛适宜的学习情景。

（四）多元智力理论

霍华德·加德纳在他的《智能的结构：多元智能理论》一书中，认为"在多元智力框架中存在相对独立的七种智力：言语—语言智力；音乐—节奏智力；逻辑—数理智力；视觉—空间智力；身体—动觉智力；自知—自省智力；交往—交流智力"。这种理论被广泛运用于美国的教育教学改革中，而且在许多西方国家，这种理论也成为教育教学改革的重要指导思想。根据这个理论，教师在课堂教学中鼓励学生运用多种感官解决问题，努力发现完成任务所需要的具有创造性的合作方法，并且已经取得良好的教学效果。

文学圈里的同伴演讲、阅读或相互商讨以获取信息、辩论、讲述文本情节、创造性写作、转述话语等，发展了学生的语言智能。设计文本程序、角色扮演、用图表说明问题、展开联想与想象、根据主题设计海报、制作招贴画、制作公告板、制作宣传册等，发展了学生的空间智能。总结段落大意、说明因果关系、向同伴解释抽象概念、列提纲概括具体事件、进行归纳和推理、利用文本中的数据解决问题等，有利于学生数学逻辑智能的提高。根据文本创作戏剧、使用肢体语言、戏剧表演、进行相关游戏等，发展了学生的身体运动智能。整合音乐和学习、用音乐解释说明问题、把音乐与概念相联系等促进了学生音乐智能的发展。参加小组讨论、给同伴提供反馈、参加小组比赛活动、问卷调查、访谈、校对同伴文章并写评价、同伴评价等，提升了学生的人际关系智能。就文本主题写个人思考、说明个人阅读的情绪体验、记录小组讨论和阅读日志、完成某个主题的自我评价、展示个人互动日程、将个人见解与他人比较、陈述个人思想等，又突显与培养了学生的内省智能。

（五）建构主义理论

建构主义是行为主义发展到认知主义以后的进一步发展。与行为主义和认知主义相比，建构主义更加关注学习者如何以原有的经验、心理结构和信念为基础来构建自己独特的精神世界。在这样的认识论基础上，通过长期的理论探索和教学实践，建构主义逐步形成了独具特色的学习理论体系。建构主义学习理论认为："学习不是被动地接受和吸收外部信息的过程，而是学习者借助已有的知识和经验，通过与环境的相互作用主动建构意义的过程。建构的过程也是对外部信息进行加工、反馈以及调整的过程。"之所以把建构主义学习理论作为文学圈教学法的理论基础，是因为该理论强调学习过程是学习者原有认知结构与从环境中接受的感觉信息相互作用、主动建构信息意义的生成过程，其中，"情景""协作""交流"和"意义建构"是它的四大要素。

　　文学圈教学法正好将这四要素加以整合，前三者强调文学圈学习的条件和过程，而"意义建构"则是整个文学圈学习过程的最终目标。建构在于学习者通过新旧知识经验反复的、双向的相互作用，来形成和调整自己的经验结构。在文学圈的教学中，学生是知识意义的主动建构者；教师是教学过程的组织者、指导者，是意义建构的帮助者、促进者；教材所提供的不再是教师传授的知识，而是学生主动建构意义的对象。此外，建构主义学习理论提出的学习过程，即"创设问题情景—学生自主学习—小组讨论—结果评价"这一模式，这也为文学圈组织学习与教学提供了借鉴与参考。

第二节　文学圈教学法的教室文化氛围与活动特点

　　"文学圈"是 20 世纪 80 年代兴起于美国的一种阅读教学法，它的引入与实践给英美文学阅读教学带来了重大革新。在这种开放性的阅读教学活动中，融民主与多元为一体，尊重学生的自由表达与独到见解，关注他们情感、审美、创造力、交流合作与自主学习等多种能力的培养与提高。帮助学生通过在"文学圈"里的阅读，发现自我、提升自信、形成良好的综合能力与思维品质，培养他们良好的阅读兴趣和习惯，并使他们获得终生自我学习的能力。文学圈教学法有别于传统的阅读教学方法，为了保证文学圈教学法的顺利实施，需要一定的物质条件，即一定的教室文化氛围。

一、教室文化氛围

　　文学圈教室应该具有舒适、人性化的布置，比如课桌的摆放不是一排一排的，而是一组一组的，因为教师不再是全班的中心，学生们坐成一组一组的，使他们能够成为学习的中心，使他们有独立的空间，可以进行小组学习。此外教室的布置还应体现丰富的语言环境，如教室可以设立一个小的图书角或资料角，里面有各种图书，如文学书籍、杂志、报纸、参考书，尤其是学生自己出版的作品。文学圈教室给学生提供友善、支持的气氛，如设立各种学习中心：阅读中心、写作中心、视听中心、戏剧中心、出版中心等。总之，文学圈的教室是一个充满挑战的学习环境，学生可以在一个开放的、自然的、丰富的、愉快的环境中思考种种英美文学阅读中的问题。

　　文学圈阅读教学应该以学生为主，强调支持促进各发展阶段学生潜在的学习活动。教师不刻意要求学生进行技巧的练习，但一旦学生有意愿主动探索时，教师就应该及时给予支持，帮助他们学习。文学圈中，教师应鼓励学生相互交流，提供丰富多彩的学习活动，促进学生在听、说、读、写等方面的能力发展。鼓励学生寻求多元的表达渠道，如学生可以用说的、演的、唱的、写的、画的甚至可以用舞蹈的方式来表达一个已知的故事，或是个人的经历。因此文学圈中的教室应该是活泼的、动态的、充满社会性互动的，是一间以学生为主导的令人向往的有趣的教室。

（一）教室设备

在文学圈的阅读课堂里，学生们学习知识和材料、触摸实物、集结想法、相互讨论，聚集起来并展现他们所发现的东西。这种学习要求用各种各样的、灵活的形式来安排课堂上的学生、材料和设备。为了进行最佳教学实践，教师们必须能够细分并解构他们的空间，创建或再造一个学习环境。一般在文学圈的教室里都设有电视机、电脑，以方便学生查阅与文本有关的信息资料。

但是，硬件设施的改善仅仅是学校教育改善中的一个方面，至于学生的身心健康，还必须通过其他人性化的方式来增强。教室在布置上着意营造轻松的环境，教室里装饰着很多学生自己的作品，整个教室没有因为一隅之见而束缚学生的发展和创造性，它的有限空间是学生的创作舞台，是通向另一个世界的窗口。

（二）教室布置

1.一般性规定

在每个教室的墙上，公告栏和黑板上都有一些文字，用来解释阅读的相关规则，教师要巧妙地加以利用。有些教师已总结出鼓励学生阅读的有效激励因素以及激励学生阅读的相关规则：

第一，每日公布引言或问题，每周公布课程词汇，以丰富学生的词汇量、培养学生对学业内容的兴趣。

第二，在天花板上悬挂动态的词汇或概念。

第三，为教室里的海报、黑板和学生刊物添加名称或标签。

在特定空间设置提示和留言板，或在讲桌上放一个笔记本，以鼓励非正式的阅读和写作。学生通常对教师所写的内容感到好奇，而且迫不及待地想了解教师将要公布哪些新的信息。

2. 词墙

词墙适用于任何年级的学生学习新词语，有的教师会在教室里的一面墙上写下字母表。在教到某个单元时，把这个单元里大多数学生不认识的词语写在相应的字母下面，随着单元教学的深入，词墙会越来越丰富。这样一来，本单元里重要的词汇就醒目地列在了墙上。值得一提的是，这类词墙要定期更换，每学一个新的单元就要换一次，而且要让它看起来整齐有序。

（三）教室图书角

文学圈教学法的物质基础即是文学圈阅读中的书籍，班级图书角的创建有利于书源问题的解决。

1. 书籍来源

建立"班级图书角"，书籍的来源可以是由学校的学生活动经费支付购买，也可以倡议每位学生捐出一本书，一般班级的规模大约是每班50人，相应地，班级图书角就有50本左右的书籍。按照每人每周看完一本读物的速度粗略估算，50本书可保证两个学期的阅读量。

此外，教师及学生还可不定期地将自己购买的书刊加入书库中去，增加图书的总量。要注意定期充实图书，每个月抽出固定的书籍购买费，订购适合学生阅读的图书，以充实班级图书角，给学生们提供较为多样的选择。值得一提的是，在信息爆炸的今天，网络也应该成为教师选择阅读文章的后备"仓库"，因特网以其快速的信息渠道、时尚的理念深得年轻人的喜爱，从网络上下载一些学生感兴趣的话题文章，也能达到帮助学生养成良好阅读习惯的目的。

在较大的班级中，教师有必要了解个别学生的发展层次与兴趣差异。学生如果有机会接触到自己感兴趣的书籍，如他们喜爱的英雄、宠物、创造发明、科学发现、喜爱的运动、音乐团体等，即使不爱看书的人也会为之精神振奋。教师应该努力使学生手边拥有他们感兴趣的、适合他们发展水平的阅读资源。

2. 书籍管理

由于文学圈里所用书籍较多，对书籍的管理也是需要制定好规则的，主要有以下五点。

第一，对书籍进行编号入册，并按一定的类型进行归类，如将图书按主题、风格、系列、作者等摆放。

第二，每本书的封面上也要贴上编号，按顺序排列，方便借书登记。

第三，设立图书管理员，制定轮流值日制度，每天整理一下图书角的藏书，检查借阅情况，并做好每本书借阅情况的统计工作。

第四，图书角管理员要学会修补图书的方法。

第五，教育学生爱护图书，并制定相关的注意事项等。

（四）座位安排

教室的空间布局对教学的影响力不容低估，在传统课堂中，通常采用秧田形的位置排列方式，体现了教师讲、学生听的消极静态特点，不利于教学信息的全方位流通，学生参与度不高，从而影响了课堂教学效果。文学圈阅读教学中要求变传统课堂空间布局的消极静态特征为积极动态特征，常用的变革方式有 U 字形、马蹄形、内圈型、会晤型。

一般而言，U 字形、马蹄形适宜班级规模较小或是教室空间较大时运用，而且还需配备便于学生迅速移动的设施，如打蜡的地板、带有万向轮的桌椅等。显然，根据我国的教育现状，要运用和推广这两种方式还有一定的难度。内外圈型由于其空间位置比较固定，不利于学生小组之间的自由交流，在某种程度上限制了文学圈活动开展的广度和深度。相比之下，会晤型比较适合我国国情，会晤型采用前后桌组成小组的方式，方便、省时、省空间。小组是文学圈课堂学习的主要功能单元，组内成员的位置应尽量靠近，各组之间留有足够的距离，这既便于组内成员开展讨论，又不致让本组的讨论声音过大影响其他组，每一组的成员都应相视而坐，尽量增加信息的沟通渠道。

在文学圈的课堂上，教师鼓励学生们专注地阅读书籍和文本材料、集结想法、相互讨论、分享阅读心得，文学圈要求用各种各样、灵活的形式来安排课堂上的学生、材料设备。为了进行最佳教学实践，教师们必须能够细分并解构他们的空间，创建或再造一个学习环境。因此，文学圈阅读教学模式特别关注教室空间的安排和可移动设施的使用。

二、活动特点

（一）圈内成员紧密依赖

在文学圈的学习情景中，小组成员间紧密依赖即积极互赖，指的就是学生们要认识到他们不仅要为自己的学习负责，还要为其所在小组的其他同伴的学习负责。具体来说，主要有三点：

1.目标互赖

为了使学生们理解他们之间是一种休戚相关的关系，并且关注彼此的学习状况，教师必须确立一个明确的小组目标，如"这次文学圈的阅读活动我们要完成哪些任务？达到什么样的结果？我们要提升自己的哪些能力？"等，小组目标就是一次文学圈阅读活动的方向与指南。

2.角色互赖

为了完成文学圈中某次阅读任务，每个小组成员都承担着互补且有内在关联的角色，以使小组责任具体化。某一文本从阅读到讨论，再到评价直至小组阅读汇报成果的结集，每一步都是小组成员互动互助、齐心协力合作的结果，小组成员承担的各个角色也都是互赖互补的。

3.资料互赖

使文学圈里小组成员只占有完成小组任务所需资料的一部分，而不是全部，例如，在某篇小说的文学圈阅读活动中，每位成员只阅读并掌握小说的部分内容，由此可以达到积极的资料互赖。在小组成员分工的基础上，再进行成员之间的合作。也就是说，要完成小组任务，达成小组目标，小组成员还必须将个人占有的资料合并在一起，还原为一份完整的资料。通过有限制地发放小组活动所需要的资料，可以促进学生之间的合作关系。

（二）个体、小组职责分明

文学圈学习小组不是单纯地把几个学生分成一组就行了，分组只是第一步，分组的目的就是要培养小组成员的责任意识与合作精神。将制定的任务和目标具体落实到每个小组的每位成员身上，讲清楚每位成员都需要在小组里扮演不同的角色，而不同的角色亦需要承担各种责任，要让每一个学生都能明确自己所担任的角色和任务。文学圈活动中提倡树立每一个学生的责任感，在小组内形成良好的合作氛围，从而达到团队合作的学习目的。

个体责任是指文学圈里，每个学生都必须承担一定的阅读任务，并同时掌握所分配的阅读任务。个体责任通常是通过对每个学生表现的评估来体现的，评估的结果会反馈给个人和小组，由此可以使每个学生对小组的合作成功负有不可推脱的责任。通过反馈评估的情况，我们还可以知道，在完成阅读的过程中，谁需要进一步的帮助、支持、鼓励。

小组责任就是小组成员在文学圈阅读活动中所承担的共同职责。每一个小组都是文学圈的阅读共同体，明确每一小组要完成的任务与预定目标，能够保持小组活动的有效性，帮助小组成员学会如何更好地合作交流。值得一提的是，文学圈学习小组中，允许学生为他们的团队小组命名，鼓励小组成员庆祝小组取得的成绩和成功，教师也可以为每个小组提供贴条，以奖励小组里表现好的学生，如最佳贡献者、最努力活动者、最富有合作精神者、最有创意者等。

（三）面对面的互动交流

在文学圈小组活动之前，要求每个小组的每位成员都要充分地参加小组活动，每个小组中的每位成员都应是一个积极的发言者、一位好的听众。

文学圈中的促进性互动是指学生们相互鼓励和支持，彼此为取得良好成绩、完成任务、得出结论等而付出努力。文学圈课堂上的积极互动通常表现为：个体彼此提供足够和有效的帮助；交流所需的信息和材料，更有效地处理和加工信息；提供反馈信息以便更好地进行作业；对彼此得出的结论和推理进行质疑，提高决策的质量和对所研究问题的理解；支持为达成双方目标所付出的努力；影响小组成员为达成小组目标所做的努力；能以信任和值得信任的方式进行活动；有为双方的共同利益而努力的动机等。

文学圈中的交流不仅要清楚描述自己的想法与感觉，让听者确切理解；也要认真地倾听、解读他人所说的内容。而在实际的文学圈的互动中，小组成员通常不注意听彼此的观点，小组活动时，他们可能会不间断地发言，打断别人。为了促进积极倾听，我们提倡在要求小组成员讲话之前，必须首先要复述前一个同学所说的内容，通过提问、讨论、巧妙的表达来鼓励积极的学习。

（四）评价体现反思分享

文学圈中的评价有：学生针对自身学习的结果、学习过程及学习的自我调控水平进行自我评价；小组内根据交流中每个人的参与程度、合作意识、目标达成情况进行组内评价；教师根据学习小组对知识的整体建构和掌握情况对小组进行评价。这三类评价中始终贯穿着学生个体与群体之间，师与生、师与各小组之间的相互交流。

文学圈教学法强调以学为主，突出学生的主体地位，尊重学生的自主性、能动性和创造性，因此，在文学圈阅读中，学生开展小组学习讨论前，评价所涉及的内容，已经很明确地告知学生其所要完成的任务、可能遇到的问题，这样就使评价成为下一段活动的起点、向导和动力。整个文学圈活动的过程中，始终以评价为导向，以便学生能及时反思与调控自己的学习方向、讨论内容、交流方法与成果展现。

需要特别强调的是，在文学圈阅读讨论过程中，由于学生个体的差异，他们在文学圈中的表现也是千差万别。文学圈的评价不是为了把学生分成三六九等，而是为了激发学生参与的兴趣；改善学生的学习方式；丰富学生的生存体验；鼓励学生在活动中展示自己的个性和才能。特别是小组内同伴之间根据交流中每个人的参与程度、合作意识、目标达成情况进行组内评价，更体现了文学圈小组成员间互相促进、分享交流的理念。

文学圈的评价是一个连续的过程，这一次的评价活动为下次更好地进行文学圈里的合作交流提供借鉴与思考，"要发扬什么""摒弃什么""哪些方面还有待加强与提高"，这些都是在文学圈评价的反思、分享中要注意到的问题。而这些问题若能得到很好的解决，则会对学生起到很好的促进作用。这一作用不只表现在激发学生的学习动机方面，而且对学生个性品质和自我意识的发展也有重要影响。一言以蔽之，文学圈里的评价正是通过反思、分享来帮助学生对下一轮的阅读实践做出决策的。

（五）学习角色轮流有序

在学生对文学圈学习活动认可并产生了一定兴趣的前提下，科学组建文学圈学习小组，让学生在小组中承担不同的角色，根据学生的能力制定不同的目标要求，再使学生按明确的先后顺序发言，即可有效促进文学圈内小组学习的"有序化""有效化"开展。

组建小组，一般可安排 4 至 8 人，采用"异质分组"的形式，即综合考虑学生各方面的差异，根据知识基础、学习能力、发言水平、兴趣爱好等搭配分工，以保证各组间综合水平相近。角色分配，设"讨论指导者""文艺指路人""摘要神童""词语奇才"等角色。文学圈学习初期，"讨论指导者"通常先由综合素质高、组织能力强、有合作精神的同学担任，"文本神探""摘要神童""词语奇才"等由综合素质稍逊于"讨论指导者"的同学担任。

角色交流顺序，由于"交流混乱"是导致文学圈活动低效的主要原因之一，为此，可按"讨论指导者"先发言，再由"讨论指导者"指定或小组成员自荐的顺序进行，由于小组成员承担的角色各不相同，所以就很好地避免了发言内容的重复，小组成员讨论交流时强调"补充、修改、质疑"。

角色轮换，在文学圈活动初期，可将各个角色固定一个月左右，等学生对文学圈学习的模式，对角色责任有较明确的认识时，可采取一周轮换一次角色的方法。其目的在于使每一个学生都有可能尝试不同的角色，得到不同的发展，并促进角色间的相互尊重。

第三节 文学圈教学法的基本程序与实践尝试

　　我国现行的学校教育仍以教材为主，而由于受教育理念的限制，这些教材过多纠缠于知识技能的训练，脱离了学生的日常生活实际，显得枯燥乏味，不能有效引起学生的阅读兴趣。与此同时，我国传统英美文学阅读教学模式的显著特点是对每篇必读课文的讲解都面面俱到：从对课文内容词句的理解，到破题、划分段落并归纳大意、理解内容、概括中心思想及写作特点，再到介绍作者、时代背景及有关材料，几乎无所不包。这样程式化的教学很难突出主体的学习，忽视了对学生语感的培养，弱化了对学生情操的陶冶，费时费力，且难见成效。文学圈教学提倡以学生的兴趣为出发点，引导学生将阅读的触角延伸到真实的生活环境之中，针对学生感兴趣的书籍来设计读书活动。这无疑为怎样引发学生的阅读兴趣提供了参考。

一、文学圈教学法的基本程序

（一）选择阅读材料

　　文学圈理论的首创者哈维·丹尼尔斯个人最重视的观念即"真实选择"。他相信学生被赋予选书权时，他们同时需肩负起"自我规划"及"对自身阅读学习负责"这两大责任。在传统的学校教育中学生的选择权被忽视冷落，学生阅读的书籍大都是课本以及一些硬性施加的教学辅助读物，然而，良好阅读习惯的养成，应该建立在学生自发、自主、感兴趣的阅读之上。

　　心理学家布鲁纳认为：学习是一个主动的过程，对学生学习内因的最好激发是激起学生对所学材料的兴趣，即来自学习活动本身的内在动机，这是直接推动学生主动学习的心理动机。学生对自己选择的阅读材料感兴趣是至关重要的一个因素，因为"兴趣是最好的老师"。

　　文学圈中学生选择阅读材料的范围很广，一般来说，小说、诗歌、短故事、戏剧、历史文摘、传记以及其他流行或经典作品等都在学生的挑选之列。为了确保学生所选的书籍是值得阅读的作品，教师可以组织举办一个小型书展，请学生自行携带自己曾读过、他人推荐或一直想读却没有机会读的书籍来，利用课堂时间跟同学交换及分享。教师也可在这个时候把自己喜欢或非常赞赏的书籍介绍给学生。教师在学生选择阅读文本的过程中要给予他们正确的引导，帮助他们选择那些能建立科学的知识结构，培养良好的心理品质的好作品来阅读。师生经过交流讨论后可以确定一个"推荐书单",这些书单上的文本所涉及的事件或话题要能与学生生活相关并且能引发学生的兴趣与思考。

（二）组成阅读小组

文学圈不是按照学生的阅读与理解能力进行分组的,而是以学生自主选择的阅读文本作为根据,因此小组成员是一群对同一本书或作品有着共同兴趣的"志同道合"的人。小组人数以 4~8 人为最佳,这样的安排有利于小组中的成员都有足够的机会各抒己见,虽然他们的知识背景、能力技巧、个性特征等可能不尽相同,但这样的多样性使小组本身蕴涵着潜在的学习资源。

文学圈主要功能之一是建立班级成员之间的交流与合作,以便师生之间、生生之间能够真正互动起来相互学习借鉴。对于学生来说,他们关于文学圈的知识是很有限的,教师需要制定准则以促进文学圈里学生的活动,所以,教师可以在此与学生相互讨论"如何处理文本中的生词""怎样对圈中成员的意见与观点做出回应与反馈""选择什么样的话题进行讨论""讨论中怎样与同伴和谐相处避免纷争"等话题,以便为即将到来的小组讨论分享做好准备。

值得一提的是,在文学圈阅读小团体里,每个小组成员阅读的书籍是相同的,选择同样的书本阅读,给予了小组合作更多的契合点与共鸣点,也就更有利于小组成员间的交流与沟通。在这样的小团体中学生的阅读能力是参差不齐的,阅读有困难的学生可以在小组合作中获得很好的学习机会,在相互讨论的时候获得最大的启发;而对于阅读能力稍强的学生来说,可以增强他们对小组中其他成员的责任感,使其学会理解与尊重小组中每位成员的观点与意见。

心理语言学家维果茨基的"最近发展区"观念就有力地说明了文学圈小团体中学生互相合作的重要性,他指出:"教学引起、唤醒、启发了一系列内部发展过程。这些过程,对于学生来说,目前只是在与周围人们的关系中,在与他的伙伴的相互合作的环境中才是可能的。"

（三）准备研讨角色

在自读准备阶段,小组中每位成员都要认真、独立地阅读选定的材料,然后结合自身的特点选择自己能够胜任或者希望尝试的角色。自主选择角色给学生提供了一个发现、发掘自身潜力的机会,赋予了学生特定的责任感与使命感。

　　文学圈通过让学生分工合作扮演不同角色来参与讨论，这样不仅使各成员各司其职有明确的承担责任的意识，也可帮助学生用多元的方法及角度去分析文学作品。在自主选择角色的过程中，学生学会了怎样协调小组内的各种关系。由于每个人所承担的角色不同，小组成员意识到要对自己所学东西负责，使其懂得聆听不同观点。文学圈成了学生分享、切磋、学习、体验、孕育并呈现思想的欢乐谷。学生通过文学圈里的合作学习使自己成为一个细致的倾听者与诚实的合作者，教室就成了一个民主化与多样化的学习空间。

　　通过角色的定位，引导学生们寻找到知识的闪光点，体验到发现问题的兴奋和交流的快乐，使富有个性的阅读过程充满情趣、充满魅力，使这种课外阅读的场所成为感悟、理解、消化、鉴赏与求知的乐园，使学生与书本进行心灵的交流和撞击，从中享受审美愉悦，为课堂教学提供源头活水。

　　在讨论之初，文学圈里的每位成员都要做好自己的角色定位，在认真细致地阅读完选定的材料后，学生可以选择承担自己感兴趣的角色。

（四）扮演讨论角色

1. 讨论中的分享

　　讨论要站在平等、互相尊重、民主的立场上，针对主题发表观点，为自己的阅读做清晰的归纳与整理，并通过良性互动，专注聆听他人的意见，开启多元的思考与脑力激荡，培养智慧的行动，使阅读与学习发挥效能。文学圈的讨论与分享是相伴而生的，讨论中的分享具体有以下三种情形。

　　第一，分享热情。对一本书展开讨论，经常是因为希望别人也能分享自己对书的喜爱而开始的。对于一个班级的学生而言，分享热情是通过谈话中的你一言、我一语而逐步形成的，而就在彼此之间的交谈中，学生参与讨论的热情自然而然地被点燃，良好的交流氛围也形成了。

　　第二，分享困惑。学生在阅读文本时出现困惑是在所难免的，比如在组织学生自读某部小说时，就有学生问关于小说细节的一些问题，他们在阅读中学会了质疑，并积极主动地寻找答案。在文学圈的讨论中通过对困惑之处的交流、切磋、解释，学生就会建立起对文本的认识。

　　第三，分享关联性。作为读者，学生在阅读一部作品时，不可避免地会应用生活中的点滴经验来理解作品的意义或者借以对甲作品的经验来理解乙作品。在讨论的过程中，学生自然而然地描述两部作品的异同，将书中的人物进行比较，通过对这些作品品头论足，来使自己对文本的认识更上一层楼。

　　在讨论与分享的过程中，文学圈的成员分享观点，集思广益来解决那些棘手的问题。而这个过程本身也能碰撞出新的火花，深化学生对文本的认识，值得一提的是，学生对文本最初的认识在未经文学圈讨论洗礼之前，通常大都只是"知其然，不知其所以然"，但在文学圈里"融化、磨合"之后，才能升华为正确、全面的认识，从而更好地为下一次的文本阅读做良好的铺垫。可见，文学圈所创造出的合作阅读的氛围对学生阅读能力的提高起到了催化剂的作用。

当文学圈中所有成员完成独立阅读与角色准备时，他们就该集中起来进行讨论了。讨论是一个开放的学习过程，学生在主动、多元、自由的学习环境中，各抒己见。在讨论中，小组成员可以把自己的"书面记录"或"角色日志"作为指导自己参与小组讨论的依据。在文学圈的讨论中，重视以自然、开放的方式让学生讨论书中的内容，重视学生的自身价值与意见。讨论会强调以学习者为中心，以学生为主体，但也少不了教师的指导。

2. 讨论实施

在文学圈讨论活动开始前，教师就要明确一下文学圈小组讨论的规则。"不以规矩，难成方圆"，如果没有一定的规则，文学圈里的讨论就有可能变成一场争吵或出现两人或两人以上同时发言的混乱局面。规则可由教师与学生共同讨论制订，这些基本规则包括：第一，小组成员按一定的秩序轮流发言，每人每次发言最长不超过五分钟；第二，发言人声音要洪亮，表述清晰，围绕主题来讲，切忌漫无边际；第三，别人发言时要静听，尊重小组成员的不同意见；第四，可以就小组成员的发言给予补充，也可发表个人观点；第五，发言权除固定发言外，一般由指导者进行指定，若有异议时，要先征得讨论指导者同意，再发言。

在文学圈的讨论中需做到四要：一要充分准备，写出发言稿及讨论提纲；二要确保表达畅通；三要加强讨论的启发与引导；四要及时对课堂讨论进行总结。从这四点要求中不难看出，仅仅把学生分到小组，并让他们进行讨论，这本身并不能保证学生们一定就能很好地进行讨论，学生必须具有与讨论相关的知识准备和读者讨论技能。在讨论技能方面，根据班杜拉的"榜样示范"理论，教师在讨论前可以通过播放录像或模拟团体讨论来呈现"专家"发言时的行为，并对学生进行相应的模拟训练。当然，在小组讨论期间，教师自己应做好讨论技能的引导和示范工作，但是讨论技能的形成，关键还是学生自身的领悟。因此教师要引导学生学会自我监控和反思，不断提高讨论技能。

教师除了在学生讨论前精心做好讨论准备工作外，在学生的讨论过程中，教师也应该起到引导者、促进者和参与者的作用。正如著名教育家维茨拉克说："课堂讨论是经历漫漫长途，是不断进步的集体思维过程，这种思维不是联想式的思维行为的集结，而是永不止息的动态过程，因此不断地指导集体思维的过程，是使教学过程不至于崩溃的重要前提。"

总之，在讨论中教师要善于引导学生们提出各种问题，改变讨论的进度和角度，使小组成员保持高度集中并积极参与。正如帕玛尔所说的那样，"我们如何提出问题会对讨论产生很大的影响，讨论会因此变得毫无进展，也可能因此变成充斥着整个房间的深入、相互的对话"。

二、教学尝试

（一）教学过程

第一，将学生按照阅读水平、性别、性格三个维度分成 6 个小组，每组 6 人，做到组间同质，组内异质。

第二，每个小组都做好角色分工，确定好"讨论指导者""文艺指路人""摘要神童""追踪记者"等讨论角色。

第三，关于各个角色所要填写的表格也都分发到位。

第四，在教师教学导入后，教学采用以文学圈小组各角色讨论交流为主的形式。

第五，小组讨论成果展示。

（二）教后反思

第一，学生通过对文学圈活动的参与，切身感受到文学圈活动的一般过程和注意事项，消除了对文学圈活动的神秘与不适感，真切领略到在与小组同伴的讨论、交流、分享中对自己各方面能力提高的作用。

第二，文学圈活动交流讨论的学习形式让学生充分体会到与人交流、共同合作的乐趣。而在这里学生交流的不仅仅是知识，同时，还包括学习方法方面的交流、思维过程方面的交流、情感态度以及价值观方面的交流等，这样的交流大大增强了学生协作互助的合作意识。

第三，在活动中既要求小组成员之间积极的相互依赖，又要求个人与集体相互负责。组中成员既要有分工，又要有合作；既有完成自己任务的责任，又有帮助其他成员的义务，体现了人人参与、共同进步的理念。

第四，活动弥补了一个教师难以面向有差异的众多学习者的教学的不足，从而真正实现使每个学生都得到发展的目标。从课堂来看，大部分的学生在小组学习、解决问题的过程中有合理、明确的分工。学生能按照一定的规则开展讨论，学会表达自己的观点，与他人进行交流，学会倾听别人的想法，激发出新的灵感。活动中的倾听、分享、交流、互助与反思，扩展了学生与学生之间的沟通。

第五，文学圈学习中对学困生也有一定的关注，教师要鼓励学困生认真思考，大胆发言，勇于说出自己的意见，让出机会给他们积极表现，尝试成功喜悦。虽然学困生在活动中扮演的是一些辅助的角色，如"词语奇才""摘要神童""追踪记者"等，但"不求人人成功，但求人人进步"正是文学圈活动所提倡的。文学圈学习活动让学生"想学、爱学""乐在其中"，从而很好地避免了教学中的"两极分化"现象。

不足之处是，首先，这次活动前，尽管做了精心的分组分工，意在为每一个学生提供一个参与的空间，但是，真正意义上的文学圈交流合作体现得并不充分。某些完成任务的小组依靠的是个别能力非常强的学生，一些能力一般的学生乘机逃避责任，存在过分依赖伙伴的现象。其次，学生们习惯了作为个体进行学习，对于"如何真正地融入文学圈学习之中""如何在文学圈中体现自己的价值""如何倾听""如何请教""如何帮助别人"等还不太熟悉。这说明学生的合作交流意识、合作讨论技巧都需要在文学圈小组互动中逐步培养。最后，需要指出的是，理论与现实是有差距的，尤其是在理论与现实碰撞的初级阶段，会产生大量意想不到的问题。这些就要求一线的教师结合自己日常实际的文学圈活动案例，不断地实践与反思，摸索规律，用文学圈的理念，指导活动实践，并能用活动实践来逐渐丰富文学圈理论，在这样的循环往复中，不断寻找理论与实践的交汇点。

第四节　文学圈教学法的优势与局限

阅读能力是由认读能力、理解能力、评价能力和活用能力构成的。目前我国英美文学教育过度重视认读能力，教学中耗费大量时间在指导学生认读上，对文章的理解多停留在字面意义上。而文学圈中的阅读摆脱了传统的词义优先的阅读倾向，关注意义优先的阅读。阅读本身是一种交流，它是读者与作者通过文字和图画进行交流。在文学圈中提供机会让学生之间自由地交流，让学生一起看书、聊书，则是对阅读交流的延伸，在互动中增加学生对书籍的兴趣、加深和拓宽学生对书本的理解是这种延伸的良好效果。这样的阅读对于那些受困于字词理解以及缺乏创造性阅读能力的学生更是大有裨益，这一点为我国培养学生的阅读能力提供了可资借鉴的方法。

一、文学圈教学法的优势

（一）学习内容具体明确

在文学圈中，学习内容是具体明确的，学生们有权"自行选择想阅读的书籍"以及"自行编写讨论题目"，学生们在被赋予选书权时，他们同时肩负着"自我规划"及"对自身阅读学习负责"两大责任。小组成员在未开始进入个别阅读的阶段之前，就已共同安排好聚会前的阅读量，每位成员也非常明白下次文学圈小组成员再碰面时，自己该读多少页书，该扮演何种研讨角色。

"自行编写讨论题目"则更能明确学习内容，学生对讨论题目的思索与编写，是建立在对所读文本内容深刻感知与熟悉基础之上的。丹尼尔斯曾指出"学生自行选书"与"自行安排讨论议题"是文学圈活动的两大要素，小组成员按照预定的进度参与阅读讨论会，并且制订下一次讨论的时间、内容，整个过程是具体明确、井然有序的。

（二）合作方式巧妙灵活

1. 活动前协作

活动前协作是指学生根据文学圈讨论的需要，在活动前分工协作要完成的学习任务。协作一般是把总任务分解为几个子任务，由小组里的成员分别承担一个子任务，通过汇总每个成员的子任务来完成整个小组的学习任务，同一小组的成员可以在不同的时间内完成各自的任务。文学圈小组活动中，小组成员扮演不同角色，每位成员都要承担一定的阅读量，而小组活动得以顺利运转是建立在文学圈成员分工协作的基础之上的。

2. 活动中讨论

讨论是文学圈活动的核心，指小组成员根据活动的需要，在课内通过小组讨论共同完成学习任务。在讨论的过程中，小组内的成员既有分工，又有合作，既可以针对问题自由发表自己的见解，也可以仔细倾听其他同学的发言，有时还可以进行辩论。小组讨论的过程中，不仅需要说出自己的想法，也必须对他人的看法加以响应。不同的观点互相碰撞，不仅修正了原本的想法，也强化了思考的缜密度。文学圈里的讨论提供给读者缜密思考的机会，通过这些讨论，学生作为文本读者，会逐渐成为批判性的思考者。

3. 活动后反思

活动后反思表现在文学圈小组成员对整个小组学习活动的回顾总结上，它包括三个方面：一是指学生围绕活动内没有解决的问题或可以延伸的问题在课后小组成员之间，再做进一步的探讨、交流；二是指小组内成员的互帮互助，基础差的同学主动请教基础好的同学，基础好的同学热情地帮助基础差的同学，以达到同一小组的成员共同进步提高的目的；三是指学生为了解决某一问题而进行资料收集或调查研究，以弥补小组阅读讨论活动中欠缺的地方。

（三）师生关系民主和谐

文学圈中师生关系是民主互助型的，师生关系如下：

第一，文学圈中的教师是一个分享者、协助者、支持者及示范者。

第二，文学圈中的学生是一个主动的意义建构者、读者、作者、负责的学习者及分享者。

第三，文学圈中的教师和学生相互间是理解、真诚和信赖的。

总而言之，文学圈中的师生关系已经与传统课堂有了很大的不同。在传统的教学中，教师决定学生所学的内容，也控制着学生学习的方式和练习的时间。但在文学圈中学生是积极的，他们做出选择和决定；教师也是积极的，他们通常会从旁边观察学生、启发学生，很多时候他们还会与学生共同参与、协商、选择和安排学习内容。教师不再依赖备好的教案，他们必须不断研究、学习，从而使自己能够满足学生对知识的渴求。文学圈中，学生是课堂的主人，在教师的辅助和支持下高效率地阅读；教师则要把握住学生思考的方向，支撑起学生思想的纬度，给予学生情感的动力和自由思想的氛围。

（四）读写听说综合运用

文学圈是阅读教学的一种方法，但它的意义远远超出了阅读的层面。文学圈通过阅读、讨论、角色日志、书评、角色扮演等多种形式，实现了对读写听说能力训练的自然整合。

1. 阅读能力的训练

学生认真阅读要讨论的材料，并广泛浏览相关资料，对文本的重点与难点部分做深入浅出的研读，对优美段落做朗读和诵读的训练。文学圈里的阅读，可以把阅读的过程以长时间、较缓和的方式呈现出来，它鼓励以团体式、渐进式的方式进行，学生可以自行控制进度，一周接着一周地阅读，在有规范的小团体中，慢慢地经历与感受阅读过程的变化。

这样的阅读训练影响了阅读评鉴的方式。为强化阅读"过程"与"结果"同等重要的理念，文学圈采用阅读成绩双轨评鉴方式，即由教师与学生共同评鉴。教师所记录的不是学生单一的考试成绩，而是如"每回在讨论会中的参与程度""每周累积写在阅读日志的阅读心得""小组创意演示、分享作品时各个学生的表现"等。

总体来说，不论是阅读小组的安排或双轨成绩的设计，都是一种新的教育方式，目的是为了让学生知道，阅读能力的养成不可能一蹴而就，必须按部就班、循序渐进，学生必须要对自己的学习负责。

2. 写作能力的训练

在文学圈阅读教学的实践中有几个环节涉及写作的训练：自选阅读材料阶段以简短书评的方式推荐图书；讨论前自读日志的填写；讨论提纲的拟定；讨论中对于相关问题的记录；讨论后的评价评定、创意演示等。

这里以"写作书评推荐图书"的方式试举一例：书评是文学圈活动的一项内容，学生们用写作书评的方式把自己喜爱的图书推荐给班级，这样不仅提高了学生对文学作品的鉴赏、判断以及概括能力，也有效地激发了他们广泛的阅读兴趣。以下摘录的是某位学生的一篇书评：

《堂吉诃德》作者：塞万提斯，评论者：学生甲

这是一部充满了刺激、荒诞、冒险与传奇色彩的小说，作者借"主人公"堂吉诃德与他的仆人桑丘·潘沙的一系列令人啼笑皆非的游侠经历向我们展示了深受骑士精神毒害的西班牙拉·曼却村庄一个穷绅士的形象。阅读此书，你的视野会得到拓宽与延展，你能了解到异国他乡的风土人情、思想状况与精神面貌。小说扣人心弦，紧张激烈的情节引人入胜、耐人寻味也启人深思。

这样一篇小小的书评，不仅锻炼了推荐者的写作能力，而且也能引起读者的兴趣与阅读的欲望。

此外，每当结束对一份英美文学作品的阅读时，在可能的情况下，文学圈成员自行设计的创意演示也训练了学生的读写能力。哈维丹尼尔斯建议了几种创意演示的方式：小组成员共同撰稿，通过演出布偶剧、短剧、歌曲演

唱、诗歌朗诵、海报设计竞赛等来呈现原作品。这些演示的排定，一方面将静态的阅读过程，以立体化、动态的活动方式呈现；另一方面，因演示时间的排定，同学们能清楚知道一本书或一份文章的阅读何时该结束，从而使文学圈的推行在时间及进度上的掌握十分容易。总之，文学圈阅读教学是将阅读与写作紧密联结起来的教学活动。

3. 听说能力训练

由于小组成员之间的活动是互助交流，大家一起分享、切磋自己的观点，听说训练自然也涵盖在内。每个成员在角色扮演中阐述自己观点的同时，也要回答别人的提问并虚心听取其他成员的意见与建议；同时还要认真倾听其他成员的讲述，并适时提出自己的想法，对所听到的一系列内容做出反馈。

（五）反思评价针对性强

文学圈中的反思评价具有很强的针对性：它关注小组讨论探究的过程，注意把形成性评价和总结性评价相结合；关注学生间、小组间的差异，注意把差异性评价和整体性评价相结合；关注学生在交流讨论中的行为表现和情感，注意把行为评价和情感评价相结合；关注学生的自我总结，注意把自我评价和小组评价相结合。

文学圈评价注意针对每一个小组成员的参与态度、合作表现、完成任务情况、做出的贡献等方面进行评判。在文学圈的评价量表中，主要涉及了以下方面的内容：参与情况、思考、倾听、表达、交流、任务完成情况、与他人合作情况等。

参与情况：主要评价学生参与的态度（是主动参与还是被动参与，是积极参与还是消极参与）。

思考：主要评价学生思维的状态（是否是积极主动的思维、创造性的思维）。

倾听：主要评价学生倾听时的表现（是否认真听取别人的发言，是否尊重别人的发言，是否能接纳他人好的看法与意见）。

表达：主要评价学生语言表述情况（语言表述是否准确、流畅、有条理）。

交流：主要评价学生的交往和辨析能力（是否会有礼貌地质疑、辩驳，是否能和别人达成共识）。

任务完成情况：主要评价学生学习目标的达成度（是否完成了各自承担的任务，完成任务的情况如何）。

与他人合作情况：主要评价合作的意识和合作的情况（是否愿意与他人合作，是否积极、有效地与他人合作）。

二、文学圈教学法的局限

（一）角色要求较高

文学圈阅读活动中的"角色定位"，能使学生明确教学目标，产生学习兴趣。"角色扮演"使学生表现出强烈的学习愿望，探究是人的天性，学生有了探究问题的心理准备，就有独立思考与相互间思维的强烈碰撞，最终迸发出智慧的火花。文学圈中的角色分工，能使小组成员的注意力、兴趣、克服困难的意志品质在小组活动中处于最佳状态，学生在阅读讨论中也必将投入极大的热情。

对于文学圈活动里的每一个参与者，其承担的角色要求是相当高的，因为在每次活动中都要求各小组成员，针对所阅读的内容扮演一种不同的研讨角色，这些角色提供给该小组内其他成员更多元的赏析角度，以讨论作品的内涵。为了能胜任角色要求，这些角色可以先由教师带领全班同学练习，例如这一次小组讨论，大家全部当"讨论指导者"，下一次大家一起练习当"文艺指路人"，再下一次大家都当"绘图天王"等，如此练习，经历过一轮轮的尝试体验之后，学生们熟悉了角色扮演的职责，再依小组要求进行不同的角色扮演。

（二）所需时间较长

文学圈要培养终身阅读的爱书人，这一终极目标的达成，需要倾注长期的努力与训练，绝非一日之功。文学圈中的成员在未开始进入个别阅读的阶段之前，就已共同排定好了每回聚会前的阅读量，每位成员也非常明白下次小组成员碰面时，自己需要读多少页，该扮演何种研讨角色。进度由团体共同拟定而产生，并清楚地为每个学生制定相当分量的任务，确保阅读进度有效率，有次序地推进。定期开展阅读讲座讨论会，可以使各个小组成员感受到，阅读需要长期持续地进行，并投入大量的时间才可看出效果。文学圈阅读教学一般需一个学期，甚至更长时间才可能见到成效。

正如丹尼尔斯建议的那样，老师们若想看到文学圈的成效，就要至少推行一学期，最好推行一学年以上。在每次课堂中进行作品研讨会，给予每一组 30 至 50 分钟的时间，让讨论会达到分享的效果，也让各个研讨角色尽情发挥，完成最自然、最真诚的与书本的对话。

文学圈提倡以学生为基础的学习，让学生自行控制自己的学习以提高能力，然而给予学生完全的自由会有副作用。教育有长期目标和短期目标之分，由于学习者经验局限性，他们可能会瞄准短期目标而难以提出长远目标。如果教师未能适时加以引导，学习者的阅读能力的提高就会受到影响，因此，它需要师生长期不懈的共同努力与坚持。

（三）各讨论组进度不一

由于文学圈中各讨论小组成员的能力存在着差异，因此，各讨论组的进度也是难以划一的，这样就会导致在规定的时间里，有的小组提早完成任务后而无所事事；另一些小组却拖拉在后难以收场。针对这样的情况，就需要教师在通过自己对各个小组的细致观察后从中给予适当的协助，对于那些进度快的小组，教师可建议他们再将讨论进行得深入透彻些；而对于那些进展慢的小组，教师要帮助他们找寻"慢"的原因，抓住"症结"以提高讨论的效率与速度。

（四）教师负担加重

文学圈强调个人化的阅读，提倡把选材及监督学习进步的责任下放给学生。然而，要把这些理念转变成实践，教师面临着许多问题。第一，个人化的课程对教师的记忆力与备课要求很高，多数教师很难做到收放自如。第二，教师要留意每个学生的情况，测评每个学生的进步，以及为满足每个学生的需要而改变其指导方法与内容也是困难的。第三，由于文学圈活动前要进行大量的准备工作，由阅读材料的选择到阅读小组的组建，由研讨角色的准备到角色日志的填写，这些环节都离不开教师的悉心指导。学生由对文学圈初步认识到灵活掌握运用，也需要大量的时间，这期间教师要花费大量的精力方可见成效。

（五）选材令人困惑

学生所选读物的难度是应符合其独立阅读水平，还是应符合需要教师指导的水平？如果符合其独立阅读水平，他就失去了教师的帮助这一优越条件；如果符合需要指导的水平，那么每个小组学生阅读的书不同，教师不可能对每个小组的学生都提供及时的帮助。实践表明，由教师代为选择书籍有利有弊，其优点在于：第一，因多数书籍由同一人挑选，有效地避免了书籍的重复；第二，教师既了解学生的阅读水平，又熟悉书籍的内容、深度，尤其在名著的挑选上，教师能兼顾学生的阅读能力，而不盲目追求读物知名度；第三，由教师挑选有助于平衡班级读物的难易程度，最大程度上确保每个学生都能读到有一定挑战性的读物。唯有阅读具有一定挑战性、又不至于过难的读物，才能帮助读者在阅读中提高语言能力。过难的文章打击学生的阅读信心，扼杀其阅读兴趣；过易的文章则助长学生的自满情绪，抑制其学习动力。其缺点在于：教师选择的书籍题材，一定程度上显示出个人偏好，不够接近个别学生的阅读愿望，与学生的生活脱节，导致少数同学无法找到符合自己需要的读物。

第五节　文学圈教学法的启示与实施

当下，阅读的首要任务不再是品评鉴赏，而是从中获取所需信息。因此，迅速准确地把握读物的有效信息，从整体上掌握一篇文章的内容，已成为阅读文本的主要需求。以强调对文本的整体把握为主的文学圈教学法，正是体现了这种时代的需求。文学圈教学法有助于学生陶冶情操、开发智力、启迪思维；让他们掌握阅读方法、提高阅读能力；帮助学生们认识世界、热爱生活、增长知识才干；同时能够促进阅读兴趣、交流阅读体验、形成阅读策略、培养阅读习惯，进而整体、全面地提升阅读水平。在文学圈的阅读活动中，珍视学生对阅读材料的整体感知与独特的感受、切身体验和真实理解，大力培养学生的求异思维、发散思维能力和习惯，让学生的个性在阅读的实践活动中得到张扬。文学圈中学生阅读行为的培养，最终会形成让他们受益终身的良好阅读习惯，而良好阅读习惯的养成，还能由内而外地转化成个人气质。

一、文学圈教学法对我国阅读教学的启示

文学圈教学法在阅读材料选择、课程活动安排、教师角色以及阅读评价等方面具有的显著特色，给我国英美文学课程的教学提供了不少启示。

（一）注重阅读材料选择的开放性

由于长期以来受僵化的教材制度及应试教育的影响，我国英美文学课程的教师不敢脱离教材去自主选择更多的学习材料；教师在课堂中主导性太

强，教学设计过于严密；教学缺乏创意，除了读、写、说等传统方法外，不敢创新。学生的阅读兴趣被忽视与冷落了，师生的精力局限于几本薄薄的教科书内；师生共同的阅读活动也只是照本宣科、亦步亦趋、呆板单调的。在这样的教学中，学生们很难找到应有的语言学习乐趣，其学习的主动性与创造性也被严重扼杀了。在文学圈中学生可以自由选择阅读材料，他们的阅读兴趣与爱好受到重视与关注。同时因为材料容量增大，新鲜感强，更能激发学生的阅读兴趣，同时也迫使教师改变以往的教学观念。

英美文学教学要想从狭小的学科教材教学的空间中解放出来，就必须关注学生的阅读兴趣与动机，要让学生能够围绕自己感兴趣的问题，寻求解决办法，从而自由发表自己的见解，以体现英美文学学习的意义。

（二）重视阅读思维的训练

现在人们越来越普遍地认识到阅读过程的智力活动性质以及阅读中认知方式的重要意义。有关专家和学校阅读课教师也日益关注阅读中思维活动方式和规律的研究，以期主动、自觉地在阅读教学中训练学生的思维活动，培养学生的思维能力。文学圈里的阅读活动，能够对不同智力水平、思维方式的学生实现"互补"。在文学圈合作式的、民主互动的和谐氛围中，学生的思维始终处于一种积极、活跃、主动的状态，交流形式由单项信息交流向综合信息交流转变，使课堂教学成为学生主题活动的展开与整合的过程。

当前的英美文学教学要带领学生走过从语言文字到思想内容，再从思想内容回到语言文字这样一个来回。从语言文字到思想内容，就是要求学生通过对语言文字的解读，了解文章所写的大致内容；从思想内容再回到语言文字，是把握作者的思路，看看作者是怎么选材、怎么组织语言、怎么表达，从读中学写。当前的英美文学教学往往是有来无回，或者重来轻回，这样其实只走了阅读教学的一半路程，这样的阅读教学也往往使学生的阅读浅尝辄止。我们鼓励学生在文学圈中创造性阅读的同时，也应让学生去体悟、去思索作者的认识与思想感情。我们应教育学生在阅读时，要努力去理解作者的思想感情，从而去发现文章的美，在充分理解的基础上，才去谈批判性思维、个性化阅读。

（三）强调口头与笔头能力的一致性

在文学圈中非常注重提供听说读写的机会，让听说读写同时进行，这样就更有利于学生语言能力的发展。我国目前的英美文学教学是以学科形式出现的，而且在很长时间中被理解成工具性学科，在这样的课程观指导下，英美文学教学的目标往往局限于让学生掌握所谓的单词、短语、文章，纠结于词汇运用的一些形式、技巧问题，严重忽视语言本身的意义。

要想改变这种状况，英美文学教学就必须从教科书教学转移到主题教学，由单纯的语言训练转变为意义学习，即围绕某一主题，让学生在具体的问题情景中，听说读写同步进行，提高语言的运用能力与阅读理解能力。

（四）侧重教师角色的中介性

在文学圈阅读教学中非常注重强调学习者在具体的阅读情景中的主动性，他们要能够融入学习过程，与同学相互交流沟通，能够分享信息、提出问题和解决问题。而教师与学生同属于一个学习群体，师生经常一起协商、规划、修订学习目标。教师在整个学习活动中扮演学生学习的协助者、示范者的角色，是学生学习的中介元素。而当下我们的英美文学教学，往往根据事先安排好的程序进行教学，教学活动呈现为一种单向传输过程，学生只能被动地听，或是在"教学圈套"的"诱导"之下，根据教师的意图来思考问题，达成与标准答案的一致，从而完成一个个的教学目标。这样的教学无法真正调动学习者参与的积极性，对阅读材料缺乏个性化的思考与理解。要想阅读教学成为学习者自主的活动，我们就必须来重新认识英美文学课堂中的教师。教师要改变作为教学活动的控制者的"主导者"的角色，真正成为学生学习的组织者、对话者，扮演"协助者"的角色，通过了解学生的需求与差异进行因材施教，通过与学生之间的交流沟通，和学生一起分享阅读学习的乐趣，促使学生有目的有意义地进行学习。

（五）关注评价的非形式化

在文学圈阅读教学中，教师通过对学生在阅读活动中的观察、交谈等方式，深入地了解学生阅读活动的进展情况，及时向学生提出反馈，促使其改进学习。我国目前的英美文学课程的评价，基本上采用窄化的笔试方式即是以考卷的形式，注重对学生所学内容的复现、记忆，学生的阅读过程和学习的自主性与主动性始终处于评价的视野之外。评价目的往往只在于检查教学的效果，只能告知学生在哪些方面还有所欠缺，而无法考查学生真正的语言能力。

要使评价真正达到预期的效果我们就必须加强对学生阅读活动进程的观察，通过观察，了解掌握学生的语言行为，并进行相应的记录，及时反馈给学生，促进其反思，最终形成自我发展能力。评价中也要注重学生的自我评价，教师要引导学生学会分享、学会欣赏自己及他人的学习成果。此外，教师对学生的评价中还要注重鼓励的原则，教师要多发现学生在阅读活动中的闪光点，为其增添阅读的自信与勇气。

二、在新课程中的实施

（一）平稳过渡积累经验

文学圈教学法是一个渐进的过程，绝不能操之过急。文学圈里的合作交流绝不是对学生进行合作分组后让他们围坐在一起就能产生所谓的"合作效应"，文学圈里的小组合作通常跟探究性学习或信息技术整合分不开。这对教师在教学法方面的训练，教室内的软件和硬件的配备，都有很高的要求。假若流于形式的话，文学圈里的讨论交流就无法达到新课标的要求。

此外，教师从呈现者向决策者、设计者、主持者的转变也不是一日之功。文学圈阅读牵一发而动全身，需要慎重对待，逐渐摸索。

（二）认真对待本土改造

与西方国家相比，我国实施文学圈学习面临的困难有：学习任务较重、教室空间场地小、班级人数偏多、学生及教师普遍缺乏交际能力训练等。文学圈提倡实行小班制，限制全班人数在 20 人以下，这样，教师就可以在各文学圈小组建立的初期阶段给予大量的关注和指导。而我国的现实情况是，大部分班级人数都超过 40 人，在教室桌椅的摆放和教师分配给学生的时间方面都会出现问题。

以上不利因素可能会使教师在文学圈教学中做的尝试得不到满意的效果。因此，我们建议从一般策略上，而不是从具体操作方式上实现本土化改造。

（三）整合资源创造条件

在尝试中，许多教师反映，文学圈阅读教学不仅空间上施展不开，时间上也往往不够用。文学圈教学的探究要求教师有较强的课程资源整合能力、教学策略选择能力、课堂情景创设能力。

目前我国还有许多客观条件阻碍文学圈阅读的实施，如班级人数多、评价方式未改变、来自社会的怀疑等。这些也会给教师造成压力，此外，运用文学圈教学法对教师的要求较高。

　　我们应认真研究与文学圈阅读策略具有互补性的其他阅读教学策略，使之与文学圈阅读互配，以产生更大的效能，服务于我们的教学需要。把多种教学方法与策略结合起来使用，这也是现代教学方法发展的重要特征。正如美国教学模式研究专家乔伊斯和韦尔一再强调的那样：要提倡多种教学模式的结合，以应付千变万化的教学实践。

第六章　文学类型及教学研究

　　"英美文学"是我国学生需要学习的重要课程之一，设置该课程的主要目的在于丰富学生的文化素养，使学生了解国外的人文、社会、经济及民族习俗，从而为提升学生的综合实力奠定坚实的基础。在世界文学史上，英美文学主导着近代文学的审美风格以及创作方式的发展，其传递的思想和价值观念对现代文明和现代社会、政治以及人的价值观、世界观的形成都具有重要作用。因此，重视英美文学教学，使学生能够辩证地接受其蕴含的精华和糟粕，对于培养学生正确的世界观和价值观，使学生具有敏锐的批判性思维和鉴赏能力，具有重要意义。同时，也要使学生在了解英美文学史的基础之上对英美国家的电影、小说、戏剧、诗歌等有一定的鉴赏能力，培养学生的文学素养和国际化视野，使他们能够快速地融入全球化的潮流中去。

第一节　小说的教学实践

　　小说是一种叙事性的文学体裁，其魅力就在于通过文本中的人物塑造和情节、环境的描述来表现社会生活和矛盾，因此小说教学的核心应该是文本解读。但传统的英美小说教学中普遍存在的一个现象是文本意识的失落，也就是一般只注重小说背景、人物及故事情节的简单介绍，对文本本身的解读不够。教学中这种对小说粗线条的感知不能使学生真正地体味出小说的魅力所在，更不能上升到理性审美阶段，不能形成独立分析、鉴赏小说的能力。因此，将叙事理论引入小说教学，提高学生的文学理论水平，从而提高其文本分析能力，加强文本意识，有利于学生在吸收丰富知识的过程中，开阔视野，形成正确的小说阅读习惯，真正培养出学生的鉴赏水平，实现小说的美育功能。

一、英美小说教学中叙事学的应用

（一）英美小说教学中存在的问题

1. 学生学习中存在的问题

现代学生对文学作品阅读积累很少，更多的是沉溺于网络文学、卡通漫画、流行歌曲，缺少感知和欣赏小说的时间和机会。一般对所学过的小说的理解也只局限于几个知识点，对小说的欣赏和解读处于低档的状态，只为满足一般的愉悦感，没有上升为理智的道德判断。因而当他们看到一部全新的小说，又没有老师指导的情况下，会对小说产生一种畏惧感，不知道从哪个角度来解读，不知道如何辨别小说的审美价值，解读能力较差。如果没有一定的文学理论的指导，长此以往，势必会造成学生的审美能力弱化、审美情趣低下、审美情感缺失。

2. 教师教学中存在的问题

目前的英美小说教学模式过于单一、刻板。在教学内容方面，传统的小说教学大多是从人物、情节、环境这小说的三要素入手，展开面面俱到的分析；在课堂结构方面，许多教师基本上采用单一的教学模式：时代背景—作家介绍—形象、情节分析—主题思想—写作特色。在这样一种"满堂灌"的教学模式下，教师没有引导学生进行独创性的审美欣赏创造，学生只是被动地听记，而缺乏自主阐释、自主评价的权利和机会。单一、刻板的教学遏制了学生丰富的想象力、创造力，这样的教学其结果必然导致学生只看到了字、词、句、篇，却体会不到小说中丰富的人文精神和审美功能，不能充分发挥小说教学特有的情感感染和形象感染的作用，这极大地影响了小说审美教育的效果。

（二）叙事学与英美小说教学

1. 叙事学的内涵

叙事学是研究叙事作品的学科，小说叙事学是西方当代文学理论的一个重要组成部分。它起源于 20 世纪初以什克洛夫斯基为代表的形式主义理论，在英美的新批评理论中得到进一步发展，又通过法国结构主义理论家罗兰·巴特、格雷马斯、多洛罗夫、热奈特等人的努力发展而取得丰硕成果。

小说叙事学的研究内容主要是小说内容的形式和小说表达的形式。小说内容的形式是指以故事为中心的部分，研究故事组成要素——情节、人物、环境及其结构；小说表达的形式是指以叙述为中心的部分，研究构成叙述言语的各种叙述方式和技巧。小说叙事学重视小说文本形式的研究，使我们对小说文体有一个更新、更深、更全面的把握和理解，从而能够很好地把握小说的审美奥秘。

2.教学中应用叙事学的意义

传统英美小说教学只偏重主题、思想内涵和人物塑造的研究，而缺乏对作品内在结构的把握，而优秀的小说作品不仅因为其中体现的独特的人文主义思想，还在于精湛的叙事方式和叙事技巧。如果忽视作品的目的和效果，阅读过程中不能和文本紧密结合起来，作品就失去了美学魅力，其文学价值也就不复存在了。当代文学批评家布斯在其叙事学著作《小说修辞学》中指出作家可以运用人物刻画、叙述视角、叙述声音（可靠和不可靠）、隐含作者、节奏、反讽等不同修辞手法展示小说中独特的美。叙事学家赖恩·查理森也预言："叙事理论正在达到一个更为高级和更为全面的层次，很可能会在文学研究中处于越来越中心的地位。"因此，教学中引入叙事学理论可以使学生在小说阅读过程中学会融入自己的认知、情感、欲望、价值和信仰，丰富英美小说的教学内容，探求叙事文本中存在的审美价值。

（三）叙事学在英美小说教学中的应用

将叙事学知识运用到英美小说教学中，可以强化小说的文本意识，使学生对小说文本能够熟练自如地进行分析鉴赏，突出表现出小说文本的审美意义。

1.叙事学在英美小说教学中应用的价值取向

（1）更新小说观念，回归文本教学。就文学教育而言，文学不仅是一般意识形态，更是审美意识形态，小说也不例外。以前由于受传统文学理论和文学批评观念的影响，总是容易把文学作品的内容和形式分别开来，文学教学目的集中在追求文学形式所指的客观世界和思想内容上，而把文学文本本身遗忘在教学的视野之外。文学文本的意义与文本形式之间是不可剥离的，离开了一定的文本形式，一定的文本意义也就不可能产生和存在。

（2）全面正确地把握文体特点，提高解读文本的能力。小说是"读"出来，这里的"读"，就是文本解读，就是分析和解释。在教学过程中，很多教师总是从思想意义到艺术特色面面俱到，情节、人物、环境，唯恐教之不尽，结果导致泛泛而谈。归根结底是小说文本知识的缺失造成解读能力低下。而叙事学能丰富我们的小说文体知识，对于我们全面正确地把握文体特点大有裨益，更有利于提高我们解读文本的能力。

2. 叙事学在英美小说教学中的应用

（1）丰富、深化传统的英美小说教学内容。单薄而苍白的教学内容不足以激发学生学习的兴趣和欲望，而叙事学理论可以丰富、深化小说教学内容。所以，要引进叙事学对小说内容形式的新观念、新知识，以丰富、深化小说教学内容。

例如传统的小说教学中，教师只引导学生概括小说的情节，却对情节安排的作用知之甚少。而叙事学中对情节的阐述可以使学生领略小说情节安排的奥妙，很好地把握故事情节发生发展的脉络，提高学生分析小说篇章结构的能力。同时，还能使学生体味出小说故事情节设计对小说意义实现的重要性。在英美小说教学中引导学生关注叙事结构的安排和变化不但能使学生体味出结构关系上的陌生化组合带来的小说意义上的变化，还能够让学生感受到小说中有张有弛、急缓相间、松紧有度的情节安排所反映出的事件的变化多姿，结构的波澜起伏、曲折有致，领悟小说行文变化之美的奥秘，带来审美心理的愉悦。

（2）促使教学内容更贴近文本，突出小说的审美教育意义。作为叙事艺术的小说，叙述方式或叙述话语是使小说具有审美魅力的重要因素之一，叙述视角与叙述者一起构成了小说的重要特征。同样的故事，从不同的角度去叙述，就会有不同的效果，因此叙事学可以促使英美小说教学注重表达形式，使小说教学更加贴近文本，激发学生进一步品味小说的魅力。在文本鉴赏过程中，学生通过叙事理论的应用可以理解作者如何通过运用一定的修辞技巧使作者、叙述者、作品中人物和读者在价值、道德、理智等方面形成差距、区别，即保持一定的距离，从而在欣赏过程中既能产生情感或心理上的反应，又能够客观地去理解作品，形成不同的文学效果，获得阅读快感，达到小说的美学效果。

总之，叙事学带来许多解读小说文本的新知识、新观点。在文学解读中利用对叙事学理论中人物刻画、叙述视角、叙述声音（可靠和不可靠）、隐含作者、节奏、反讽等各种修辞手法的理解和运用，学生就可以更深入地把握小说艺术营构的匠心，感受小说的艺术感染力。在不否定小说内容的前提下，加强对小说形式的分析和讲解，从而更深入地抵达文本，揭示文本中的"文学性"，能够克服以前重内容不重形式的片面性，为小说阅读规律做出有益的启示，使英美小说教学内容更趋于完善，实现了小说教育中的审美教育功能。

二、开放式课程在英美文学教学中的应用

（一）英美文学课面临的窘境

尽管英美文学课对提高英语专业学生的整体素质如此重要，但是长久以来，它在我国的教学实践中，却一直处于一种窘境：首先，从学校的角度出发，受制于诸如招考和毕业生签约率等因素，多数高校不得不将英语专业的培养方案进行了调整，"大刀阔斧"地压缩诸如英国文学和美国文学这样的语言文学课程，或是把原来一年的课时压缩为一学期，或是干脆把原来的两三门课压缩为一门，由此也便催生了英美文学这门课，如此这般，好为其他更受社会和学生欢迎的课程腾出时间。其次，从教师的角度出发，像英美文学这样的课程其备课难度明显大于一般的课程，没有良好的英文功底，没有较高的文学素养，根本就不可能备好英美文学课，更不用奢谈把课讲好了，所以很多老师或是对其避而远之，或是对其不得已应付了事。最后，从学生的角度出发，如果在大三年级上这门几乎和现实"说不上话"的课程着实难以让多数学生提起兴趣，如果在大四年级上，由于临近毕业的缘故，其教学效果如何也就不难想象了。以上这多重的因素，就让英美文学长期以来成了英语专业教学领域中一道无法破解的难题。

（二）开放式课程的兴起带给我们的冲击

耶鲁大学的开放式课程最为典型，在短短几个月的时间内，网络上就出现了近 20 门不同领域和不同学科的耶鲁大学开放式课程，而所有这些开放式课程几乎都受到了热捧，在我国许多知名网站上相关课程的点击率和下载量都不断攀升。在这些开放式课程中，教师们也惊喜地发现了耶鲁大学的"1945 年后的美国小说"（以下简称"美国小说"）这门和英美文学教学工作密切相关的开放式课程，很多教师遂以最快的速度从网上下载下来，并抽出时间认真"观摩"这门文学课程。从首遍起，教师们就惊异于艾米教授在"美国小说"中的授课模式和讲课风格，一方面折服于艾米教授的个人素养，另一方面，吃惊于艾米教授良好的授课效果。而且，艾米教授这种授课方式似乎不但对美国学生有效，对中国学生同样有效，而这一点我们从相关网站的视频留言中就能够看出。于是教师们便首先尝试着把"美国小说"中较为经典的内容引入英美文学的教学中。

（三）开放式课程在英美文学教学中的应用

1. 应用过程

首先是内容的选取。艾米教授一共较为详细地评述了 14 部小说，在艾米教授"美国小说"的 26 节课中，选取第 12 节课程，也就是托马斯·品钦《拍卖第 49 批邮票》这一节。之所以选择这一节，原因就在于在品钦长篇小说中，《拍卖第 49 批邮票》（该部小说的中译名又叫《拍卖第四十九批》）可以说是品钦作品中最易读，又最能全面反映其独特创作风格的一部。另外，该部小说长短适中，较为适合作为学生的阅读材料。

其次是课前准备。为了达到最优的教学效果，教师要提前两周做好布置，并为学生提供电子版的《拍卖第 49 批邮票》让其在课下阅读。并将艾米教授在课堂上跟学生提出的问题提前告知学生，让每个学生都仔细思考艾米教授所提出的这些问题。

最后是应用过程。教师可以安排一次课共计两节课的时间来学习艾米教授的这一节课。在第一节课，教师安排学生观看《拍卖第 49 批邮票》的课程录像，教师不做点评。第二节课，教师首先大致介绍《拍卖第 49 批邮票》的作者托马斯·品钦的大致情况，并结合艾米教授的授课内容对《拍卖第 49 批邮票》这部小说进行简要的点评。随后，教师可以让学生对艾米教授在录像中提出的问题展开讨论。在课程的最后，教师让学生对开放式课程的观感发表评论。

2. 应用感受

整体而言，根据学生的反馈，教师们都认为将开放式课程应用于英美文学的教学中，教学效果还是比较理想的。究其原因，有这样几点：首先，《拍卖第 49 批邮票》作为耶鲁大学的开放式课程，对学生吸引力较大，特别是对于向我国这些普通本科院校的学生而言，他们对类似于耶鲁大学这样的世界名校，天然抱有一种好奇和崇拜的心理，这种心理就促使其在课堂上能够专心听讲。其次，学生准备较为充分，因为提前两周就已经跟学生做了部署，并且多数学生的热情都较为高涨，准备的较为认真和充分，所以学生普遍反映课上听课并不吃力，且收获较大。最后，不得不承认，艾米教授对小说的理解是非常深刻和有见解的，对小说关键部分的点评非常到位，能够很好地引导学生去把握小说的精髓。

3. 应用带给我们的思考

对比英美文学课平时的教学效果，能够明显地感受到开放式课程的优势所在。虽然，造成这种教学效果差异的原因是多方面的，但是作为英美文学课的教师，主要可以从教材、教师和学生这三个教学最基本要素的对比中去寻找。透过这三个要素的对比，我们就能够基本理清中美文学课教学效果差异的原因所在。

开放式课程在我国倍受追捧是一个值得中国教师去思考的现象，而"美国小说"在学生中的受欢迎更是一个值得我们每一个英美文学课教师去反思的事例。透过"美国小说"这门开放式课程，我们一方面可以看到自身的优势与不足，另一方面，它着实也为我们破解英美文学教学难题提供了难得的新思路。

第二节　散文的教学实践

英美随笔散文与中国古典散文看似是各自封闭的两个文学体系，但由于现代散文的影响，我们对于中国传统散文在审美特征和文化特质上的特点并没有非常深刻的认识，甚至将古典散文当作某种日常生活当中的应用性文体，从而导致了与英美随笔散文在某些概念和方法上的混同。英美的随笔散文，产生的时间较中国的散文晚了大概一千年，其性质也大致相当于英美的古典散文。虽然在翻译上，今天我们也习惯把现代散文和随笔混同起来看待，但是本质和气质上，随笔和我们传统意义上的散文，无论在功能，还是形式上都是更为相似的，都是一种以写实性为前提的应用或者论说性质的文体，并且在形式上不分行，以语言自然的逻辑结构来组织段落，这一点可以说是两者最大的共同之处。当然，基于这样一种共同之处，两种文体在其他各方面也都存在着比较明显的差异，所以这便构成了两种文体进行比较的基础。故而，将研究的目光聚焦到"散文"这个问题上，从宏观的角度对英美随笔散文和中国古典散文做比较，可以更加细致地认清在不同的文化语境下，散文文体发生的源流和所表现出的文化特质。这有利于从一个更加准确的角度来判断这两种文体之间的联系和区别，并且从这一组文体的对比出发，审视英美文学与中国古典文学文化传统、文化气质之间的异同，有一定的借鉴意义。

一、中国古典散文与英美随笔散文的差异

（一）对诗歌文体的亲近与疏离

对于世界上绝大多数的民族来说，诗歌都是民族文学的起源。如中国古典文学起源于《诗经》的苍苍蒹葭、灼灼桃花；英美文学则起源于宏阔史诗的英雄事迹和神话传说。

在中国文学的传统当中，诗歌一直不是中国古代文学的主流，这一点基本是文学史界公认的结论。从古代文人的全集编排上，也可以说明这一点。古人编排文集，往往先编文集，次而为诗集，再次为词曲，小说基本不登大雅之堂，这样一种排序的方式，也从一个侧面反映了中国古代各种文体的地位顺序。而对于英美文学来说则不同，古希腊、古罗马文学作为英美文学的渊源，就已奠定了诗歌的重要地位。古希腊荷马史诗《伊利亚特》和《奥德赛》剪裁巧妙、结构完整、人物丰满、瑰丽优美，是英美文学乃至整个西方文学中的经典之作，是英美文学乃至西方文学发展的奠基石。在英美文学发展的历史上，诗歌占据着重要的地位。在英美随笔散文的创作中，也随处可见诗歌影响和熏陶的痕迹。而在中国古代，直到宋代，才提出了"以文为诗""以诗为词""以文为词"这样的文体互渗的概念。所以钱钟书先生在其论文《中国诗与中国画》中谈道："文指散文或古文而言，以区别于诗词。这些文体是平行的，但不是平等的，文为最高。"

而英美文学则不同，由于显著的史诗传统和中世纪文化上长期缺少活力，几乎所有重要的文学作品都是以诗歌的形态出现的，例如英国的《贝奥武夫》，约翰·弥尔顿的《失乐园》和《力士参孙》，甚至莎士比亚的大多数戏剧的台词都是诗体。在这个意义上，西方人并不以此为忌，而是在某种意义上鼓励这样的诗歌传统，从而，导致了英美散文随笔作为一种文学体裁，出现的时间很晚，可以说，一直到培根、梭罗、爱默生等人，英美成熟的随笔散文才算是比较彻底的形成。尽管如此，其写作也并没有跳出这种诗歌思维的影响，尤其是我们在关注近代的英美国家出现的如演讲稿这样的文体的时候，诗歌的影响更是表现得淋漓尽致。

传统和源流的不同，导致了中国古典散文和英美随笔散文在文体形式上的重大差异，即中国古典散文和诗歌之间，界限始终很分明，而英美随笔散文始终没有摆脱诗歌的语体和思维的影响，其文体和文风均呈现出一种诗化的特点。

（二）叙事传统与哲学传统的差异

英美随笔散文和中国古典散文涉及诗歌的态度和内容是不同的。这种差异，主要源于汉字和汉语在语言文字体系和特点上与西方语言的差异。这种差异表现在内容上，也引发了一个问题，即在散文中，叙述和议论何者为第一性的问题。对此问题，我们不妨从英美随笔散文和中国古典散文各自的起源上开始说起。

从起源上来讲，中国古典散文的起源是叙事，史传文学在这之中起了很大的作用。在经历了《尚书》和汉大赋的对话体、《论语》诸子的语录体之后，最终演化成为经典的唐宋散文，直到桐城派姚鼐所推崇的"辞章、义理、考据"并重的散文体式，而这种散文的传统样式的来源，或者我们说《尚书》等经典的性质，则是史书，或者换言之，是史传文学。这一点清代学者章学诚看得很通透，提出了所谓"六经皆史"的观点。可以说，整个中国古典文学的传统，是建立在史学的基础之上的。这种史学叙事艺术本身，就是中国古典散文的重要审美特征之一。即便我们去看中国古典的论说散文，也大半是夹叙夹议，点到即止的说理，叙事始终是一个主要的倾向，例如陆贽的《均节赋税恤百姓六条》、王禹偁的《黄冈竹楼记》、王安石的《本朝百年无事札子》以及苏洵的《六国论》等散文名篇，无不是以记叙而言议论，夹叙夹议。史学传统提供了大量的素材和典故，使得中国古代在论说散文的印证过程当中，不需要进行长篇累牍的议论，这一点和英美随笔散文当中滔滔不绝、口若悬河的说理性、哲理性论说是不同的。

而反观英美随笔散文的创作，则与中国古典散文大有不同。英美随笔散文的产生，其源头大致可以追溯到古希腊罗马的哲学著作，诸如柏拉图的对话录，或者是《沉思录》这样的一些学术作品。也导致了英美随笔散文，从产生之初，就带有浓厚的哲学思辨的色彩，这一点和中国古典散文浓重的史学色彩有着本质的不同。例如惠特曼的《草叶集》、雪莱的《西风颂》、梭罗的《瓦尔登湖》等著名随笔散文作品，都注重于阐发一个理论和进行哲学性的思辨。

在散文的创作和作者个人情感的抒发上，中国人往往诉诸经验，即经学传统，而西方人诉诸逻辑，即为哲学传统。中国古典散文有文人气，英美随笔散文则有学人气。在第一性的问题上，中国古典散文往往以叙述为第一性，而议论、抒情则以叙述的姿态出现，在处理感性和理性关系的时候，中国古典散文，甚至包括是诗歌，往往是以感性优先，而理性则从感性当中滋生出来，同时又为感性服务。而英美随笔散文则不同，在其哲学传统的影响下，思辨、雄辩这样的写作风气往往成为主流，议论抒情成为第一性，我们鲜能见到叙事，例如雪莱还有惠特曼的散文随笔，基本上是整段的议论，以此彰显理性优先，而其中的感性则是通过大量排比句和比喻句来体现，显得气势磅礴、情感直露而丰沛。

（三）现实目的论与理想目的论的不同

散文是一种以写实性为前提的应用或者论说性质的文体，其本质目的都是传播和教化。但在实现这种教化目的的方式上，英美随笔散文和中国古典散文存在着诸多差异。

在教化所采取的方式上，可以说本质上英美随笔散文是乌托邦式的，通过营造一个乌托邦式的场域，以及设想在这个乌托邦的场域下所应当运行的种种规则或者是理想的概念，来反证现实。所以，英美随笔散文的标题常常是"论自由""论正义""论科学与艺术"。这种思考方式也影响到了西方近代浪漫主义的创作风潮，例如狄更生的散文或者是海涅的诗歌中，都不乏这样的想象。这种对于"乌托邦"式的想象，实际上是把自身异化成一个超越性的他者，在一个更高的层面上来对现实进行改造。随笔散文的作者是高姿态的，而其建立的乌托邦或者乌托邦规则是架空于现实社会而与现实社会平行的。他们创作随笔散文所希望实现的教化理想是将整个架空的乌托邦沉降到现实当中来，而对于现实生活的态度，基本上是否定而排斥的。

而中国古典散文首先对于社会的整体观念是积极的，其基本的认识在于现实社会是可以被一步步地改造为理想社会的。所以，由于身份的不同造成的与政治的关系不同，决定了在中国古典散文的教化作用。例如《谏太宗十思疏》《均节赋税恤百姓六条》《直言天下第一事疏》等，都体现了这样一种倾向。

同为散文问题，在性质和功能上看，中国古典散文和英美随笔散文有共通之处。但由于其文化土壤和文化气质渊源的差异，二者在文学传统、表达传统、文体传统和目的性方面都有极大的不同。从发展的角度来说，中国古典散文的社会教化功用进一步地僵化、退缩以至于消失，导致了这种传统的主流文体的发展难以为继，同时也是由于这种社会教化功用逐渐地让渡于现代白话散文，而白话散文又是一种受到英美随笔影响极大的欧化的文体，则导致了中国古典散文作为一种实用性文体的彻底崩解。这一点，可以说正是这种教化目的方式的不同所带来的。

反观英美随笔散文，则在文学史的发展演变过程中走向圆润和成熟，表意更加丰蕴、思想更加深刻。我们自然无法追究中国古典散文与英美随笔散文孰优孰劣，但却可以从这种差异中看出中国与英美文化的气质差异和文学传统的不同。认识和把握这种差异性有助于在理清英美随笔散文的创作机理和发展脉络的基础上借鉴学习，探讨中国古典散文在当代的发展前景和创作革新的方向，有助于了解中国文学传统与英美文化气质的异同，从而达到文化交流与文学比较的目的。

二、英美文学课程中的散文教学

（一）英美文学散文教学存在的主要问题

当前英美文学散文教学中存在的一个突出问题是学生的表达能力欠缺。对不少英语专业的学生来说，撰写英语毕业论文是个难关。常常可以看到学生枯坐案头，面对一个早已定下的题目，冥思苦想，久久无从落笔，其痛苦之状着实令人同情。他们通常所遇到的问题是不知道如何论述自己的观点，但这些思想活跃、目光敏锐的年轻人，不乏独到的想法。这些想法如通过分析、比较、联想、鉴别等手段加以扩展，完全可以成为一篇很好的文章。但学生往往三言两语，戛然而止，缺乏论证问题实质的能力，总觉得话已说尽，难以再加以发挥了。一篇五千字的英语论文，要写到规定的长度似乎比登天还难。学生常常怀着焦急的心情，边写边数，却发现总未达到要求；有时为了凑足字数不得不成段引用原文；有的干脆大段抄袭国外学者的著作，甘冒剽窃之大不韪。因此在毕业论文中，虽然也有观点独到、文思畅达、论述精当的上乘之作，但总的来说，并不令人满意。

论文写作中还存在着语言表达的困难。学生们无法分辨评论文与一般记叙文的差别，而一概以叙述语言甚至口语化的句子来写文学评论，句子结构呆板，缺少变化，从头到尾几乎都是主谓宾结构句式，不懂得如何使用各类修饰语使文句摇曳多姿，富有感染力。相当数量的学生通篇幼稚刻板的语句往往与一二句（或一二段）从别处抄来而未注明出处的句子（或段落），形成鲜明的对照，使教师轻而易举地看出其中的破绽来。

（二）英美散文教学产生问题的原因

造成上述现象的原因是多方面的。如教学上专注于提高学生的语言水平，却或多或少地忽视了对他们的文学修养、批评能力和思维方法的指导和培养；没有引导学生去博览文史哲诸方面的书籍，以拓宽知识面；在论文写作方面学生缺乏严格的训练，没有掌握撰写论文的方法等。还有一个极易为人们忽视的原因——阅读材料的单一性。多数英语专业的学生，四年中课外阅读材料多半为教师们推荐的较为常见的英美作家的小说。这样就会使丰富学生的知识，提高他们的语言水平的效果大打折扣。只品读几部经典小说，学生的抽象思维能力和论证能力就不可能得到培养和提高，因为文学作品采用的是形象思维，作者是通过形象来说话的。而撰写论文则更需要抽象思维，这也就是只读有限的几部小说的学生面对一个论文题目不知从何写起的一个重要原因。

要克服这两大弊端需要综合性治疗，具体做法是在"英美文学"课中极力提倡学生阅读英美散文家的散文著作。英美各个时期的散文家大多精于说理论辩，在语言运用上更是堪称典范。因此大量阅读英美散文，无论对培养抽象思维，还是熟悉评论性语言都会大有帮助。当然在"英美文学"课中引入散文教学并不只是为了写好文章。英美散文是英美文化的瑰宝，是英美文学不可分割的重要组成部分，其中不乏运用巧妙、文字优美的佳作。散文家们通常采用描写、记叙、分析、论辩等写作策略，文墨中散发出作者的个性色彩，其真知灼见总能发人深省、引人共鸣。当代的散文家们更是善于融合多种形式，打破陈规的约束，使其作品具有感染力、说服力和趣味性。对于英语专业的学生来说，文学课上只是讲授小说、诗歌，而不讲授散文无疑是一大遗憾。

（三）英美散文的特点

英国散文的篇幅一般都比较短小，唯其如此，才显得活泼强悍，有较强的可读性。英国的散文多少都带有某种教化的目的，有的明显一些，有的隐蔽一些，有的表现为直接，有的表现为间接。某些时代散文家的教化意识强些，有些则弱些，有的并不表现在每篇具体的文章中，而是多篇文章所形成的总体之中。英国散文一般都明白、清晰、简洁，华丽庄重的文体不是英国散文的主流。英国散文的语气亲切随和，笔调轻松活泼、幽默风趣，总是流荡着作者个人的情感，因此是一种富有作者个性的体裁。最后，它的结构一般比较精巧，也许由于篇幅短小，写作者有足够的时间来考虑精密的构思，并能有力地将其付诸实现的缘故。英国散文是有特色的，属于散文中的上乘。约翰逊的理性论辩、哈慈利特的隽言妙语、狄更斯的通俗写实、卡莱尔的历史写作、达尔文的科学论证、罗斯金的经济忧患、阿诺德的文学探讨、罗素的哲学见解、克拉克的电视讲座等，共同描绘出英国散文作家的多元面貌与英国历史语境交织出来的思想景观和散文图画。

美国散文在题材和体裁上呈现出开放性、多样性和探索性的特点，风格多元并存、思辨性突出、写实性很强、幽默感独特。爱默生、麦尔维尔、詹姆斯、弗罗斯特等人的散文让人感受到无比强悍的思想活力和冷峻的辩证思维，气度非凡；梭罗、克莱恩、杰克·伦敦、庞德、安德森、海明威、福克纳、考普兰、韦尔蒂等人文笔清新自然、简约洗练；马克·吐温、欧·亨利、瑟伯、佩雷尔曼、冯内古特等作家的散文犀利幽默，充满张力、辛辣与苦涩；门肯、爱德蒙·威尔逊、李普曼、怀特等在大众文化的历史性挑战和机遇中为保持散文的文学地位付出了不懈的努力，尤其是怀特，以博大的视野、精致的文笔、敏锐的观察、纯真朴实的个性被誉为"20世纪最伟大的散文家"；沃尔夫、塔利斯、麦克菲、狄迪恩等人的新闻主义手法也给散文创作带来深远的影响；道格拉斯、鲍德温、马丁·路德·金、金凯德、汤亭亭等少数族裔作家的散文创作又给美国的散文的发展图景增添了有力的一笔。

（四）讲授英美散文的方法

首先应当注意英美散文的立论方法。英美散文家大都具有这样的本事，抓住一件事情，层层渲染，演化开去，讲得头头是道，在漫不经心中引出一番人生的道理来。要做到这一点，作者不仅需要见微知著，而且要能够运用发散性思维，让思想的光芒向四处辐射，使文章显得丰富充实。然后再把这些光束聚集在题旨上，折射出深刻的哲理，给人以启迪。戈尔德·史密斯的《国家偏见》、米尔恩的《金色的果子》、普里斯特莱的《反讽原则》都属于这类文章。发散性思维的运用还见之于正式的评论或近乎正式评论的散文，只不过采用的技巧不同罢了。在这里，作者提出一个论点，然后或旁征博引，或如剥笋壳般层层剖析，或夹叙夹议，或举例说明，将文章加以铺陈，然后再慢慢收拢，自然地得出结论，与文章的开头相呼应。

讲授英美散文还应当注意其遣词造句、谋篇布局的技巧。大多数英美散文家都是运用语言的高手。教师应能做到让学生真切地感受到他们运用语言的技巧，从而产生一种要大量阅读英美散文杰作的冲动，起到事半功倍的效果。尽管英美散文家们的语言风格各异，但文字一般都明白洗练，表意干脆利落，从不啰唆拖沓。能用简单字处则不用大字眼，能用短句处则绝不用长句，如需长短句交错，以显示变化，则恰当地运用标点，把长句按语段切开，常常恰到好处，并插入一定的修饰语，使整个句子工整沉稳，文风明晰而典雅。用词时，还十分注意使用形象的词汇和比喻，来表达抽象的概念，以唤起读者的联想和共鸣，也使文章生动好读。在指导学生阅读英美散文时，既要注意字字句句的运用，又要通观全局，留心整篇文章的结构，这样才能学到写作的基本方法。

散文的鉴赏是一项集观察、联系、质疑、推理和总结为一体的智力活动，需要有直觉、想象、语感、移情、思考等能力。散文作者思考体验的世界是需要通过读者去探幽析微、仔细品尝的。优秀的散文鉴赏者应该具备语言、文学、历史、哲学、美学和文化的广博知识，尤其要善于关注字里行间的语言表现力，善于体味语言细节和散文结构，抓住文章的行文组织、信息的传递方式、辩证论说手段以及各细节之间的关联性。作品的意象、结构、论点与论据常常是读者关注的要点。鉴赏散文可以以文本分析为基础，通过观感体验和价值判断，在与作者的情感和智慧交流中追求完美人格和审美快感。要让我们的学生真切地体会到散文的鉴赏是一种充满乐趣的智性活动。

英美散文家如同纵横驰骋、天马行空的骑手，其作品结构如行云流水，似闲庭信步，无所拘束，谋篇布局灵活自由。事实上，这种看似松散的结构有着非凡的凝聚力，体现着作者精心布局的张弛之道。它们是散文大花园中娇艳悦目的鲜花，热心的赏花者应该时常到这座大花园中去徜徉。

第三节   戏剧的教学实践

"英美文学"课是高校英语专业一门重要的传统课程；英美文学课是拓展学生素质，提升学生人生境界的重要手段。然而近年来，由于英美文学课程的目标定位缺乏明确的统一标准，加上课程讲授人员处理教材的原则、方法不一和文学课程本身的难度所困，本应兴致盎然的文学学习者屡屡对文学教学心存畏惧甚至避之唯恐不及。学习者多因趣而生痴，故此严重缺乏参与性和趣味性的"填鸭式"文学课堂必须加以纠正和改良。正如刘勰所言："文律运周，日新其业。变则其久，通则不乏。"（《文心雕龙·通变》）文学创作以发展变化作为它的规律，能创新、创作的生命才能长久。英美文学的教学何尝不是这样呢？最近几年的教学实践中，基于 B-SLIM 理念的英美文学教学改革，略有斩获。以莎士比亚戏剧的讲授为例，我们打破了传统的只分析莎翁的生平、经历、思想倾向及其戏剧自身构造要素的教学方法，而从学生理解、阐释作品入手，通过多种形式的教学活动，师生共同探索莎翁创作的奥秘，以形成全新的认识与评价体系。

一、毕拉希成功语言引导模式

世界著名的英语二语教学专家，加拿大阿尔伯塔大学教授毕拉希博士于 2002 年创立了"毕拉希成功语言引导模式"（B-SLIM）。此模式是在大量的教育教学实践和科学实验的基础上产生的，因而具有稳定性和可行性，在很多非英语国家比如日本、墨西哥有大量的教学实证。

B-SLIM 的理论基础包括：皮亚杰、维高斯基与盖聂在认知发展方面的主张及其在教育上的应用。维高斯基的"脚手架（Scaffolding）"是 B-SLIM 模式的精髓。

脚手架的概念源自维高斯基的近侧发展区理论，依据维高斯基的说法，教学可以超越专业引导发展，强调人类高层次的心理活动，也就是在社会互动的过程中，透过他人的调整而逐渐内化为自我调整的过程。维高斯基认为，社会提供了一个互动情景，一个人的发展受到社会互动的影响，社会互动学习的过程可以促进个体发展。脚手架运用到课堂教学中则强调在老师的支持和帮助下，在同学合作学习的环境中，引导学生由浅入深、由低到高、从易到难、由简单到复杂一步一步向前发展知识和技能，建构认知。布鲁纳的建构主义主张发现和探索式教学，他认为教学过程是在教师引导下学生自我发现和探索的过程，学生利用教师或教材提供的资料，主动地进行学习，而不是被动地接受知识。教师要鼓励学生在建构意义的过程中采用发现法去建构知识的意义。霍华德·加德纳的多元智能理论承认智能是由同样重要的多种能力而不是由一两种核心能力构成，承认各种智能是多维度地、相对独立地表现出来，而不是以整合的方式表现出来。基于多元智能理论的教学活动尤其注重学生创造能力的培养。在多元智能理论看来，现实生活需要每个人都充分利用自身的多种智能来解决各种实际问题，社会的进步需要个体创造出社会需要的物质产品和精神产品，这两种能力的充分发展，才应该被视作智能的充分发展。

B-SLIM 模式的教学目标是：一是开发学习者的自主学习能力。二是保证每一位学习者在学习中成功。三是帮助学习者开发其语言的各方面（语言意识、学习策略、语言技巧、动机和态度等）。四是保证学习者所学到的知识转化为实践工具。

二、基于 B-SLIM 理念的英美文学教学模式架构与实施

（一）教学计划和准备

根据 B-SLIM 模式的要求，教师在备课时应该充分考虑到下列因素：教学内容的顺序安排是否合理、教学资源是否适合教学对象、教学速度是否适中以及教学时间如何控制等。这些因素建立在盖聂的信息认知理论上，以充分发挥学生的主动性、积极性和创新性为教学的最终目的，使学生有效地实现对所学知识进行意义构建的目的。

文学课的教学理念是作品先行，要把学生的读书兴趣由"少""浅""非"逐步引向"多""深""传"。在 B-SLIM 教学模式中，家庭阅读（Home Reading）环节是达成以上目标的重要手段。在学期的不同阶段向学生布置分层次阅读书目，可以做一般阅读书、精读书以及学术史的浏览和查阅等层次的划分。以莎士比亚戏剧为例，教师可将莎士比亚的经典作品划分为喜剧《维洛那二绅士》《爱的徒劳》《仲夏夜之梦》《威尼斯商人》《第十二夜》；悲剧《罗密欧与朱丽叶》《哈姆雷特》《奥赛罗》《李尔王》《麦克白》和悲喜剧《冬天的故事》《暴风雨》等三大块，每大块中又有一般阅读书和精读书的区分。在此基础上，提出若干组论题供学生选择，做学术史的浏览和查阅的准备。学生自由组合为几个学习小组，各小组可以自由选择论题，先进行个体的充分阅读，然后小组讨论交流，最后分小组在班上汇报交流。通过以上的活动，学生开阔了视野，丰富了想象；充分领略到英语文学的魅力与欧洲文艺复兴时期人文精神的脉动。这样开放式的交流，既活跃了课堂气氛，又可以碰撞出思想的火花。

（二）输入与内化

在此部分中，学生根据教师设计的教学活动，由浅入深，逐步掌握语言知识。学生通过学习，将知识和能力进行转化，并且需要较大的独立性来解决问题，才能达到有效、成功的真实语言输出。

在教学实践中，我们尝试让学生分成若干学习小组，各组选择不同时期的作家和作品，组员共同参与课堂设计和资料的搜索，制作成多媒体课件之后，由学生教学生。教师不再是课堂的主导者，而变成了组织者和引导者。传统的灌输教育在无意识中培养了学生的惰性，学生习惯抄板书，在书上画重点。而学生自己动手制作课件，则恰好弥补了这一不足。首先，这会促使

学生主动地、有意识地寻找知识的重点，针对较有价值的一点，挖掘更深一层的含义和蕴藏的价值。其次，使学生看待问题的视野不再局限于教科书，而是把目光投向了图书馆、阅览室以及互联网上。他们要从浩繁的资料中判断、选取知识并加以利用，这无疑培养并锻炼了学生的自主学习能力。最后，由学生自己进行课堂设计和讲授，会促使学生自觉地对某个作家、作品或背景知识进行了解，学生在自己消化吸收并形成自己的看法和感想后，还要组织语言进行授课，和同学们一起讨论，这就要求授课者必须对作品有非常透彻的了解。因此，这种做法也使学生增强了对文学作品的鉴赏能力。教师要及时进行总结，或给予肯定或指出不足，根据需要引入名家观点或点评，并留思考题指导学生课后继续通过网络和图书馆寻找相关信息，以达到深化学习的目的。

以莎士比亚戏剧为例，学生多从学习莎剧的文化意义或现实意义入手，进行比较研究或主题研究，力求表达出各自的独特感受和新颖见解。教师在总结时，可在介绍莎剧的研究方法和成果的基础上，强调其作品在中国的影响力和接受度。

（三）输出

学生将所学的语言知识转化为自身的能力并进行语言输出，此部分以学生完成任务的方式体现，学生必须在规定的时间内独立完成该项任务，并且流利和准确地运用语言进行交流，从中可以充分体现学生的创造力和解决问题的能力。

我们在教学当中，进行了英语短剧表演以及改编戏剧或创作戏剧的尝试。按照在"教学计划和准备"阶段的分组，每个小组自由选择剧本，观摩根据莎剧改编的戏剧或者影视作品，增加对作品的感悟和理解。然后小组成员根据自己的特长，分别担任导演、演员、舞台设计、配乐等，各扬其长，相互配合。学生成了导演、演员、评剧人，能很快进入角色，兴趣盎然，只知道自己在演戏，忘记了自己是带着任务在学习。实际上编导的过程就是一个分析剧本的过程；承担角色的过程，就是一个领悟台词及人物形象的过程；而评议表演，则是深化各项知识的过程。这是用表演活动来激发学生的学习兴趣、需要和动机，调动学生的生活体验来学习。这不仅可以培养学生的听、说、读、写能力，而且还能培养学生的活动能力、组织能力、创造能力和良好的品质。英语短剧表演强化了学生的人际交往智能与肢体运动智能。在正式表演的时候，很多同学都表现出巨大的热情以及非凡的创造力，因为对大多数学生而言，这是他们大学生活中的第一次英语短剧表演，而且是第一次登上莎士比亚戏剧的表演舞台。"莎士比亚创造了一个充满辩证冲突的戏剧舞台；在这个舞台上，不同的思想观点针锋相对，而对于思想本身更为深刻的理解就在这些思想的交锋和冲突中浮现出来。莎剧所要达到的效果并不是要否定不同思想观念之间的冲突，而是要通过戏剧艺术创造出一种各种观念之间的静态平衡。"被感性和理性挤压着的哈姆雷特，被非理性的愤怒折磨着的李尔王，贪婪、吝啬的夏洛克，沉稳、细心的鲍西娅，一个个莎剧中的经典人物悉数登场，剧本中所蕴含的生命形态、情感形态有机地融入同学们的审美体验中。

（四）评价

教学评价是衡量课堂教学持续发展的动力，是激励学生自信心的手段之一。此处的评价是指形成性评价，侧重学习过程、语言发展、综合素质的提高。根据 B-SLIM 的教学理念，学生的任何活动（包括笔头的、口头的和英语短剧表演等）都必须是在教师的组织和引导下进行的，并在活动的过程中不断从教师那里得到鼓励。教师在评价过程中还应注意鉴别并发展学生的优势智能领域。

（五）结果评价

结果评价主要依据学生表现性结果进行评价，包括各种测试，以及学生的家庭阅读环节的读书笔记、作品和各项比赛的成绩等。结果评价既是教学设计与实施的终点，又是继续向前发展的起点。

总而言之，B-SLIM 模式运用于英美文学教学改革不应限于某个作家或某部作品。此模式要求教师根据课程的总体目标并结合教学内容设计贴近学生实际的教学活动，吸引和组织学生积极参与。在教学活动中，学生通过反复操练、讨论、交流、开发思维和合作等方式，运用所学的知识在不断的递增中完成教学活动所设立的目标。教师应充当好设计、引导、协助、调动的角色，逐步释放足够的空间给学生思考及进行交流的习惯，并鼓励和帮助学生自主建构语言知识体系。同时，教师还应引导学生进行情感和策略调整，形成积极的学习态度，促进语言实际运用能力的提高，从而更好地实现任务目标，感受成功。

三、读者反应批评在戏剧教学中的运用

（一）读者反应理论介绍

20 世纪 60 年代后期到 70 年代，随着各种形式主义文论流派的相继衰落，文学研究的重心开始转向对于读者接受过程的研究。读者反应批评阐明了读者在文学接受过程中的积极作用，肯定了多种阐释的可能性和合理性，对文学教学有很大的启示作用。

读者反应理论把读者看作是真正参与到作品之中，通过运用各种编码和策略整合作品意义的一分子。读者反应批评方法将重心放在读者身上，不注重作者及文本，与其说读者是意义的领会者，不如说是意义的创造者。事实上，读者可以而且确实起到了创造意义的作用。文本并不存在固有的终极的意义或价值，意义没有对错之分。意义与价值是可以通过读者与文本之间的交互而转换的。它涉及读者对文本所做的贡献，与忽视读者作用而以文本为中心的形式主义批评及新批评是完全相对的。

伊塞尔提出文本之中存在着"空白"等着读者来填充，同时，他认为读者在意义创造的过程中发挥着积极的作用。文本中的空白深深影响着读者，读者必须对空白做出解释、联结，并在头脑中对没有写出但隐含在文中的意义做出判断。他强调"批评家们不应将文本作为对象来解释，而是应该研究读者的感受。一个文本不会告诉读者一切含义，文本中总会有许多空白，这就需要读者填充并收集意义，这样，在某种程度上，读者已成为作品的合著者"。文本的完整意义是读者期待的结果，即伊塞尔指出的，对审美客体的建构只有通过读者一方的认识才能完成，换句话说，文学作品的意义依赖于读者的参与。这样一来，文学研究的对象便从形式主义专注的文本转向读者的阅读行为。

尧斯的接受美学试图调和马克思主义批评与形式主义批评之间的对立。尧斯提出由于不同时代的文学作品反映不同的观点，而人们的视域也与时俱进，因此读者对于文学的理解一定程度上是通过"期待视域"完成的。第一个读者的理解将在一代又一代的接受链上被充实和丰富。对过去作品地再欣赏是同过去艺术与现在艺术之间，传统评价与当前的文学尝试之间进行着的不间断的调节同时发生的。既然视域随着历史的变化而变化，文学作品也在不同时期提供不同的观念，因此"能否按其独特的历史性理解和表现这一文学史，取决于期待视域能否对象化"。

霍兰德则注重读者在阅读过程中的心理研究，他从自我心理学角度探究读者的反应。费希倡导一种"感受文体学"研究方法，他认为"作品的意义是在阅读的过程中得以实现的，是文本与读者的期待、心理投射、结论和判断相互作用的结果"。总之，对读者反应批评家而言"文本永远处于变动之中，读者的批判性阅读不仅分解文学文本，而且也创造文学文本"。

（二）读者反应批评在戏剧教学中的实践应用

读者反应理论应用于文学教学可以通过各种方式来实现，如：交谈、讨论、自由辩论、创造性写作及角色扮演等。

萧伯纳的《华伦夫人的职业》是英美文学教材中选读频率最高的文本。这是一部相对较长的戏剧，因而不可能在课堂上对其全文进行分析，所以通常选取其中的一幕。

《华伦夫人的职业》讲述了华伦夫人过去因为经济困难而成为妓女。她的女儿，韦微·华伦，从小在国外的学校受教育而长大，在剑桥大学获得学位后回国，但她对母亲靠这一职业赚钱培养她的情况一无所知。韦微认为自己的社会地位比母亲要高，这便引发了母女关系的裂缝。故事的结局有些悲凉，最终母女俩分离。故事中充满机智诙谐的对话，人物性格鲜明，尽管该故事以 19 世纪为背景，但故事所表现的正派的生活方式与为达目的而选择堕落的斗争这一主题到今天仍能引起共鸣。

学习这一段戏的目的是让学生将戏剧场景与现实生活联系起来深入理解文本意义，让他们更具批评性地理解资本主义恶习及母女关系的主题。

首先，教师在课堂上给学生简要介绍整个剧情并布置他们课外阅读该剧，尤其仔细阅读节选的第二幕，然后组成小组讨论并表演这一幕。讨论不仅能提高学生对文本理解的能力还能激发学生探究文本主题的兴趣。作为读者，学生必须将选读的部分与自身经验结合起来进行深入的思考。角色扮演活动能很好地鼓励学生表达他们对作品主题的理解及自己的思想，这既能激发学生的兴趣又能帮助挖掘他们的潜能。

第四节　诗歌的教学实践

在英语学习如火如荼的时代背景下，英美诗歌却遭受冷遇的反常现象，深刻反映了当前英美诗歌教学所面临的严峻挑战以及所存在的缺漏。第一，英语在现实生活中的工具性效用已受到学生高度重视，但英语在艺术空间里所展现的审美性效用却被普遍忽视。学生在知识学习上过于强烈的目的性和功利性，一定程度上影响了英美诗歌教学，也影响了自身综合素质特别是人文素养的提高。因此，在教学过程中，对诗歌审美性特征的强调就显得更为必要。第二，因传统教学理念或教学方法上的一些误区，诗歌丰富的艺术魅力被机械的知识灌输所遮蔽，立足主体感悟的审美品鉴被逻辑语义的系统分析所取代。学生长期处于被动接受的状态，学习积极性受到严重抑制。面对教学困境的日益加剧，我们必须从教学模式、教学方法等方面入手，拟定切实可行的改革策略，以求更好地贴近近诗歌的艺术本体，更好地调动学生的学习兴趣、学习积极性，使学生切身感受到英美诗歌巨大的艺术魅力。

一、诗歌教学模式改革

由于语词使用独特、句意表达隐晦、情感抒发含蓄，诗歌往往显得晦涩难解。很多学生在最初接触英美诗歌特别是古典英诗时，极易产生畏难情绪和恐惧心理，发出"看不懂"的哀叹。语义理解的困难成为横亘在学生与诗歌间的第一道鸿沟。为扫清这重障碍，教师一般会从诗歌外围入手，首先对诗人的生平经历、作品的创作背景做一番介绍；其次再结合注释、评论文章或中文译诗对诗歌的大意进行梳理总结；最后再对诗作的思想内容、艺术特征做进一步的系统归纳。从表面看，这种看似循序渐进的教学模式确实大大降低了学生理解诗歌的难度，并使学生在短时间内对诗人、诗作有了较为全面的了解，但是，这种以教师为主体、以知识传授为本体的教学模式如被长期沿用，则会引发一系列不良反应。

首先，会扼制学生的学习积极性。面对表意曲折潜隐的诗歌文本，学生在初读时往往难解其意，这时就会希望教师能将意思讲给他们听。而教师通常采用的解词释义法正好满足了学生这种浅层次的知识欲求。但是，在轻松突破语义障碍的同时，学生失去了最为宝贵的主动思考、主动阅读的动力和乐趣。他们触摸到的是由逻辑语义所构筑的机械的理性世界，而并非以个人生命体验为基点而开创的瑰丽的想象世界。诗歌繁复的风貌在教师单向的语义分析中惨遭破毁，成为中心明确、意义浅白的"分行散文"，这无疑会严重影响学生对英美诗歌的热情和兴趣。

其次，会削弱对诗歌本体的关注。教师对诗歌背景资料的介绍以及对诗歌文本的语义阐释对学生了解诗作内涵确有帮助。但是，在课堂教学中，教师应侧重于引导示范功效的发挥，而不能以自己的阐述分析去替代学生的感悟品鉴。因为诗歌的诗韵是难以用日常语言、散文语言或逻辑语言加以转述的，诗歌是语言的变形，它离开了口语和一般的书面语言，成为一种特异的语言形式。学生在教师的理性分析中只可获知诗歌的"意思"，但却无法获取只可意会不可言传的"诗意"。对此，新批评代表人物兰色姆就指出，诗歌中可以被释义而换成另一种说法的部分只是诗歌的"构架"而已，而诗的特异性却体现在那些无法转译的"肌质"，如果一个批评家，在诗的肌质方面无话可说，那他就等于在以诗而论的诗的方面无话可说，那他就只是把诗当作散文加以论断了。可以说，用知识传授来取代审美品鉴的诗歌学习正是对诗歌的虐杀。

为从根本上消除上述不良反应，我们需对传统的教学模式进行相应改革，努力建构以学生为主体、审美品鉴为本体的新型教学模式，真正实现两个"转向"：

第一，由以教师为主体的知识传授转向以学生为主体的审美品鉴。与小说、散文等文体相比，诗歌更侧重以"内视点"的方式来表露内心世界，具有主观性、音乐性、梦幻性、非逻辑性等特点。诗歌的这些艺术特性决定了诗歌学习的主体必须为学生。如果没有阅读主体的积极介入，缺乏真切的阅读体验，诗歌学习终究会以失败告终。教师在教学过程中所承担的任务主要是示范、引导、监督、点评，所需提供的是诗歌批评方法而非诗歌赏析结果。

第二，由对诗歌外部语义的梳理转向对文本内涵的深刻体悟。尽管逻辑语义确实以"构架"的形式存在于诗歌文本，但诗歌的本质属性却由非逻辑的"肌质"显现。因此，诗歌分析不应一味遵循传统的以解词释义、分析思想、总结大意为主的意义寻求，而应加强对诗歌艺术特性的关注，注重对节奏韵律、修辞手法、句法变换的细致分析。唯有如此，学生才能从灵动的字符、错落的诗行中真切感受到诗人情感的跌宕起伏、思想的繁复玄奥。

教学模式的改革对具体的教学方法改革具有规范和指导作用，但新型教学模式的建构又须在具体的教学方法改革中实施和体现。因此，我们还需对教学方法进行相应的改革调整。

二、诗歌教学方法改革

（一）篇目的合理编排

诗歌文本的选择编排直接关系到最终的教学效果。尽管时下常见的英美诗歌教材已不下十种，但在体例编排以及篇目选择上却大同小异。选材多取自文学史上的名家大作，然后依时间发展或流派更迭进行编列。另外，在诗作之后还可能附一些字词注释、背景简介、中文译诗或简短的评论文章。这种以历史逻辑为线索的作品编排自然有系统条理的优点，但在实际教学过程中却显现不少弊端。因为诗歌这一文学体式原本就晦涩费解，如果再一味选取"高大精深"的经典名作，学生往往会因不通其意而灰心失意甚至厌恶拒斥。如此，所谓以学生为主体的审美品鉴也就流于空谈了。首先，在诗篇选择上，我们大可不必限定于文学史"钦定"的名家名作，无论高雅严肃的经典之作，还是诙谐幽默的通俗之作，只要文质兼美都可作为选读对象。其次，在作品编排上也可尝试打破时间或流派线索，而按主题或题材分列为不同专题，如大学篇、青春篇、田园篇、哲理篇等，使学生尽可能挣脱"史"的机械束缚，而在与自己生命体验密切相关的某一主题的统辖之下展开阅读。

（二）文本细读法

"文本细读"原是新批评学派的关键词，在此借用该概念并非倡导对英美诗歌进行严格的形式主义批评，而是取其宽泛意，着重强调对诗歌文本的精研细读，尤其是对格律、音韵、意象、修辞等的细致分析。在此试从音韵的角度对英国著名诗人丁尼生的代表作《鹰》进行简单分析，以作范例：

The Eagle

He clasps the crag with crooked hands；

Close to the sun in lonely lands，

Ringed with the azure world，he stands.

　The wrinkled sea beneath him crawls；

He watches from his mountain walls，

And like a thunderbolt he falls.

这首抒情诗短小精炼，由两节六行组成。全篇声律和谐，音韵回转，构成一种回环往复、婉转悦耳的乐感。在押韵上，诗人主要采用了 A–A–A 格式。第一节 hands、lands、stands 构成了严格的"三连韵"韵式；第二节 crawls、walls、falls 依然保持"三连韵"的韵式，但韵脚却由第一节的 /dz/ 转为 /z/，韵律整饬而不呆板。诗人对音乐性的执着追求可在每一诗行得到体现。在第一节第一行，诗人就使用了一连串爆破音，如 /k/、/p/、/g/、/d/ 等。这些发音力度较大的爆破音使诗歌语调铿锵有力、掷地有声。鹰桀骜不驯、孤傲狂躁的形象也在音韵的强弱变幻间跃然纸上。到第二行，诗人则多使用一些轻柔的音，如低沉凝重的 /u/ 音，平滑细腻的 /s/ 音，轻柔绵长的 /n/ 音。在 /u/、/s/、/n/ 等音的参差互济中，诗歌语调由热烈亢奋转入柔和沉郁，鹰的狂躁形象也逐渐消隐于静穆恒定的自然山水中。这些微妙的音韵变化，不仅为我们展现了动静相宜、冷暖相衬的画面切换，而且精准地传达了诗人情感世界的变幻起伏：第一行，诗人以鹰的形象赞誉亡友的高贵品格，颂扬之声高亢明朗；第二行，以寂寥景色抒发作者的悲愤，哀怨之声凄婉沉郁。

文本细读并没有否认诗人及外部社会对文本的渗透影响，更没有割裂作品形式与内容的关系，只是要求我们立足诗歌本体，通过对语言结构的层层剖析，更深入更全面地发掘诗歌潜隐的艺术内涵。

（三）比较学习法

艾略特曾说："没有任何一种艺术能像诗歌那样顽固地恪守本民族的特征。"英美诗歌同样毫不例外地集中而强烈地表现了英美民族的文化根性。然而，在忠实有效地传达本民族的思想文化、艺术精神的同时，这种"民族性"特征又使身处中国文化传统的学习者很难真正进入其精神体系并领略其艺术魅力。这时，比较的方法运用，特别是对英汉诗歌的比较就显得尤为重要。首先，作为同一种文学样式，英美诗歌与中国诗歌存在诸多的艺术汇通点，在艺术技法、艺术风格等方面都有相通的一面。我们从汉语诗歌学习中所获取的阅读经验、阅读方法及诗学观念也可部分运用于英美诗歌。其次，将汉语诗歌作为阅读参照，学生可以在"异"的观照下更为深刻地把握英美诗歌的艺术特征以及其后所蕴藏的独特文化。如英美诗歌与汉诗都很重视格律，但在诗歌节奏、押韵等方面又存在很大差异。又如英美诗歌与汉诗都经常以山水田园为表现对象，但在情感表达上又有着千差万别。此外，将主题相近的诗歌与散文作品进行比较，也可使诗歌的艺术特征得到突出显现。正如老子所言"自见者不明"，唯有在差异互照中才能更全面更深刻地了解到事物本体，"比较"是英美诗歌学习不可舍弃的方法。

（四）诗歌翻译

尽管诗歌翻译并不是英美诗歌学习的主要内容，但是适量的翻译训练却可加强学生对诗歌的理解。对于诗歌翻译，历来存在"可译"与"不可译"这两种对立观点。这种争辩突出反映了语言之于诗歌的重要性。因为作为最为精粹的语言艺术，诗歌所有的艺术意蕴都是在独特的语言空间中得以展现的。而翻译所进行的语码转换势必会触及原诗的语言基础，原诗的艺术内涵在转化过程中极有可能受到磨损。所以，弗洛斯特曾不无感慨地说："诗就是被翻译漏掉的东西。"然而，我们并不能由此推得"诗歌不可译"，进而拒绝诗歌翻译训练。因为正是通过翻译，我们才能够在语码转换中真正触及诗歌的艺术核心。那些最难翻译、最难用其他语言替代、最难用其他文体转述的部分往往就是诗歌的"肌质"所在。诗歌翻译所进行的语码转换正是汉、英诗歌的深层次比较，而这对强化学生的语言敏感性和艺术感悟力无疑是大有裨益的。

第七章　英美文学教学在本科教学中的应用

　　进入 21 世纪以来，整个社会飞速发展，科技信息瞬息万变，为了适应全球化的发展趋势，我国提出了建设创新型国家的战略构想。大学本科作为培养创新型人才的重要基地，在整个人才培养过程中占有举足轻重的地位，本科教学质量的高低直接影响到人才质量的高低。我国教育部明确规定："高等学校要跟踪国际学术发展前沿，成为知识创新和高层次创造性人才培养的基地。"近年来我国在教学方面做出了很大的改革，取得了明显的效果。但是由于当代社会知识经济发展迅速，社会对大学生的要求越来越高，仅仅掌握科学知识已经不能适应社会的发展，而有头脑、有能力、有专长、有素质的复合型人才成为时代的呼唤，因此响应教育理念的转变，培育高素质的人才成为当代大学教育需要面对的首要任务。在高校英美文学的教学中应当采用研究性的教学方式。研究性教学是一种新型教学模式，具有一定的前瞻性和探索性，它强调教师在教学中的引导作用，发挥教师的组织与调动作用，使学生主动参与学习，积极投入探究活动中。如何将研究性教学应用于英美文学教学中，培养学生的创新能力、探索能力、实践能力、团结协作能力，成为高等教育面临的重要课题。

第一节　英美文学课程研究性教学中的师生角色

　　角色"是与人们的某种社会地位、身份相一致的一整套权利、义务的规范，它是人们对具有特定身份的人的行为期望，它构成社会群体或组织的基础"。在传统教育环境中，教师是教书育人的主体，是教育的主导力量，学生的一切活动都要在教师的指导下进行，掌握知识、形成技能、发展能力、提高素质等都以教师的讲授为中心。教师也习惯于"结论式"教学，对学生统一要求、统一测试。而在现代教育环境中，教师和学生的角色发生了很大的变化。《学会生存》一书中指出："教师的职责现在已经越来越少地传递知识，而越来越多地激励思考，除了其正式职能外，教师将越来越成为一名顾问，一位交换意见的参加者，一位帮助发现矛盾论点而不是拿出现成真理的人。"在英美文学教学中，研究性教学要求教师要善于向学生提供资料、启发学生的思维、补充相关知识、介绍研究方法和线索，引导学生质疑、研究和创新，在世界文学的大框架中，发散思维、发挥想象，从而更快、更全面地形成稳固的文学知识体系，并得到发现问题、解决问题的方法。在这种教学活动中，教师和学生需要重新对自己的角色进行定位。

一、教师角色

在英美文学研究性教学活动中，教师不再只是"传声筒"，将个人掌握的知识灌输到学生的思想中，而是担负着培育优秀人才的重任。教学目的不仅限于使学生系统掌握文学知识，更在于培养学生各方面能力。教师不再是教学"权威"，而是教学活动的参与者、研究者、组织者和指导者。

（一）教师是教学过程的参与者

在英美文学研究性教学过程中，教师和学生一样，都是课程的参与者。针对学术上的一些问题，教师也需要亲身体验，亲自查阅资料，从这种意义上来说，教师不再是知识的垄断者，教师的权威受到了挑战。这就要求教师积极主动地获取教学材料，在与学生的共同学习中增长个人知识。对英美文学中产生的新问题、新现象，教师在很多时候也是陌生的，如分析爱丽丝·门罗的短篇小说集《逃离》的艺术特色。面对这个课题，教师同学生一样，必须参与学习活动，阅读作家具体作品，搜集相关资料文献，做出总结和概括。在这种情况下，教师和学生谁先获取资料，谁先发现问题、提出问题、解决问题，谁就优先掌握了发言权。这就要求教师像学生一样积极查阅资料，充实自我。通过阅读短篇小说集《逃离》，学生可以发现这部小说集语言清新自然、简练流畅；主题多为平凡小镇中平凡女子的生活；在平和的叙述中蕴含着严肃的人生态度；经常采用时空转换的方法来展现多视角的生活。除此之外，作品还有其他各方面的特点，需要教师和学生进一步研究探讨。教师只有加入学生的研究探讨活动中，倾听学生的意见，才能真正了解学生的想法，充分认识到学生的学习需求，随时调整自己的教学方式和教学进度。

教师在教学过程中要学会分享学生学习中的快乐，缩小教师与学生之间的思想鸿沟，让学生充分认可教师、亲近教师，在和谐的交流中促进教学活动的开展。教师只有融入科研活动探讨中，对问题有明确的认识，才能获得指导学生的资格。因此，教师需要转变观念，转变教学角色，与学生处在同一条水平线上，以师生平等的态度参加研究性教学活动探讨过程，与学生共同研究、共同探索、共同进步，切实达到教学相长的目的。

（二）教师是教学活动的研究者

当代人类社会生活对知识的依赖就像工业经济时代依赖能源一样，没有知识的创新，就没有时代的发展。这种变化也深刻地体现在教师身上，教师由传统的教书匠逐渐转变为学者、研究者。在英美文学课程中实行研究性教学，不仅要对学生进行科研能力的训练，也要对教师进行科研能力的训练。研究性教学以培养具有研究能力、创新能力的学生为目标，这就要求作为指导者的教师首先具备这种能力。而科学研究作为研究性教学的载体，直接反映了教师的科研意识、科研精神、科研能力和科研成果。英美文学的研究性教学模式，没有固定的教学大纲，没有教师所熟悉的教学套路；教学的内容偏重于社会性、生活性、实践性、开放性，很多问题会超出教师的专业范围。所以教师必须将科研与教学相结合，提高个人教学素质。在英美文学教学活动中，教师要研究学生、教材和教法等。在传统教学活动中，教师主要关注的是学生知识的掌握，而很少关注学习活动的主体——学生，而研究性教学则提倡以人为本的教学理念。在英美文学研究性教学中，学生是学习活动的主体，是课程的参与者和创造者，教师在教学中要以学生为本，以学生的发展为本，要关注学生的独特性，发现每个学生的特点，针对学生的不同点采取不同的教学方式，提高学生学习兴趣，为学生提供更具人性化的学习环境。教材的选择在教学过程中具有重要意义，虽然研究性教学不像传统教学那样依赖教材，但是教材可以为学生提供基本的学习框架和体系，在研究性学习中也占有重要的位置。教师要教授英美文学课程，必须对教材有清晰的认识，并且能够发现每种教材的优势和缺点，以便根据教学内容对教材进行合理的调整。由于英美文学是一个庞大的体系，包含了诗歌、小说、戏剧等文学形式，所以对它的教授不能采取单一的教学方法。合理的教学方法的运用可以产生完美的艺术效果，例如：诗歌重在赏析，而对英美文学诗歌进行赏析必然离不开原诗的阅读，在这种教学背景下我们可以实行双语教学法，为学生播放原诗朗诵，让学生体味诗歌的韵味。戏剧重在表现戏剧冲突，突出人物性格特征，教师在教学中可采用角色扮演教学法，让学生根据个人特点选择戏剧角色，将经典戏剧作品搬上舞台，通过学生亲身参与戏剧表演体会戏剧中主要人物的特点，发现戏剧主题思想。因此，教师在教学活动中不仅要研究教学内容，也要研究学生、教材和教法。

（三）教师是研究性教学过程的组织者和指导者

在英美文学的传统教学中，教师包揽一切，根据教学目标确定教学内容、教学方式和教学评价，规定学生学什么、怎么学以及如何对学生的学习成果进行评价，所有的教学活动都在教师的计划中。而研究性教学则对教师提出了新要求，它要求教师发挥组织者的职能，指导、促进学生学习，明白"对于一个真正的教师来说，除了教会学习外，其他都是次要的，最重要的是知道如何教学生学习"，而不是替学生做好所有的工作。具体到英美文学教学活动中，教师的职能主要体现在指导学生选择、设计研究性课题，指导学生学习研究策略和方法，指导学生进行自我评价上。课题的选择在英美文学研究性教学中起到关键性作用，由于学生对学习任务的认识不明确，所以教师需要在选择研究课题时对学生予以指导，避免学生选择课题的盲目性；良好的教学设计方案在教学过程中起到提纲挈领的作用，教师在课程开始之前必须指导学生对整个学习计划进行规划，保证教学过程有序进行；学生的实际操作直接决定着教学质量的高低，因此研究方法、组织形式、研究策略的选择在操作过程中意义非凡，教师可以引导学生选择恰当的方式进行研究，根据研究内容的不同转变研究形式；教学评价是对学生学习状况的总结，在这个问题上，教师需要根据学生的实际情况进行客观的评价，指导学生进行自我评价和学生互评，增强评价的真实性。除此之外，在教学的过程中，教学活动是相对分散的，管理上也具有一定的自主性，但由于学生自控能力的差异和学习侧重点的不同，会产生学习过程中的困难和问题，所以，教师必须具备良好的协调能力和组织能力。教育部全国高校教师网络培训中心组织的高校教师网上讨论活动就使得研究性教学得到进一步的发展，不仅使教师的本专业知识得以升华，更提升了广大教师的组织能力。英美文学教师可以发挥自己的组织才能，为学生设计几个研究课题，让学生在假期根据个人兴趣选择一个项目进行研究，撰写相关论文，开学后举行论文研究报告，鼓励学生之间互相提问、评论、提建议。

本科学生正处在认知心理、情感心理的发展阶段，他们的知识水平和社会阅历都十分有限，大部分本科生对于自主学习都需要有一个适应的过程，所以，研究性教学过程对教师又提出了一个新的要求，即"如何创造性地促进学习和如何去爱学生"。教师能够正确地运用促进性的指导技能，对有效实施研究性教学具有重大的意义。因此，作为研究性教学活动的促进者，要采取科学的方法和有效的措施，促进学生正确认识研究性学习课程，促进学生勇于实践和探索，促进学生不断改进获取新知识的方法。

在课程建设中，教师要努力使自己的观念跟上研究性教学的要求，熟练理解并掌握英美文学研究性教学模式的相关知识，对于专业知识的掌握不可以偏于一隅，要全面涉猎、立体构建。同时需要掌握研究性教学的科学研究方法，必须明白没有科学的研究方法是很难在科学研究活动中有新发现的。教师可以指导学生在英美文学古今发展和当前现状的大框架中进行系统的研究，以类似于科学探究的方法，主动地获取知识、应用知识。因此，教师应该对整个过程了如指掌，熟练掌握科学研究的方法。例如，如何设计问卷调查，如何查阅中外资料，如何确定研究课题，如何撰写开题报告，如何分析汇总信息，如何提炼研究结论等。英美文学教师只有熟练掌握了这些研究方法，并且不断研究创新，才能正确地指导、促进学生的学习，才能胜任研究性教学的重任。

二、学生角色

传统教学活动往往更偏重于教师的主导性作用，而忽略了学生的主体性地位。我国历来教学活动都比较重视知识的掌握，尤其是语言类课程，由于需要记忆的知识较多而实践性知识偏少，所以整个教学过程中对学生的要求一般都是"以听为主"。学生多数情况下都是被动地接受间接性经验，而很少参与知识的探究过程。英美文学研究性教学的实施，要求学校、教师和学生改变以往的思想观念，明确学生的主体性地位，促进学生做知识的研究者和创新者。

（一）学生是学习活动的主体

一切教学活动的最终效果都要在学生的身上体现，英美文学也不例外，正所谓教学是"一切为了学生，为了学生的一切"，所以在教学活动中，我们必须明确学生的主体地位。学校和教师应该以新的教学理念为依托，重视学生的自主性和主动性，改变传统思想观念，改变单一的教学模式和教学方法。作为教学活动的主体，学生一定要发扬主人翁的精神，转变传统教学模式中被动接受的思维模式，在教学活动的进程中，要主动体会教师的引导方向和意图，顺着教师的思路发现应该发现的疑问点，从而才能对整个学科系统有更深层次的体会。如果只有教师积极主动，全力以赴地推行教学活动，而学生只是配合教师完成教学效果的测试，完全按照传统的教学方式进行"填鸭式"学习，不以自己为教学活动的主体，那么，学生只能学到教材字面上的内容，甚至只是记住了一串文字，而且不是掌握了全部的内容。例如，《荷马史诗》是古希腊游吟诗人的集体成果，集古希腊口述文学之大成。它是古希腊最伟大的作品，也是西方文学中最伟大的作品，还是古代希腊从氏族社会过渡到奴隶制时期的一部社会史、风俗史，具有历史、地理、考古学和民俗学等方面的价值。这部史诗表现了人文主义的思想，肯定了人的尊严、价值和力量。如果学生学习这部巨著，只是为了记住诗篇而学习，不针对诗歌内容和相关历史时期的文化大背景做深入的研究，即使能够在考试中取得良好的成绩，也不能体会其深厚的文学价值。《荷马史诗》是人类童年时代的艺术创作，在思想上、艺术上不免带有局限性，受肤浅的应试模式影响下的学习过程中，学生只是被动接受，根本不能走进其丰富多彩的潜在文化内涵中，如果仅仅为了记忆而记忆，很容易对作品产生厌恶情绪。反之，如果学生能积极地把握好自己教学过程中的主体地位，提前阅读有关知识，了解到它是由许许多多游荡于希腊的说唱艺人、吟游诗人代代相传而来的，明白其在古希腊各地广为传诵的原因，发现其基本采用古老的方言用语、语言环境不断变化、语法结构奇特，那么就可以顺利适应诗篇，快速进入研究状态，在教师循序渐进的引导下更好地理解这部著作，并且针对作品提出更多有价值的问题和看法。学生经过个人多方位的探索和学习，以及与同学和老师的积极探讨交流后，能够更快更好地消化这部历史巨著，提高个人认识。

（二）学生是知识的研究者和创造者

常言道"教学有法，教无定法，贵在得法"。良好的教学方法，可以充分发挥教学智慧，不恰当的教学方法则可能达不到预期的教学效果。在研究性教学中，教师需要把握一项重要原则：课有常而教法无常。而教法的无常，也对学生提出了新要求，学生需要针对优秀教师"无常"教法改变个人学习方法。如果学生在学习过程中没有有意识地发掘自己的思维潜力，不能发扬学习过程中的创新精神，便不能在教师的指导性意见的基础上做出大胆的突破，也就很难发现新的知识点，甚至不能够理解教师引导的意图。因此，学生在学习过程中应该调动个人学习积极性，深入学习研究。"英美文学"作为中文专业的核心课程已经走过了60多年的历史，知识更新很快。在文学领域，随着大量西方现代文学理论和批评方法的出现，文学研究的视角也有了极大的转变，对于文学史上的各类现象、各种经典文学作品的诠释都出现了新的观点：学生需要对这些观点做出仔细的研究，发现每种观点的优缺点，进而表达个人的思想，为英美文学注入鲜活的思想。

人本主义代表人物马斯洛认为，"创造性是每个人生下来就有的继承特质"，每个人都有探究、创造的权利。马斯洛将人的需求分为五个层次，由低到高逐次为生理需求、安全需求、归属和爱的需求、尊重需求和自我实现的需求，而教育的目的就是要追求自我实现。学生学习的过程也可以说是一种追求自我实现的过程，这种过程要求学生不断创新、不断突破。美国学者莱斯尼克曾说过："学习者总是试图将新信息与其已知的事情联系起来，根据已经建立的结构解释新事物。"因此学生在学习的过程中总是在建构新事物，将个人已有的经验知识与新观念、新思想相结合，创造出属于个人的新知识，这种行为体现了认知心理学同化与顺应的观点，是对学生创造性的肯定。

知识总是在不断地研究中发展的，任何僵化的知识都必然走向灭亡。学生作为知识的学习者，不仅具有接受知识的权利，更具有研究知识的权利。学生在学校所学习的知识在以后的生活工作中都会起到重要的作用，被动地接受知识只能应付考试，而人生最重要的不是面对学校里的各种测试，而是要应对踏上社会后的各种考验，这就要求学生不仅要接受知识，更要积极地探索研究知识，掌握学习的方法。在当代社会，研究不再是科研工作者的专利，同时也是教师和学生的权利。英美文学作品浩如烟海，经典作品数不胜数，这就要求学习者不仅要对整个文学史有大致的了解，更要深入钻研具体的文本。学习者对文学作品进行研究，不仅可以加深其对作品的理解，也可以在研究中产生新的想法，挖掘作品的新思想，还可以锻炼学生的研究能力，达到"教为不教"的目的。

如果学生能以主人翁的态度对待学习，注重思维创新精神的运用，在教师合理的英美文学学科研究性教学策略的引导之下发挥好自己的潜力，那么个人的科学研究能力一定能够逐步加强。在平时的学习过程中，学生要多接触一些英美文学的研究课题，在完成课题给定任务的过程中，侧重了解科学研究的形式标准和规范，加强个人研究的专业性。研究性教学可以更好地提升学生的研究能力，而较强的研究能力又可以使学生获得更多的知识，进而促进研究性教学活动的开展，两者相辅相成、相互促进。由此及彼，将既有的学习和科研能力推行到其他学科的学习中，也会有事半功倍的效果。因此，在循序渐进的学习过程中，学生一定要有意识地提高自己的科学研究能力，促进教学内容的更新和发展。

第二节　英美文学课程研究性教学方法

从研究性教学在国际上的发展情况来看，国外取得的成果在一定程度上高于我国。关于研究性教学方法的使用，国际上采用较多的有问题教学法、案例教学法、基于项目的教学法、支架式教学法、随机访问教学法和情景模拟教学法等，这些教学方法在实践过程中都取得了良好的教学效果。我们在研究中发现，并不是所有的教学方法都适用于所有的学科。就英美文学课程而言，问题教学法和情景模拟教学法是两种行之有效的教学方式，在教学过程中可以极大地调动学生的学习兴趣和积极性。除此之外，根据英美文学开放性的特点，我们还可以实行比较教学法和角色扮演教学法。

一、课前准备

无论实行哪种教学方法，都必须以学生的知识储备为基础，因此在课程开始之前，教师首先要指导学生搜集整理资料，建立自己的知识体系。资料的掌握在教学过程中占有重要的地位，它使学生在课堂进行前对将要学习的内容有大致的了解。通过查找文献资料，学生可以对将要研究的课题有一个初步的认识，了解自己的研究是哪一类型的研究，是理论型的还是应用型的，是学术型的还是创新型的，可以知道自己的课题目前有没有人研究，有多少人在研究，研究到哪种程度，取得了怎样的成果，还存在哪些研究缺口。搜集资料是研究性教学得以进行的前提，那么学生该如何获得资料信息呢？

随着科学技术的进步，计算机已经逐渐普及，学生获取信息的手段也变得多样化，图书馆不再是搜集资料的唯一场所，网络成为人们搜集资料的主要工具和渠道。开放的网络环境为学生进行研究性学习提供了大量的信息资源，涵盖了自然、社会、人文、历史等各方面知识，不仅有文字资料，也包括图片、视频、音频等多媒体材料，给予学生更强的直观性和趣味性，更能调动学生的学习积极性。除此之外，网络资料还有更新速度快的优势，它能够第一时间向人们展示最新的研究动态和研究成果，保持信息的鲜活性。能够吸收不同领域、不同阶段研究者的观点，汇聚各方面人才的思想，为学生博采众长、广泛学习提供了良好的平台。用网络技术搜索资料打破了时间和空间的限制，消除了地理、语言、文化等方面的障碍，大大地提高了研究性教学的教学效率。

掌握资料仅仅是实践活动的第一步，对资料进行加工整理是接下来需要做的主要工作。首先，对所收集的资料进行分类归纳，做出资料目录，对重要观点、新观点做重点查阅。其次，认真研读资料，对所读资料进行标注，将个人的看法、质疑或解释记录下来，将重点、难点以及经典叙述用符号标记，方便日后查阅。再次，在阅读的基础上编写摘要，将资料的基本观点、主题思想用自己的话总结出来，力争简明扼要。最后，经过广泛深入的阅读，学生已经对所读资料有了系统的认识，同时产生了个人的观点和看法，此时，教师可以指导学生进行研究性写作，一方面学生可以将所读内容内化为个人的知识，另一方面学生也可以发表个人的见解，这对锻炼学生的阅读能力、思考能力、写作能力都有极大的作用。例如：在讲解马尔克斯的《百年孤独》前，教师可以先让学生阅读文本，同时搜集魔幻现实主义的相关资料，对作品和所属流派有初步的认识。在阅读的过程中，将个人认为比较出彩的地方标注出来，对运用魔幻手法的部分进行简单的总结，将魔幻现实主义的特点归纳出来，概括出《百年孤独》的艺术特色。进而利用知网、清华同方等资料库搜索有关论文，将我国作家莫言与马尔克斯做比较，分析两者作品的异同。在中西文学对比的基础上深刻认识魔幻现实主义，同时撰写小论文，将个人研究的心得体会记录下来，以备进一步研究讨论。

当学生做完资料的搜集整理工作，对将要学习的内容有了大致系统的认识后，教师就可以使用多样性的教学方法来进行课程讲解。

二、问题教学法

问题教学法是教师根据教学目标，设置情景，提供材料，让学生发现问题，提出问题，或教师提出问题，或师生共同提出问题。在此基础上，通过问题分析、资料证明、理论验证，提出解决问题的策略，让学生在问题的提出与解决中获取和应用知识，这也是培养创新精神和实践能力的一种教学方法。问题教学法被广泛地使用在教学活动中，它不仅是研究性教学常用的一种教学方法，也是传统教学中的一个重要环节。通过实施问题教学法，教师可以更加深入地了解学生的思想，明白学生学习中的困惑，及时正确地对学生做出指导，帮助学生有效学习。

（一）提问

在研究性教学中，教师是研究的参与者、引导者，是学生进行探究活动的引路人。为了提高学生的创新能力和探究能力，发挥学生的主体性作用，教师需要对学生提出明确的教学目标，在教学过程中围绕着这些目标对学生提出启发性问题，恰当地引导学生分步探究直至解决问题，这是一种十分有效的教学方法。

例如，浪漫主义大师雨果的《悲惨世界》的教学。这一节课的教学目标主要是理解小说的艺术特色、分析小说的思想内涵。通过阅读小说，掌握《悲惨世界》的主要内容及人物特征，理解小说的对照原则和作者的人道主义思想。在上课之前，学生对作家及其作品都只有初步的了解，教师应提前布置阅读雨果的自传及其重要作品《巴黎圣母院》《悲惨世界》《笑面人》《海上劳工》《九三年》等，引导学生就自己阅读的作品提出一些感兴趣的问题，提高学生的阅读效果。教师可以提供一些参考问题，如《悲惨世界》的艺术特色是什么？作品是如何塑造人物形象的？这些形象是如何体现对照原则的？除了人物形象体现对照原则外还有哪些描写也体现了这种原则？作品是如何体现作家的人道主义思想的？通过阅读作家的自传及其他几部作品，分析作家的人道主义思想发展过程。

教师可以先提出这些问题，引导学生有目的地阅读；也可以不设置问题，让学生根据个人的阅读情况，提出一些感兴趣的问题，在班级中围绕这些问题讨论研究。无论哪种教学方式都是以提高学生的能力为主要目标，因此教师使用问题教学法时，应该以学生独立解决问题为主，以教师引导为辅，帮助学生掌握学习的方法，提高学生自学能力。自学能力的培养是研究性教学中一个重要的问题，正如叶圣陶先生在给教师的通信中所说的："教学如扶孩走路，虽小心扶持，而时时不忘放手也。我近来常以一语惊人，凡为教，目的在达到不需要教。"教师要时刻铭记，教学不仅仅是教会学生这个问题的答案是什么，更重要的是教会学生得到答案的方法。通过引导学生提出有价值、有意义的问题，可以锻炼学生发现问题的能力，培养学生的问题意识，为学生探究问题打下坚实的基础。

（二）研讨

通过引导性问题的提示，学生可以根据自己的阅读情况，对个人感兴趣且有意义的问题进行提问，从而锻炼了学生发现问题的能力。由于前一阶段学生已经搜集了丰富的资料，所以对问题的解答就变得相对容易，围绕问题对资料进行加工整理，调动已有知识储备，在感悟的基础上进行思考，可以有效地提高学生的思辨能力。个人思考研究对发展学生的能力有很大的帮助，但是由于学生的知识基础有限，对问题的看法可能不全面，因此在教学过程中引导学生进行小组讨论就显得尤为重要。小组成员围绕一个问题进行探讨，可以加深个人对问题的认识，也可以集合众人的想法，丰富研究结果，补充个人研究的不足，有利于形成良好的学术氛围。同时，可以促进学生之间的情感交流，提高学生的人际交往能力，使其在以后的学习工作中学会尊重他人的思想，有利于学生的长久发展。在进行小组合作探讨的过程中，教师尤其要注意监督指导。问题教学法虽然有很大的优势，但是也存在着弊端。教师需要让学生就关键的、有价值的问题进行讨论，不能让讨论流于形式，像"走过场"一样，更不能完全放手，让学生随意讨论，这样容易造成课堂的混乱、无秩序。在学生讨论过程中，教师可以走下讲台，走近学生，对学生的讨论进行监督指导，同时可以对学生的想法有大致的了解，为下一步教学工作做准备。

通过个人思考和小组讨论，学生对问题有了比较全面深入的了解，这种教学方式比起传统教学直接向学生灌输答案有着独到的优势。学生亲身参与进教学活动中，可以加深学生对知识的印象，比起死记硬背的方式更加人性化，也更受学生的欢迎。教师通过提出启发性问题、布置作业等方式对学生学习进行积极的引导，帮助学生形成主体性意识。学生在教师的引导下，对相关问题得出初步结论，是教学方式的一大改革。

三、情景模拟教学法

所谓教学情景，是"教师为了引导学生学习某个课题而设置悬念、冲突、矛盾、迷茫所形成的教学氛围"。情景模拟教学法提出于 1989 年，它主要是教师根据教学目标和教学内容，创设或模拟一种引发学生思考的情景，让学生设身处地地参与到教学情景中，通过实践操作提高个人发现问题、解决问题的能力。情景模拟教学法自诞生开始就受到各个学科的欢迎，无论是中小学教学还是高等教学活动都广泛地采用了这种教学法。英美文学研究性教学也不例外，它根据本学科特点，为学生创设各种教学情景，极大地提高了学生的学习兴趣和探究兴趣。

（一）创设教学情景

在情景模拟教学法中，教师应该制定出研究性教学的"蓝图"，在完善认识的基础上构建合理的研究性教学设计方案。将理论知识落实到实际教学中，通过开设讲座、与学生交流信息等方式为教学做好背景知识铺垫，激发学生学习英美文学的兴趣，激活学生已有的知识储备，诱发学生的探究动机。教育心理学家告诉我们，主动获取信息与被动接收信息达到的知识效果和情感效果存在着巨大的差异。学生是学习活动的主体、是课程的参与者，学生学习的积极性决定着教学质量的高低。大学生正处在渴望独立创造的阶段，在知识的接受和创新方面都有极大的热情，应以正确的方式引导他们发挥自己的想象力和创造力，主动探讨问题、解决问题。

（二）教学实例

例如，讲析《浮士德》，历来是一个教学的重点、难点。好多同学反映看不懂，确实，这部作品跳跃的时空、象征的情节、颇富寓意的形象，都充满哲理的思辨，如层层雾障，造成了"文本"阅读的诸多障碍，即便是讲清了浮士德的两次打赌、五次追求，分析了浮士德是文艺复兴以来先进知识分子的代表等问题后，同学们仍觉得空，觉得遥远，觉得有些深不可测。于是，引导学生把浮士德请进我们的现实生活。这一点击，同学似恍然大悟：浮士德五次追求的螺旋形上升，五次追求中总能在堕落后警醒，振作精神，这不正是我们每一个人，每位莘莘学子所应效仿，所应具备的吗？浮士德身上那种为让"生命的树常青"而不断探索、不懈追求的精神不正是当今青年所应具备，却又常常欠缺的精神吗？

这种教学方式将作品中的主人公转移到现实生活中，或者将学生以主人公的身份带入作品中，可以极大地调动学生的学习兴趣。原本艰涩难懂的《浮士德》经过教师的点拨，成为学生研究探讨的焦点，不仅使作品易于理解，更通过作品的解读使学生认识到浮士德精神的可贵性，认识到人类积极进取、不断探索的重要性，指导学生在以后的学习工作中时刻保持前进的势头，面对困难、诱惑绝不低头，勇敢追求、勇敢创新。俗话说"兴趣是最好的老师"，学生在对学科产生浓厚兴趣的前提下，可以更快地融入教学活动中，调动个人探索知识的积极性，对问题展开深入研究。

四、比较教学法

英美文学是一门开放的学科，它所研究的内容包括不同民族、不同国家、不同语言、不同文化的各种作家、作品、文学思潮和流派，它要求教师不仅要专注于本专业范围内的研究，也要熟练掌握其他学科的内容和体系。近年来我国各大高校在开设英美文学课程的同时也引入了比较文学课程，这门课程对我们进行英美文学教学有很大的辅助作用，也为我们引入了一种比较的教学方法。"比较"不仅限于文学作品的比较，也包括文学理论的比较和跨学科比较。

《攻玉集》中提道："比较是表述文学发展、评论作家作品不可避免的方法，我们在评论作家、叙述历史时，总是有意无意进行比较，我们应当提倡有意识的、系统的、科学的比较。"比较的方法已经被许多英美文学研究者应用到教学活动和研究中，这就为英美文学教师进行教学提供了可借鉴的方法。教师在进行教学时，可以培养学生的比较意识，对比较内容进行系统的规划和整理，引导学生在可比性的基础上对各国作家作品进行分析比较，强化学生对知识的理解，锻炼学生的创造性思维。英美文学的传统教学往往以本学科为主，很少涉及中国古代文学和现当代文学体系，而研究性教学则要求我们把整个文学的各个板块联系起来，通过中外文学的比较得出新的结论。教师在讲课过程中，可以有意识地将外国作品与我们更为熟悉的中国作品进行比较，如在讲解西班牙作家塞万提斯的著作《堂吉诃德》时，可以将桑丘·潘沙和我国古典名著《西游记》中的猪八戒做比较，从两者的外貌形象、人生态度、处事风格着手，探究两者的异同，丰富英美文学人物形象。类似的例子还有日本作家紫式部的《源氏物语》中的主人公光源氏和《红楼梦》中的贾宝玉做比较、巴尔扎克《欧也妮·葛朗台》中的葛朗台和《儒林外史》中严监生做比较等。除了对经典作品进行比较外，还可以对最新出现的、有价值的作品进行研究，拓展研究的范围，增加研究的深度，不能让比较流于形式。同时还可以引导学生从作品主题、题材、跨学科等方面进行比较研究，得出相关结论。比较教学法的实施，可以将文学作品的历史背景、地理条件和人文环境有机结合起来，带领学生回溯到作者当时的创作情景当中，能够使学生更好地了解文学创作的最初动机和创作过程，对文学作品的思想内涵进行更深入的理解。

五、角色扮演教学法

角色扮演教学法是指在教学过程中改变传统的、以教师讲授为主的教学方式，通过学生研读作品，亲身扮演作品角色，深入了解作品思想及人物特点的一种教学方法。这种教学方法一般较多地被应用于戏剧课程。

戏剧在英美文学中占有重要地位，自诞生以来，戏剧作品层出不穷，取得了巨大的艺术成就。古希腊时期的三大悲剧作家索福克勒斯、埃斯库罗斯、欧里庇德斯在戏剧方面做出了重大贡献。索福克勒斯的《俄狄浦斯王》向人们展示了富有典型意义的希腊悲剧——人与命运的冲突；欧里庇德斯的《美狄亚》塑造了文学史上第一位丰满的女性形象。文艺复兴时期的莎士比亚创作了大量戏剧作品，他的《哈姆莱特》《罗密欧与朱丽叶》《奥赛罗》《李尔王》《麦克白》等戏剧成为脍炙人口的名篇佳作。古典主义时期的莫里哀是法国古典主义戏剧的奠基人，他的《伪君子》体现了深刻的民主主义精神。在其后的各个阶段，都有优秀的戏剧作品产生，如挪威戏剧家易卜生创作了社会问题剧《玩偶之家》、契诃夫创作了《樱桃园》、贝克特创作了《等待戈多》。这些作品具有丰富的思想内蕴和独特的艺术魅力，如果单靠教师在课堂上讲解的话，多少会使学生产生枯燥乏味的感觉，使用戏剧表演法可以巧妙地避开这个问题。在角色扮演准备阶段，教师可以安排学生排练戏剧，提前打印、背诵剧本，对戏剧内容进行体悟，提高学生的文学感悟力；同时可以让学生根据个人喜好准备戏剧服装，提高学生的审美能力。通过学生亲身参与文学作品，加深学生对戏剧主题思想以及主要人物性格特点的理解，提高学生的学习兴趣。在舞台上表演的过程，可以锻炼学生的口头表达能力以及肢体表达能力，有助于学生表现自我，认可自我，提高学生的自信心。同时可以在排练的过程中，增进学生的情感交流，加强学生的团结协作能力。

有关学者已经总结了角色扮演教学法在戏剧课程中的运用模式：教师主要负责布置演出剧目，介绍剧情及角色定位，对学生的表演做一定的指导；学生7至8人组成演出阵容，打印戏剧对白，个人筛选角色，并准备相应的服装，主动融入经典作品，背诵对白，体悟角色，将戏剧表演搬上舞台。演出结束后教师与学生交流感受，深化对剧本的理解，同时展开问卷测评，了解学生的学习情况。这种教学方式极大地提高了学生学习戏剧的积极性，使学生能够更好地发挥创造力和想象力，对促进英美文学教学方法改革具有较大的作用。

第三节　英美文学课程研究性教学推进策略

在英美文学课程中推进研究性教学活动，必须发挥学校的领导作用，健全研究性教学机制，将科研与教学相结合；必须发挥教师的主导性作用，积极参与、指导、促进研究性教学的进行；必须发挥学生的主体性作用，提高学生的研究意识和创新意识。将学校、教师、学生三方面紧密结合，形成上下合力、环环相扣、层层推进的全方位教学机制，切实做好英美文学研究性教学工作，培养高素质的研究型人才。

一、凸显学生的主体性地位

研究性教学要在英美文学课程中顺利推进，离不开学生的积极参与。俗话说："师傅领进门，修行在个人。"学生作为教学活动的主体，必须在学习过程中积极发挥个人主观能动性，确立自己的主人翁地位，不能凡事都依靠老师，时刻等待老师的指点。要明白学习是自己的事，谁也不能代劳。新的教学理念要求学生全面发展，不仅要求学生具备丰富的知识，更要求学生具备自学的能力，在创新性、研究性方面都要有较强的能力。在英美文学研究性教学中，学生可以转变个人理念、认清个人地位、掌握研究方法、提高科研素养。

（一）转变个人理念，认清个人地位

学生是学习的主体，必须从单纯的学习者转变为反思型学习者，从课程接受者转变为课程参与者，从求知者转变为研究者。在传统课程中，学生是知识的接受者，所获得的经验大多为间接经验，并不直接参与知识的创造，在获取知识方面没有主动权。传统教学为了追求课程的高效性，往往对学生进行"批发式"训练，由教师进行统一授课，直接向其灌输书本知识，不注重学生的实践能力和动手动脑能力，不关注学生的独特性。而研究性教学则要求学生参与教学活动，根据学习内容提出创新性问题，通过个人探索找到解决问题的方法。学生必须转变以往的观念，摆正自己在学习中的位置，不再做单纯的倾听者，而应与教师展开平等对话，发挥个人的潜力，促进教学活动有序展开。

（二）端正科研态度，提高科研素养

在传统教学中，学生大多是被动地接受知识，而很少进行个人探索，这就使得学生的科研能力相对较弱，而要在英美文学课程中进行研究性教学，学生必须要端正态度，提高个人的科研素养。在平时的学习活动中，学生不能只是阅读课堂上的几本教材，还要阅读国内外重要英美文学期刊，了解本专业学术前沿和学术动态，更要掌握研究的方法。在实际操作中，不能有畏难心理，不能怕动手、怕动脑、怕吃苦，不能半途而废。我们在研究中发现，兴趣对学生的学习有重要的作用，但是深入学习不能单单只靠兴趣，还要依靠恒心和毅力。在学习中对问题钻研得越深，往往会越辛苦，越需要坚持，学生在学习过程中必须要有不畏艰难、持之以恒的精神，通过循序渐进的学习，获得知识和能力的升华，最终提高个人研究能力。

学生是研究性教学的中坚力量，学生能力的培养是整个教学活动的目的，因此学生在学习过程中不能单纯地依靠学校和教师，更应该通过个人的努力，提高个人主体性地位，提高个人的研究意识、研究能力和创新能力，不断完善自我，为个人未来的发展做好准备。

二、发挥教师的主导性作用

教师是整个教学活动的领导者和参与者，在教学过程中起着至关重要的作用。合理地发挥教师的主导性作用是英美文学研究性教学取得成果的关键。要让学生在研究性教学的过程中参与到教学过程中、学会研究性学习方法、提高个人研究能力和创新能力并不是一件容易的事，需要教师具有高超的指导艺术。教师要做到指导而非命令，参谋而不是代谋，到位而不越位。但万事皆有两面性，并非所有的指导都有好的完美的效果，如果不注意指导的策略，忽视了指导的艺术，很有可能事倍功半，甚至会产生负面的指导效果。因此，在研究性教学的实时进行中，还需要发散性思维的帮助，适时改变修正指导的策略，创建积极活泼的教学环境，提高学生学习的兴趣和积极性，从而达到较好的教学效果。英美文学课作为一门专业基础课，其教学内容具有相对的稳定性，教师在进行教学活动中可以有效地向学生传达知识，但它同时也存在着更新困难的弊端，教师在授课准备阶段必须对讲授内容有全面的认识，根据教学内容设计教学方案。

一方面，文学史是一个不断发展的历史，随着时代的发展，新的文学作品、文学思潮以崭新的方式涌现出来，教师必须走在时代的前沿，了解和掌握最新发展动态，将现当代重要的研究成果纳入自己的授课范围；同时对教学内容进行整合，合理安排课堂教学与课下自学。英美文学是一个庞大的文学体系，仅靠教师在课堂上的讲授根本无法使学生完全领会，因此，教师可以采取详讲和略讲的方式，将教学内容进行合理安排，同时组织学生进行课下学习，给予必要的问题指导和要点提示，制定相应的考核体系。除此之外还可以开设选修课，将学生感兴趣的问题进行进一步讲解，以此补充中心课程，完善课程教学体系。例如，诺贝尔文学奖一直是备受学术界关注的一个奖项，对诺贝尔文学奖获奖作家进行研究不仅是学术界的热潮，也是大学本科教学的一个热点话题。2013 年诺贝尔文学奖获得者是被称作"当代短篇文学小说大师"的加拿大女作家爱丽丝·门罗，她是诺贝尔文学奖史上第十三位获奖女作家，被人们亲切地称为"幸运 13"。教师在教学活动中可以调整教学内容，将学生所关注的有关爱丽丝·门罗的热点话题纳入教学中，组织学生搜集整理作家传记及作品，提出个人感兴趣的问题，开设相关讲座，邀请专家学者对学生的问题进行讨论、答疑，要求学生在探讨的基础上撰写研究论文，提高学生的研究能力和写作能力。

另一方面，教师应更新教学观念，转变传统教学中以讲授为主的教学方式。讲授教学法在我国有着长久的发展历史，自从拉莫斯于16世纪在思想和社会领域开启"方法化运动"后，"教学方法"应运而生。17世纪的夸美纽斯将"拉莫斯主义"完美地运用于教育领域，经由启蒙时期赫尔巴特的进一步诠释，确立了教学方法的理智传统。这一教学传统经"凯洛夫教育学"传入我国后，最终形成了"讲授教学法"。讲授教学法以其标准化、模式化、效率化的特点，在很大程度上适应了当时社会的发展。"五四运动"后我国对"民主""科学"的追求愿望日益强烈，如何快速准确地接受知识成为教学的一大问题，讲授教学法以教师为中心、以班级为载体，直接迅捷地向人们传达了科学知识，在社会发展过程中起到了极为重要的作用。而在当今社会，仅仅掌握死板的知识已经跟不上时代的脚步，社会的发展需要独立、灵活的创新型人才，而教育的目的也需要适应社会的发展。在教学活动中，教师观念和角色的转变引领教学发展的方向，教师通过不断完善自我来完善教学。然而教师如何才能获得转变教学观念和教学方式的能力呢？国外各大学的成功经验可以为教师提供参考，教师要善于学习，利用网络资源获取资料充实自己。我国以清华大学、浙江大学为首的一些大学也正在实行研究性教学，并取得了阶段性的成果，这就为我国大学本科教师教学提供了可参照的蓝本。教学毕竟是一项实践性的活动，如果仅仅依靠参照他人的学术成果，肯定不能取得突破性的进展，这就要求教师在个人的教学活动中要多做总结，积累经验，不断调整个人教学方式和教学内容，适应教学要求。

教师在对英美文学课程有了全面的认识后，需要通过多种教学方式来对学生进行指导，在达到教学目标的同时提高学生学习的能力。那么教师如何将个人的科研能力和教学实践结合起来以促进英美文学教学改革，就成为英美文学研究性教学的一大问题。

课堂是教学活动的主要场所，在教学过程中占有至关重要的地位。研究性教学主张师生共同研究、共同进步，在实现这种高层次的教学目标之前，学生必须拥有一定的英美文学基础知识储备，而这部分知识的获得需要依靠课堂教学。课堂教学具有教师口授、引导、板书，学生倾听、思考、笔记的特点，学生可以及时地反馈个人学习成果，教师可以根据反馈及时调整教学策略，进一步巩固基础的教学成果。在课堂教学中教师所使用的语言、教学技巧、教学评价等直接影响着教学质量的高低，因此研究性教学要求教师改变传统教学方式，发挥个人主导性作用，创造新的教学环境，提高学生学习积极性，引导学生参与教学过程，探讨知识发生根源，体验知识发展过程，探索知识未来发展路径。

研究性教学首先要求教师提高学生的研究兴趣，而语言作为人类思想的外衣、交际的基本工具，直接影响着学生对所学内容的认识及学习的热情。英美文学教师在研究性课堂教学过程中，必须深入发掘语言的魅力，通过准确、和谐、富有韵律的语言吸引学生的注意力，恰当地表达教学思想，完成教学任务。教师必须重视教学语言运用的技巧，要讲求教学语言的音乐性，抑扬顿挫、铿锵有力，给学生以乐感；教学语言要有严密的逻辑性，表述有条理、有层次；要讲求教学语言的审美性，给学生以美的享受，更加吸引学生。语言不仅向学生传达了教学思想，也展现了一名教师的个人素质与专业素养，优美、严密、层次分明的语言表述在英美文学教学中具有很强的吸引力。同时，提高学生学习兴趣还可以从教学技巧出发。在英美文学课堂教学过程中，教师设置恰当的问题，寻找教学活动的切入点，突出教学重难点，都能够将学生的视线集中到教学中心上来。

研究性教学的终极目标不在于提高学生的学习积极性，而在于通过学生的努力培养其创新能力和研究能力，这些能力要展现出来必须借助语言或文字载体，这就要求学生在学习知识的基础上发挥其表达技巧。在这个问题上教师要做的是指导学生将研究性学习所取得的成果以论文、实验报告或课题总结等方式表达出来，或以口头交流或书面交流的方式与同学、教师分享体会。正如张擎丰所说："研究性学习的内容构成具有非线性，一方面是由于学习者个人经验的形成，是一个十分个性化的过程，处在不断变化发展之中。另一个重要的方面是研究性学习的内容不仅限于物质世界，还包括了精神世界；不仅在于研究的对象，还包括研究者在研究过程中与他人的交往，例如，学会交流与合作。"教师必须明白在课堂上进行表达与交流是研究性教学中必不可少的一个环节，它不仅将学生的研究成果展示出来，而且能够锻炼学生的表达能力，提高学生的自信心，加强学生的团结协作意识。它要求学生对所搜集的资料有清晰、完善的认识，并能在认识的基础上加工处理信息资料，这能够极大地提高学生的思维能力。以语言或文字的形式表达出自己的想法和研究成果，可以有效地提高学生的语言表述能力，锻炼学生的应变能力，培养学生的写作能力。在英美文学课堂教学中实行研究性教学，让学生将研究过程中积累的经验和情感体验表达出来，可以体现学生的独特个性，对学生予以肯定，使学生体会到个人的价值以及成功的喜悦。在交流中受到鼓励和赏识，对学生进行进一步探究有重要的意义。除此之外，表达与交流还可以培养学生的合作意识，通过小组内部的讨论和观看其他小组的展示，学生的表达技能得到提高，同时可以分享彼此的经验。教师在学生表达交流的过程中不能将个人思想强加给学生，不能强行纠正学生的看法，而应学会倾听学生的想法，与学生展开平等、和谐的对话交流，虚心接受学生的创新思维，对学生偏激的思想进行诱导、指引，防止学生走向思维的极端，发挥好教师的主导性作用。

在英美文学研究性课堂教学活动进行中，不能忽视教学评价环节。如果说我们前面所展开的一切教学活动都是教学实践的话，那么教学评价就是对教学实践进行总结和评判的活动。总结评价阶段是研究性教学的一大亮点，它不仅是评价方法的改革，也是教育观念的改革。英美文学教学评价应该适应研究性教学的评价机制，改变传统评价方法，促进英美文学教学方法整体改革。研究性教学的特点决定了它的评价方式不同于普通高校教学评价。传统的英美文学教学评价往往以总结性评价为主，过程性评价为辅，不注重学生的独特性。评价的全程性、多元性、丰富性和多样性，能够增加学生的直接体验，锻炼学生的创新精神和实践能力。

在教学评价过程中，一方面，应该增加形成性评价的比重，将学生平时的科研表现融入最终评价结果中。对学生的研究过程进行追踪，将其收集整理资料、研读资料、个人真实体验进行记录，方便日后评价；对学生的研究进程做出指引，及时调整研究方向，避免研究陷入误区；引导学生进行自我评价和反思。通过形成性评价和结果性评价相结合，准确合理地对学生的研究做出判断。另一方面，应该建立多样化的学生成绩考核方法。对传统的考试制度进行改革，针对英美文学的学科特性，设置灵活的参考答案，培养学生的开放性思维；考试不能作为学生成绩考核的唯一标准，还可以根据学生的课外阅读、社会实践、论文撰写、成果展示等对学生进行全面的考核，以培养学生的实践能力为主要目标。这种评价形式可以更加直接有效地提高研究性教学的教学质量，促进英美文学教学改革。

由于学生在个人经验、知识程度、思维方式上存在着很大的差异，所以在进行研究性学习的过程中会有所不同，研究结果也可能会有天壤之别。这就要求教师在进行评价时应尽量对学生做正面的鼓励，引导取得较大成果的同学谦虚谨慎，争取做得更好；对研究成果不佳的同学给予帮助，引导其正确面对研究成果，总结经验和教训，争取在以后的研究性学习中取得优异的成绩。在教学的过程中增强学生的自信心、激发学生的求知欲，让学生在评价过程中学会实践、学会创新、学会反思、学会欣赏他人的学术成果。

总之，英美文学史时间跨度大，文化背景多，对发散性思维依靠度高，教师在进行课堂教学的过程中必须做好教学准备工作和指导工作，将各种文化在同一个时代的特点做出适当的归纳和总结，在进行新的章节的教学时和以前学习过的章节做对比，把初步的研究性教学技巧在潜移默化中渗透到基础知识储备的教学中，为学生进行研究性学习提供积极活泼的教学环境，促进研究性教学顺利展开。

三、教学与科研相结合构建英美文学研究性教学机制

学校是各项教学活动的管理者和促进者，直接领导着教学改革发展的方向。落实研究性教学任务，要求学校从管理层面上完善本科生科研活动体制，促进教学与科研相结合，为本科生进行科研活动提供指导和帮助。

（一）转变学校教学理念

学校管理层要转变思想观念，充分认识研究性教学的优势和可行性，将研究性教学作为高校改革重要途径，提上议事日程。根据本校特征与未来发展道路，制定切实可行的研究性教学计划。在校长、各年级负责人的带领下，深入开展研究性教学思想的普及工作，全面提高学校教职工和学生对研究性教学的思想认识。在教学管理工作中渗透"教学与科研相结合"的观念，营造科学探究的教学氛围，加强全校师生对科学研究的重视。如果说教学质量是一所学校的生命线，那么科研无疑是这条生命线的活的源泉。只有促进科研活动顺利进行，才能保证教学质量，提高教学水平。正如美国教育家梅兹所说："一言以蔽之，大学不仅传授知识，而且还教授研究。这是它骄傲和闻名遐迩的原因。"教学活动离不开科研，大学本科教学活动更离不开科研，"在大学里，教学不应该脱离科研，科研没有教学照样发光、燃烧，但教学没有科研，尽管它的外表诱人，也仅仅闪烁而已"。"没有科研的大学环境，在培养高素质人才上就成为无源之水"，必须在大学本科教学中纳入科学研究，为教学改革引入"活水"，使高校不断调整战略策略，培养出适应社会需求的高素质人才。

（二）建立英美文学研究性教学机制

学校可以建立管理本科生科研的专门机构，拓宽学生科研渠道，为学生进行科学研究提供更多的机会，并给予经费支持；建立鼓励本科生参与科学研究的机制，对参与英美文学科研探究活动，撰写研究论文并取得合格成绩的学生，可给予相应的学分。如美国加州伯克利分校本科毕业学分要求为

120，其中学生可以用 20 以上的学分来进行研究性工作，占总学分的六分之一以上。在伯克利的本科课程目录中，有 5 门课程是特别研究课程，学生在这 5 门课程中总共可以取得 16 学分来满足毕业所需要的学分数。此外，课程目录中还有 2 门论文课程供学生选修。我们可以将这种学分制度运用到英美文学课程中，对现有的学分制度进行改革。将必修课的考核细化，不仅要求学生掌握基础性知识，同时要求学生在学习过程中掌握研究的能力，在教师的讲解和个人的主动参与中加深对课程的理解；开设一定的选修课程来让学生进行研究性学习，根据学生学习情况给予学分。学校从政策上为学生进行研究性学习提供各种便利和鼓励，可以激发学生研究的兴趣，调动学生的积极性，对提高学生的研究能力有重要作用。

（三）建立英美文学研究性教学教师奖励机制

建立与英美文学研究性教学相适应的教师奖励机制，有利于发展壮大研究性教师队伍。研究性教学目的是培养具有研究能力、创新能力、探索能力的学生，而要实现这一目标，必须首先要求教师具备这些能力。因此，学校要从培养研究性教师着手，加强对教师的培训，提高教师的科研能力和教学能力。实行教学岗位与科研岗位轮换制度，对长期从事教学工作的教师定期进行科研培训，要求教师从事科研活动项目，并对其研究成果进行考核；对科研成果突出的教师重点进行培养，提高其教学能力，切实做好科研与教学相结合的工作，全面提高教师水平。同时学校管理者也应认识到，教师对研究性教学的积极性，直接影响着教学质量，而提高教师积极性可以从学校管理着手。例如对指导英美文学科研的教师给予政策和经费支持，在聘用教师时可优先考虑这些教师；定期评选优秀教学工作者和优秀科研工作者，给予精神和物质方面的奖励。从提高学生和教师的科研积极性出发，制定相关制度保障科研顺利进行，不断壮大研究性教师队伍，提高教学质量。

参考文献

[1] 王希华. 现代学习理论评析 [M]. 北京：开明出版社，2003.

[2] 孙绍振. 月迷津渡——古典诗词个案微观分析 [M]. 上海：上海教育出版社，2015.

[3] 黄建如. 英文教育经典著作选读 [M]. 北京：机械工业出版社，2006.

[4] 刘润清. 英语教育研究 [M]. 北京：外语教学与研究出版社，2004.

[5] 杜瑞清. 英美文学与英语教学 [M]. 上海：上海外语教育出版社，2004.

[6] 徐蕾. 打造平衡中的适度：一部值得推荐的英语文学教材——评《文学导论》[J]. 外语教学理论与实践，2014（01）：88-91.

[7] 王一平. 思考与界定："反乌托邦""恶托邦"小说名实之辨 [J]. 四川大学学报（哲学社会科学版），2017（01）：55-63.

[8] 李龙博. 兰代尔判例教学法及其法律观 [J]. 法学教育研究，2014（02）：225-254.

[9] 郭巍. 华盛顿·欧文的西部书写与国家空间生产 [J]. 国外文学，2014（01）：138-146.

[10] 李雅颖，赵小红. 英文商务信函中的情态隐喻及其人际功能分析 [J]. 湖北理工学院学报（人文社会科学版），2014（03）：52-56.

[11] 张德禄，董娟. 语法隐喻理论发展模式研究 [J]. 外语教学与研究，2014（01）：32-44.

[12] 岳俊丽. 论《岳阳楼记》的文体学意义 [J]. 长沙大学学报，2016（01）：96-98.

[13] 夏中义. 反映论与毕达可夫《文艺学引论》——中国文论学科的方法论源流考辨 [J]. 学术月刊，2015（01）：115-126.